KB186735

女子, 사임당

女子, 사임당

신영란 장편소설

for book

프롤로그

오죽헌 이야기

갑자사화의 광풍이 몰아치던 연산군 10년(1504) 음력 시월 스무아흐레.

강릉 북평 마을 생원 이사온의 집 별채 마당에선 하인들이 분주하게 움직이고 있었다. 노복들은 장작과 물동이를 져 나르고 하녀들은 아궁이에 불을 지폈다. 지금은 오죽헌(烏竹軒)으로 불리는 집 주변에는 유독 키가 작고 까마귀 털처럼 검은 빛깔의 대나무가 무성하게 자라났다.

오죽헌은 원래 문종 시절 세자의 스승으로 이조참판을 지낸 최치운이 지어 둘째 아들 응현에게 물려준 집이다. 남자가 여자 집에 장가드는 이른바 남귀여가혼(男歸女家婚) 풍습이 자연스러운 시대, 훗날 최응현은 둘째 사위 이사온에게 이 집을 다시 물려주었다.

용인 태생의 이사온은 성리학자로서 덕망이 높았던 최응현이 아끼는 제자이기도 했다. 하지만 그는 연산군 4년에 일어난 무오사화로 한때 동문수학하던 선비들이 억울하게 목숨을 잃자, 출사의 뜻을 접고 강릉에 눌러살았다. 이사온과 최씨 부인은 슬하에 딸만 하나 두었다. 부부는 하나뿐인 딸에게 학문을 가르쳤다. 어릴 때부터 총명하고 영민했던 딸은 장성하여 문희공 신개의 증손자 신명화에게 출가했다.

신명화와 이씨 부인은 강릉에서 혼례를 치른 뒤 한양으로 떠났다. 이씨 부인은 시댁에 들어가 살면서 첫딸을 낳았다. 그사이 하나뿐인 딸을 시집보내고 마음의 병을 앓던 최씨 부인이 몸져누웠다. 한양에서 기별을 받고 달려온 이씨 부인은 밤낮으로 노모를 간호했으나 여러 날이 지나도록 차도가 없었다. 차마 발길이 떨어지지 않아 남편에게 의논을 구했다.

"저는 삼종지도를 여인의 마땅한 도리라고 배웠습니다. 당신이 반대하신다면 저 또한 따를 수밖에 없겠지요. 하지만 자식이라곤 저 하나뿐인데 병든 어머니를 두고 가려니 어찌할 바를 모르겠습니다."

신명화는 3남 2녀의 맏아들이었다. 이씨 부인은 그에게 3년 동안의 별거를 제안했다.

"당신은 한시라도 학문을 게을리할 수 없으니 본가로 가서 과거 시험에 매진하고, 저는 이곳에 남아 자식 된 도리를 하는 건 어떨지요?"

신명화는 속 깊은 남편이었다. 아내의 처지를 안타깝게 여긴 그는 결국 그 청을 받아들여 혼자 한양으로 떠났다. 이때부터 이씨 부인은 자신이 처녀 시절 머물렀던 별당에 거처하며 부모를 보살폈고, 신명화는 해마다 봄이 되면 대관령을 넘어왔다. 그 3년의 약속이 자그마치 16년이나 끌게 될 줄은 아무도 몰랐다.

연산군 10년째 되던 갑자년, 새해 벽두부터 피에 젖은 저고리 하나가 또다시 온 나라를 꽁꽁 얼어붙게 만들었다. 마침내 금상이 생모의 죽음에 얽힌 내막을 알게 된 것이다. 폐비 윤씨 사건에 직접 관여한 이들은 물론 소극적으로나마 동조했던 사람, 적극적으로 폐비를 옹호하지 않았던 이들까지 빠짐없이 국청에 불려나와 가혹한 복수의 희생양이 되었다. 노환으로 병석에 누워 있던 인수대비는 손자와 대립하다 끝내 숨을 거두었다. 일각에선 왕이 대비를 밀쳐서 죽게 만들었다는 흉흉한 소문이 떠돌았다.

이 와중에 무오년 사화를 피해 초야에 은거해 있던 선비들까지 합쳐서 도합 239명의 사림이 몰살을 당했다. 죽은 자라고 해서 칼날을 피해갈 순 없었다. 이미 죽은 122명은 부관참시를 당했다. 한양 한복판에 하루가 멀다 하고 시신의 목이 내걸렸다.

날이 갈수록 왕의 광기는 도를 더해갔다. 누구든 눈에 거슬리면 어떤 명목으로든 목숨을 앗았다. 예조판서 이세좌는 왕이 주는 술잔을 실수로 엎질렀다는 이유로 자결을 강요당했고, 경기 관찰사 홍귀달은 손녀딸을 후궁으로 들이라는 왕명을 어겼다는 이유로 유배지로 가던 중 교살되었다. 갑자사화의 서막을 알리는 두 사건에는 유학자들을 극도로 혐오하는 왕의 속내가 담겨 있었다.

노환을 핑계로 낙향한 최응현은 다시 조정의 부름을 받았다. 이때 그는 75세의 고령이었다. 연산군은 그를 대사헌에 임명했지만 그는 더 이상 조정에 남아 있을 명분도 희망도 잃어버렸다.

1504년 음력 시월 스무아흐레, 최응현은 이날 새벽 첫울음을 터뜨린 외증손녀를 위해 평소 마음에 두고 있던 두 글자를 종이에 적었다.

어질 인(仁), 착할 선(善).

오뚝하게 솟은 콧날에 초롱한 눈매, 백옥같이 희고 반듯한 이마를 가진 이 아이가 바로 훗날의 신사임당이다.

차례

제3부 | 위험한 선택

제4부 | 천사들의 합창

제5부 | 사친(思親)

제 1 부

나, 신사임당

위대한 유산

나의 첫 번째 기억은 진한 묵향(墨香)으로 시작된다. 장소는 사람들이 '대사헌댁'이라 부르는 외증조부 집 널따란 사랑방이다.

"그 옛날, 궁예라는 장수가 수천 명의 군사를 거느리고 대관령 굽잇길을 돌고 돌아 명주성으로 진격해 들어왔단다."

"명주성이 어딘데요?"

"너희가 사는 이곳 임영의 삼국시대 때 이름이 명주성이란다."

"왜 우리 동네 이름이 옛날하고 달라요?"

"삼국시대가 뭔데요, 할아버지?"

"궁예는 명주성의 왕이 됐나요?"

조무래기들의 호기심은 끝이 없었다. 나 어렸을 때 외증조부 최응현은 연산군 말엽 대사헌을 지내고 낙향하여 손자 손녀들 가르치는 재미로 소일하고 있었다.

나는 두 살 터울의 언니와 함께 매일 아침 대사헌댁에 문안을 갔다. 북평 마을에서 조산까지는 어린 걸음으로도 한달음에 닿을 수 있는 거리였지만 나는 매번 늦장을 피웠다. 길목마다 마주치는 신기한 볼거리들이 온통 나의 눈길을 사로잡았다. 같은 꽃이라도 아침저녁으로 자태가 달라지곤 했다. 나비, 풀벌레, 잠자리, 개구리는 천방지축으로 자리를 옮겨 다니고 물가의 새들도 볼 때마다 노는 장소가 달랐다. 때로는 시시각각 빛깔을 바꾸는 바다 풍경에 넋을 잃기도 했다.

"빨리 가자, 인선아."

보다 못한 언니가 짜증을 냈지만 그것은 이내 파도 소리, 새소리에 묻혀버리곤 했다. 세상에는 나의 눈과 귀를 사로잡는 것들이 너무 많았다.

그렇게 한참을 지체하다가도 막상 외갓집 대문을 들어서면 또 다른 세상이 펼쳐져 있었다.

"할아버지, 한양은 어떤 곳인가요?"

"거긴 여기보다 훨씬 넓고 크겠죠?"

"아마 이곳과는 비교도 할 수 없을 만큼 좋은 곳일 거야. 그렇죠, 할아버지?"

대관령 너머 세상은 조무래기들이 생각하는 것 이상으로 크고 넓고, 수많은 이야기를 가지고 있었다. 우리가 사는 고장에 대한 이야기가 나오면 특히 조무래기들의 눈빛이 초롱초롱 빛났다.

"강릉은 수천 년의 역사를 가진 고장이란다. 아주 오랜 옛날 예(濊)나라 시절엔 강릉이 서울이었지."

"역사가 뭔데요?"

"사람들이 살아온 이야기가 모이면 역사가 되는 거란다."

"서울이 뭐예요?"

"임금님 계시는 곳이지."

서울이라는 말에 어린 내 가슴은 두서없이 콩닥거렸을 것이다. 얼굴조차 가물가물한 아버지가 있는 곳이 서울이다. 기다림과 설렘, 그리움과 아쉬움, 혹은 뭐라 설명할 수 없는 기쁨과 슬픔의 감정 따위가 그 서울을 향했다.

사랑채 벽에는 유독 커다란 족자가 걸려 있었다. 나는 그 족자 안에서 꼬물거리는 글자에 강한 호기심을 느꼈다. 뜻을 알 수 없는 한자가 일곱 자씩 네 줄이나 쓰여 있었다.

"할아버지, 저건 뭐예요?"

"오냐. 이런 걸 시(詩)라고 한단다."

나 말고도 예닐곱 명의 조무래기들 가운데 말귀를 알아듣는 아이는 하나도 없었다.

"마음에 떠오르는 생각을 짧게 글로 쓴 걸 시라고 한단다."

외증조부는 점점 알 수 없는 말을 했다. 생각을 말로 표현하는 것도 어려운 나이였다.

어떻게 마음을 글로 쓸 수 있을까.

한편으론 글자로 이루어진 생각, 시라는 것을 이해하고 싶은 열망이 솟구쳤다. 족자에 쓴 글의 주인이 바로 내 외증조부였기 때문이다. 외증조부는 인자하고 자애로운 성품 이면에 저녁 바다처럼 깊이를 알 수 없는 그늘을 품고 있었다. 아주 오랜 세월이 흐른 뒤에야 나는 어렴풋이나마 그 그늘의 의미를 헤아릴 수 있었다.

외증조부는 세종에서 연산조에 이르기까지 일곱 분의 임금을 모셨다. 관직에 있던 세월만도 무려 60여 년이다. 수양대군의 왕위 찬탈 사건과 두 차례의 사화를 겪으면서 누군가는 억울하게 죽어 충신으로 기록되었고, 누군가는 어찌어찌 살아남았다는 이유만으로 스스로 어둠의 굴레를 덮어쓰기도 했다. 살얼음판이나 다름없는 지난한 세월을 견디는 동안 어찌 고뇌가 없었겠는가.

지금도 외증조부가 마지막으로 했던 말이 귓전에 생생하다.

"너희가 글자를 다 익히고 나면 책을 통해 세상의 모든 비밀을 알 수 있게 될 것이다. 할아비가 들려준 것보다 훨씬 많은 이야기가 책 속엔 들어 있단다. 그걸 알게 되면 마음을 글로 쓰는 방법도 깨치게 될 게다."

외증조부와의 수업은 이것으로 끝이었다.

나의 두 번째 스승은 외조부 이사온이다.

외조부는 생원시에 합격한 것이 전부였으나 사람들은 우리가 사는 집을 '참판댁'이라 불렀다. 외조부가 이 집을 물려받기 전에 살았던 외가 쪽 어른들이 대대로 참판을 지냈기 때문이다. 외사촌들과 나는 외조부의 사랑채로 글방을 옮겨《천자문》을 익혔다.

할아버지가 보여주고 싶었던 세상은 어떤 모습일까?

글자를 하나씩 배울 때마다 잊고 있었던 호기심이 새록새록 되살아났다. 아직 어린 나이였지만 글자를 익히는 일은 큰 즐거움이었다. 어머니는 나의《천자문》책씻이에 보답하는 뜻으로 국수를 말고 경단과 송편을 빚어 사랑채에 올렸다.

"인선이가 일등으로 책씻이를 했으니 상을 줘야겠구나."

외조부는 내게 갖고 싶은 것이 무엇인지 물었다.

"종이요!"

나는 주저 없이 대답했다.

"귀한 물건이니 아껴 써야 한다."

외조부는 종이 한 두루마리를 흔쾌히 내주면서 당부의 말을 덧붙였다. 내가 제일 먼저 달려간 곳은 대사헌댁이었다.

티끌 사이 높은 누각에서 사방을 바라보니
뜬구름 말려 흩어지고 매 한 마리 높이 난다
훨훨 천 층 푸른 하늘로 곧바로 날아오르니
어느 것이 티끌 날려 그 날개깃을 묻힐까 보냐
塵間危樓望四郊
浮雲捲盡一鷹高

翩翩直上千層碧
那箇飛塵點羽毛

사랑채 벽에는 외증조부가 경주 부윤으로 부임했을 때 썼다는 시가 여전히 족자에 걸려 있었다. 한 글자씩 천천히 읊어보았다. 스물여덟 개의 글자를 읽어내기는 어렵지 않았으나 그 안에 담긴 마음을 풀이하기란 쉽지 않았다.

외조부에게 여쭤보려고 글자를 하나씩 종이에 옮겨 적었다. 글씨가 삐뚤빼뚤 영 볼품없게 쓰였다. 그 바람에 어른들도 함부로 쓰지 않는 종이를 반 토막이나 날려버렸다. 나는 실망감을 안고 외조부에게 달려갔다. 시를 이해하는 것보다 더 급한 일이 있었다.

"아까운 종이만 버렸어요. 할아버지, 어떻게 하면 글씨를 잘 쓸 수 있을까요?"

나의 질문에 대한 외조부의 대답은 간단명료했다.

"우선 한 일(一)만 잘 쓰면 된단다."

"어떻게요?"

"가로획을 그을 때 왼쪽 끝은 말발굽처럼 표현하고, 오른쪽 끝은 누에 대가리 형상으로 마무리하는 연습을 해보아라."

외조부의 설명만으로는 종이를 또다시 버리지 않을 자신이 없었다.

"말발굽하고 누에 대가리가 어떻게 생겼는지 잘 모르겠어요, 할아버지."

"그럼 찬찬히 잘 생각해보고 나중에 다시 써보렴."

손녀딸 마음이 급한 것도 모르고 외조부는 그저 허허 웃기만 했다. 말이 지나다니는 것은 본 적이 있어도 발굽은 어떻게 생겼는지 모른다. 누에는 얼핏 본 적이 있는데 너무 징그러워 두 번 다시 쳐다보고 싶지도 않았다.

문제는 말발굽과 누에고치를 제대로 살피지 않으면 글씨를 잘 쓸 방법이 없다는 것이었다. 마침 행랑아범이 부엌에서 군불을 지피고 있었다.

"아저씨, 말이나 누에를 보려면 어디로 가야 돼요?"

"말은 아랫마을 김 대감댁에 가면 볼 수 있고, 윗마을에 누에 치는 집이 여럿 있답니다."

"아저씨, 나 거기 데려다줄 수 있어요?"

"지금 말입니까요?"

행랑아범의 얼굴에 난처한 기색이 스쳤다. 나는 선뜻 그러자고 할 수가 없었다. 어머니가 알면 하인을 함부로 부려먹는다고 불호령이 떨어질 게 뻔했다.

"바쁘면 이따 데려다줘도 돼요."

"아씨 얼굴은 지금 가자고 하는데요?"

행랑아범은 마음 좋은 얼굴로 아들을 불러냈다.

"은산아, 급한 일 없으면 아씨 모시고 나가서 심부름 좀 해드려라."

나보다 두 살 많은 은산은 성격이 우직하고 속이 깊었다. 우리는 말발굽과 누에 대가리를 관찰하러 며칠 동안 온 동네를 쏘다녔다.

종이를 버리지 않을 자신이 생길 때까지 마당에 책을 펼쳐놓고 나뭇가지로 글자 연습을 했다. 두어 달쯤 지나자 내 눈에도 글자가 어느 정도 꼴을 갖춘 듯했다.

"옳거니! 이게 바로 잠두마제(蠶頭馬蹄, 누에 머리 말발굽 필법)라고 하는 것이다."

외조부는 내가 써간 천지현황(天地玄黃) 네 글자를 흡족하게 바라보았다.

"서체는 크게 전(篆)·예(隸)·해(楷)·행(行)·초(草), 다섯 가지가 있느니라. 자꾸 연습하다 보면 네 맘에 드는 서체를 찾을 수 있을 게다."

같은 글자라도 서체를 달리함에 따라 다양한 형태로 표현할 수 있다는 사실이 어찌나 신기하고 놀라웠는지 모른다. 연습을 거듭하다 보니 글의 느낌이 글씨체에 따라 달라진다는 것도 조금씩 알게 되었다. 그중 초서체와 해서체가 가장 마음에 들었다.

"소나무밭이 우거지려면 봄날 송홧가루가 실해야 되는 법이다."

어머니는 딸들을 가르치면서 늘 이 말을 입버릇처럼 되뇌었다. 어릴 때부터 바른 생각과 바른 태도가 몸에 배지 않으면 커서 집안을 욕되게 한다는 가르침이다. 나는 다섯 자매 가운데 아버지와 함께 보낸 시간이 제일 적었다. 두 돌이 되기 전에 조부상을 당했기 때문이다.

인수대비 국상과 때맞춰 실시된 단상령(短喪令)은 유교를 숭상하는 조선 사회에 엄청난 파장을 몰고 왔다. 임금이 하루를 한 달로 쳐서 25일 만에 상복을 벗어 던진 판국이었다. 국법을 어기고 삼년상을 치른 많은 선비들이 귀양을 가거나 목숨을 잃었다.

단상령 이면에는 자신의 생모를 죽음으로 몰아간 인수대비에 대한 연산군의 원한이 깔려 있었다. 그런 사실을 뻔히 알면서도 권문세족들은 눈치 보기에 바빴다. 이럴 때 내 아버지 신명화는 죽기를 각오하고 3년 동안 단 하루도 상복을 벗지 않고 부친의 묘소를 지켰다.

어머니는 그런 아버지를 마음으로 깊이 존경하고, 또 사랑했다. 딸들 교육에 각별히 마음을 쓴 것도 아버지의 인품에 누가 되지 않게 하려는 뜻이었으리라.

외가에서 대대로 물려온《삼강행실도》는 중국과 조선의 충신, 효자, 열녀 각 35명씩 105명의 실화를 바탕으로 한 글에 그림과 시를 덧붙인 책이다. 외조모로부터 글자를 깨친 어머니는 어릴 때 이미 이 책을 통째로 외웠다. 우리 자매들은 그중에서도 '효도' 편에 나오는 이야기를 가장 많이 듣고 자랐다.

어머니는 방에서 하릴없이 시간을 보내는 적이 거의 드물었다. 딸들이 글자를 익히기 전에는 틈틈이 책을 읽어주고, 글자를 깨치고 나면 한 편 한 편 소리 내어 읽고 외우게 했다. 이 모든 게 베갯머리 교육을 통해 이루어졌다. 어머니는 우리가 책의 내용을 제대로 이해할 수 있도록 자연스럽게 복습을 유도하기도 했다.

"오나라 때 사람 맹종은 늙고 병든 어머니를 위해 어떻게 했지?"

먼저 어머니가 문제를 내면 나와 언니가 번갈아 대답하는 식으로 복습이 이루어졌다.

"추운 겨울에 죽순을 구하러 대나무숲으로 갔어요."

"꽁꽁 얼어붙은 숲이에요."

"맹종은 대나무숲에 왜 갔을까?"

"어머니가 죽순을 넣고 끓인 죽을 드시고 싶어 했기 때문이에요."

이제 막 말을 배우기 시작한 동생이 간혹 톡톡 끼어들어 이야기의 맥을 끊어놓을 때도 있었다.

"그런데 엄마, 우리 집 대나무는 겨울에 잎이 다 떨어지는데요?"

어머니는 아무리 사소한 질문도 그냥 흘려보내지 않았다. 게다가 어머니의 설명은 이야기를 더욱 풍성하고 실감 나게 전달하는 묘미가 있었다. 그런 이유로 언니와 나는 어머니와 동생의 대화에 귀를 쫑긋 세우곤 했다.

"그래, 지선이 말이 맞아. 대나무는 봄이 되어야만 죽순이 올라오기 때문에 겨울엔 좀처럼 구할 수가 없단다. 하지만 맹종은 어머니를 낫게 하려고 하루 종일 숲을 뒤지고 다녔어. 혹시 죽순 몇 잎이라도 찾을 수 있을까 해서 말이야."

"그래서 맹종은 죽순을 찾았어요?"

"찾았지."

"어떻게요?"

"어머니께 맛있는 죽을 끓여드리고 싶은 마음에 추위도 잊은 채 죽순을 찾아다니다 보니 날이 어두워지기 시작했어. 맹종은 슬피 울면서 숲을 헤매고 다녔단다. 그렇게 한참을 울다가 이상한 느낌이 들어 주위를 돌아보니 죽순 몇 개가 솟아난 대나무가 눈에 띈 거야. 지성이면 감천이란 말은 바로 이럴 때 쓰는 말이지."

"와! 다행이다."

항상 이쯤에서 자매들의 환호성이 터져 나오곤 했다.

강릉에 살았던 네 형제 이야기도 감동적이었다. 엄동설한에 잉어를 구해와 노모의 병을 낫게 한 네 형제 이야기는 중국의 고사보다 더 현실적인 느낌을 갖게 했다.

하루는 집안이 울음바다가 되었다. 그날 우리 자매들은 어머니 앞에서 고려시대 효자 최누백의 이야기를 소리 내어 읽고 있었다.

누백은 아버지와 함께 깊은 산중에 살았다. 어느 날 누백의 아버지는 집으로 돌아오는 길에 호랑이를 만났다. 누백이 달려갔을 때 아버지는 이미 호랑이한테 잡아먹힌 뒤였다. 누백은 도끼로 호랑이 등을 내리쳐 죽이고 배를 갈라 아버지의 시신을 수습해 장례를 치렀다. 이 대목에서 나는 주체할 수 없는 감정에 휩싸였다.

"갑자기 무엇 때문에 우는 거냐?"

"복수를 하면 뭐해요. 아버지는 이미 돌아가셨는데……."

어머니가 당혹스러운 눈길을 보냈다. 언니와 동생도 덩달아 울음을 터뜨렸다.

"이런 일은 아주 드물게 일어나기 때문에 책에도 나오는 거야."

어머니의 위로에도 나는 울음을 멈출 수가 없었다. 밑도 끝도 없는 두려움이 서러운 절망감 속으로 어린 나를 밀어 넣고 있었다.

밤이면 아버지가 대관령을 넘어오다 호랑이를 만나는 악몽에 시달리기도 했다.

"괜찮아, 괜찮아."

잠결에 소스라쳐 눈을 떠보면 호롱불 아래 책을 읽고 있던 어머니가 등을 토닥여주곤 했다.

여자들이 책 읽는 모습이 전혀 부자연스럽게 여겨지지 않는 집안에서 자랄 수 있었던 것은 내가 가진 특별한 행운 가운데 하나였다. 외가의 개방적인 교육 환경이 아니었다면 나의 필적이 세상에 전해지는 일도 없었을 것이다.

외조모 또한 여가를 허투루 보내는 법이 없었다. 어떤 날은《내훈》이, 어떤 날은 또 다른 책이 외조모의 손에 들려 있었다. 종종 우리 자매들을 앉혀놓고《사자소학》을 들려주기도 했다.

외조모는 형제가 11남매나 된다. 이모할머니만 해도 다섯 분이다. 어느 날 문득 궁금한 생각이 들었다.

"할머니는 누가 글자를 알려주셨어요?"

"아버지가 알려주셨지."

"대사헌 할아버지요?"

"그럼."

"이모할머니들도요?"

"그렇지."

외조모는 스스럼없이 고개를 끄덕였다. 이때까지만 해도 나는 다른 집 여자아이들도 집에서 글을 배우는 줄 알았다. 여자의 필적이 담장 밖으로 나가는 것조차 금기시되는 세상에 내가 살고 있다는 사실은 당연히 알 까닭이 없었다.

물가의 소년

물속에는 분명 또 다른 세상이 있을 것이다. 맑은 날 물가에 앉아 있으면 묘한 충동이 느껴지곤 했다. 나는 최대한 몸을 숙였다. 그렇게 하면 날개옷을 입은 선녀들과 수염이 길고 하얀 용왕님이 수레를 타고 지나는 모습이 잡힐 것만 같았다.

풍덩.

잔잔한 수면에 파문이 일었다. 놀란 물고기들이 삽시간에 사방으로 흩어졌다.

언제부터 여기 있었던 걸까.

바로 등 뒤에서 웬 남자애가 돌멩이를 한 움큼 쥔 채 삐딱하게 서 있었다. 나는 갑작스러운 침입자의 등장에 은근히 부아가 났다. 무엇이 못마땅한지 그 애도 얼굴을 잔뜩 찡그리고 있었다.

타다닥.

호수 한가운데로 보란 듯이 물수제비가 날아갔다. 나는 앉은 자리에서 발딱 일어났다.

"누구야?"

나비에 정신이 팔려 있던 언니가 그 애를 흘낏 보았다.

"몰라."

나는 언니 손을 잡고 의식적으로 걸음을 빨리했다. 뒤에서 아까보다 훨씬 요란한 물소리가 났다.

"애기씨들 위험하니까 호수 근처에는 가지도 말라고 했잖아요!"

행랑어멈이 나물 소쿠리를 안고 산에서 내려오다 우리를 발견하고 질색했다.

"마님 아시면 어쩌려고 그래요?"

행랑어멈은 나와 언니를 다시 얕은 물가로 데려가 손을 씻겼다. 어느 틈에 사라졌는지 그 애는 보이지 않았다.

"윤 대감댁 장손이 한양에서 내려왔다더니 아까 그 도령인가 보네요."

행랑어멈은 말끝에 혀를 끌끌 찼다.

"어린 도령이 안됐어요. 아, 글쎄 작년 여름 물난리 때 부모를 한꺼번에 잃었다지 뭡니까. 일곱 살이면 아씨랑 동갑이잖아요. 집안이 암만 좋으면 뭐해……."

소년이 떠난 물가는 아무 일도 없었다는 듯 평화로웠다. 내게는 그

평화가 오히려 잔인하게 느껴졌다.

며칠 후 달이가 마을에 파다한 소문을 물어왔다.

"윤 대감댁 진서 도련님 말이에요. 한양에서도 소문난 신동이래요. 부모님만 그렇게 안 됐어도 대과 급제는 따놓은 당상이었대요."

이름이 진서였구나.

달이는 그 부친이 외증조부의 옛날 제자라는 사실까지 시시콜콜 꿰고 있었다.

"돌아가신 양반이 대사헌 나리께서 특별히 아끼던 제자였대요."

대사헌 할아버지를 떠올린 순간, 나는 느닷없이 함정에 빠진 기분이었다. 오랫동안 그분의 존재를 잊고 살았다. 살아서 볼 수 없으면 그저 지워지는 것인 줄만 알았다. 그런데 이 순간 불쑥 어린 날의 기억들이 목구멍으로 치받히면서 그분의 자애로운 미소가, 나를 부르던 음성이 사무치게 와 닿았다.

죽은 사람이 보고 싶을 땐 어떻게 해야 될까.

문득 물가의 그 애는 화가 난 게 아니라 울음을 참고 있었던 건지도 모른다는 생각이 들었다.

그리움으로 크는 아이

나는 마당에서 혼자 노는 것을 좋아했다. 어머니는 집 안 곳곳에 꽃과 나무를 심어 아름다운 정원으로 꾸몄다. 철마다 봉숭아, 원추리, 족두리, 맨드라미, 채송화 따위가 피어나는 마당에 앉아 있노라면 끝 모르는 욕망이 손끝을 간질이곤 했다.

보라색 가지나무에 벌이 윙윙대며 날아 앉는다. 흰나비도 소리 없이 날아들고 잠자리 한 쌍은 질세라 나무 주위를 맴돌기 시작한다. 풀벌레는 바닥을 기어 다니고 자줏빛 가지 열매가 바람에 살짝 흔들린다.

나는 눈에 들어온 풍경 하나하나를 빠짐없이 나뭇가지로 그리기 시작했다.

매 순간이 변화무쌍한 텃밭 풍경도 매력적인 그림의 소재가 되었다. 푸른 채소 잎사귀에 달라붙은 조그만 풀벌레, 느리게 바닥을 기어

다니는 곤충의 날개며 더듬이까지 마당으로 옮겨놓다 보면 시간이 어떻게 가는 줄도 몰랐다.

간혹 외조부와 어머니가 종이를 내주기도 했다. 두 분 모두 내게는 아낌없는 후원자였으나 욕심대로 하자면 종이는 하루 열 장이라도 모자랐다.

마당은 아무리 써도 닳지 않는 도화지처럼 훌륭한 연습장 구실을 했다. 한 가지 아쉬운 점이 있다면 나뭇가지로 그린 그림은 생명력이 길지 않다는 것이었다. 언니와 동생은 내 그림의 충실한 관람객이었다.

"개구리가 마당으로 튀어나오려고 해!"

자매들은 내가 나뭇가지를 움직일 때마다 마당에 쪼그려 앉아 탄성을 질렀다. 나는 옛날 궁예라는 장수가 그랬던 것처럼 위풍당당하게 대관령을 넘어오는 아버지를 떠올리며 손목에 힘을 주었다.

"장수벌레는 아버지, 말똥구리는 호위병들이야!"

그러고 보니 호위병이 부족하다. 나는 풀벌레와 나비, 곤충 따위를 아버지 장수벌레 옆에 빼곡히 그려 넣은 다음에야 만족스러운 미소를 머금었다. 할 수만 있다면 나비처럼 훨훨 날아서 아버지를 모셔오고 싶었다.

굽이굽이 아흔아홉 고갯길을 오르내릴 때 대굴대굴 구른다고 해서 '대굴령', 한양에서 부임하는 관리가 천 리 길을 걸어와 까마득한 산 아래를 굽어보며 서러워서 울고, 임기가 끝나고 돌아가는 길에는 마지막으로 푸른 바다를 돌아보며 두 번 다시 볼 수 없는 수려한 경관과 후

한 인심에 목이 메어 또 한 번 울고 간다 해서 '사또가 울고 넘는 고개'라고도 불리는 대관령이 우리 가족에게는 어쩔 수 없는 그리움의 장막이었다.

봄은 아버지가 올 수도 있는 계절이어서 우리 자매들을 설레게 했다. 그러나 노란 창포꽃이 피어날 때까지 아버지는 오지 않았다. 늦은 봄꽃 향기가 안타까움을 더하는 어느 날, 대문이 활짝 열리더니 언니가 화들짝 몸을 일으켰다.

"아버지다!"

"정말?"

나는 자매들의 들뜬 목소리에 고개를 들었다. 흰 복건에 갓을 쓴 남자가 성큼성큼 안으로 들어서고 있었다. 햇살 때문이 아니라도 눈이 시렸다. 싱그러운 눈매를 가진 아버지가 우리 앞에 우뚝 섰다.

"뭣들 하고 노는 게냐?"

"인선이 그림 그리는 거 구경하고 있었어요."

언니가 마당 한구석을 손으로 가리켰다. 그때가 내게는 길지 않게 살아온 날들 중에서 가장 숨 막히는 순간이었을 것이다. 아버지는 마당 그림을 찬찬히 훑어보고는 흐뭇한 미소를 지어 보였다.

"솜씨가 제법이구나."

과분한 칭찬에 가슴이 콩닥거렸다. 아버지와의 첫 대면은 상상했던 것보다 훨씬 더 감동적이었다.

갑자기 집 안이 꽉 찬 느낌이었다. 나는 사랑채 댓돌에 놓인 신발만 보아도 마음이 훈훈해졌다.

다음 날 아침, 생각지도 않은 선물을 받았다. 아버지의 부름을 받고 사랑채로 갔더니 종이와 붓, 물감 따위가 담긴 꾸러미가 탁자에 놓여 있었다.

"일찍이 네가 그림에 소질이 있다는 얘긴 네 어머니 서찰을 통해 간간이 듣고 있었다. 이것으로 그림을 그려보거라."

워낙 갑작스러운 상황이라 어리둥절하지 않을 수 없었다. 그때까지 물감은 한 번도 만져보지 못한 나였다. 아버지는 겨우 일곱 살 난 딸에게 그 귀한 물감으로 그림을 그리도록 허락한 것이다.

"그렇게 좋으냐?"

어머니는 마치 누가 뺏기라도 할 것처럼 물감을 꼭 움켜쥐고 있는 나를 어이없다는 눈길로 쳐다보았다.

"예, 좋아요. 어머니!"

나는 성격이 내성적인 편이지만 이때만큼은 너무 기쁜 나머지 부끄러움도 잊었다. 생각 같아선 혹시 꿈이 아닌지 볼이라도 꼬집어보고 싶을 지경이었다.

"봐라, 인선아. 이건 한양에서 특별히 구해온 것이다."

아버지가 산수도 한 점을 보여주었다.

"안견이라는 유명한 화가의 그림을 본뜬 것인데, 따라 그릴 수 있겠느냐?"

"예, 아버지."

어디서 그런 배짱이 나왔는지 모르겠다. 나는 아버지가 건네준 산수도를 제대로 살펴보지도 않고 덜컥 대답부터 하고 말았다.

방으로 돌아오자마자 그림 구석구석을 마음에 담았다. 화가의 시선이 나무를 향하면 나무를 따라가고, 바위를 향하면 바위를 따라갔다. 안개 자욱한 강가에 한가로이 배를 띄운 이 계절은 봄일까, 가을일까. 태어나 처음으로 받은 아버지의 선물을 헛되게 하지 않기 위해서라도 그림을 잘 그려내고 싶었다. 떨림이 가라앉기를 기다린 뒤에 붓을 들었다.

그림은 이틀 후 저녁 무렵에야 완성되었다. 아버지는 내가 가져간 그림을 탁자 위에 펼쳐놓은 채 굳은 얼굴로 쳐다보고만 있었다.

마음에 들지 않으신 걸까.

나는 손에 땀을 쥐었다. 그러고도 한참을 묵묵히 앉아 있던 아버지는 말없이 사랑채를 나갔다. 외조부에게 그림을 보여주러 가는 길이었다.

며칠이 지나고 아버지가 다시 나를 사랑으로 불렀다.

"이건 돌아가신 네 외증조부께서 예전에 내게 선사하신 귀한 황모필이다. 너의 재주를 아끼는 뜻에서 주는 것이니 받아두어라."

자상한 말투에 비로소 나도 심중에 있던 말을 꺼내볼 용기가 생겼다.

"아버지, 제가 그림을 제대로 그린 것인가요?"

"오냐, 잘했다. 이제부터는 종이와 물감 아끼지 말고 마음껏 네 그림을 그리도록 해라."

"정말요?"

아버지가 나를 보고 웃었다. 기분이 하늘로 날아오를 듯했다.

아버지는 성품이 온화하면서도 한편으로는 강직하고 고지식한 면이 있었다.

하루는 외조부가 아버지를 불렀다.

"친구와 만날 약속이 있는데 지킬 수가 없게 되었네. 자네가 서찰을 한 통 써줘야겠네."

"예, 장인어른. 그런데 서찰을 어떻게 쓰라는 말씀이신지요?"

"내가 몸이 좀 안 좋다고 대충 둘러대게."

외조부도 원래 성품이 대쪽 같기로 소문난 분이었다. 병을 핑계로 거짓 편지를 써달라고 했을 때는 나름 이유가 있었을 터였다. 그러나 아버지는 외조부의 부탁을 일언지하에 거절했다.

"장인어른, 송구스럽지만 사실이 아닌 일을 말할 수는 없습니다."

"안 나가면 저쪽에서도 무슨 사정이 있으려니 하고 이해해주겠지만 친구지간에 허언을 한 꼴이라 마음이 편치 않아서 그러네."

"그렇게 해서 장인어른 심기가 조금 편해진다 해도 실제로 몸이 편찮으신 건 아니니 서찰은 써드리기 곤란합니다."

아버지는 끝내 요지부동이었다. 친아들처럼 믿었던 사위한테 무안을 당한 외조부는 내 어머니에게 언짢은 기색을 내비쳤다.

"빈말이라도 듣는 시늉이나 했으면 늙은이 체면이 이렇게 구차해지진 않았을 게다."

"아버지 말씀이 옳습니다."

어머니는 일단 외조부 말에 수긍한 뒤에 한마디 덧붙였다.

"그런데 아버지께서 잊으신 게 있는 듯합니다."

"그건 또 무슨 말이냐?"

"제 남편이 평소 아버지를 마음의 스승으로 삼았다는 사실 말입니다."

결과적으로 거짓말 못하는 성격도 장인을 닮아서 그렇다는 뜻이었다. 외조부도 어머니 말에는 껄껄 웃고 말았다.

한번은 어머니가 뒷간에서 나오다 발을 헛디뎌 넘어질 뻔했다.

"어머나! 기운 차리셔야죠, 어머니. 큰일 날 뻔했잖아요!"

딸들이 얼른 달려가 부축한 것까지는 좋았는데 어느 순간 까르르 웃음을 터뜨리고 말았다. 웬만해선 실수하지 않는 어머니가 뒤뚱거리는 모습에 웃음보가 터진 것이다.

즉각 아버지의 불호령이 떨어졌다.

"부모가 기운이 허약해졌다 여겨 걱정을 해야지, 자식이 되어 어찌 이 상황에서 웃을 수 있단 말이냐!"

딸들은 사랑채로 불려가 눈물이 쏙 빠지도록 뉘우치고 난 후에야 자리를 물러났다.

아무리 야단을 맞아도 아버지와 함께 있는 동안만큼은 우리 모두 행복했다. 그러나 아쉽게도 좋은 날은 늘 그렇듯 너무 빨리 지나가버렸다.

강릉에서 한양까지 걸어서 아흐레나 열흘, 나귀를 타고 가도 꼬박 대엿새는 걸리는 길이라고 했다. 아버지가 떠난 뒤로도 우리 딸들은 한동안 그렇게 습관처럼 사랑채를 기웃거렸다.

징검다리

물버들 가지가 세찬 바람에 나풀거렸다. 나는 징검다리 앞에서 걸음을 멈추었다. 점심나절 잠깐 소나기가 내렸을 뿐인데 어느새 개울물이 많이 불어나 있었다. 장마 끝이라 아직은 위험하다는 어머니 말을 거역하고 외사촌 집에 놀러 갔다 너무 늦게 나선 게 잘못이었다.

하늘에 먹장구름이 밀려오고 있었다. 도중에 또 비가 쏟아질지도 모르는 징검다리를 건널 생각을 하니 눈앞이 아찔했다.

"큰길로 갈까?"

"요거 몇 개만 건너면 집에 갈 수 있는데."

달이는 개울 바로 건너편에 있는 우리 마을을 아쉬운 듯 쳐다보았다.

"내 손 잡아요, 아씨."

달이가 손을 내밀었다. 솔직히 나는 달이를 믿을 수가 없었다. 나이로 치면 내가 저보다 두 살이나 많았다.

“괜찮다니까요?”

“그냥 저쪽으로 돌아서 가자.”

“아씨는 지름길 놔두고 뭔 겁이 그리 많은지 몰라.”

마뜩잖은 얼굴로 입을 삐죽거리던 달이가 누군가를 발견하고 아는 체를 했다.

“어? 진서 도련님이다.”

어느새 훌쩍 키가 커버린 그가 이쪽으로 다가오고 있었다. 더 가까이 오기 전에 얼른 그 자리를 벗어나고 싶었다. 달이는 여전히 징검다리에 대한 미련을 버리지 못한 표정이었다.

“그럼 가자. 나 혼자 건널 수 있어.”

달이를 앞세우고 한 발을 내딛는 순간, 몸이 휘청거렸다. 미끄러운 돌다리의 감촉에 오싹 소름이 끼쳤다. 겨우겨우 중간쯤 갔을 때 달이가 뒤를 돌아보았다.

“아씨, 잘 따라오고 있죠?”

“응.”

묻는 말에 고개를 끄덕인다는 게 주의력을 흩뜨려뜨렸다. 갑자기 몸의 균형이 깨지면서 얼음처럼 굳어버렸다. 발을 뗄 수도, 숨을 쉴 수도 없었다.

“왜 그래요, 아씨?”

달이도 안색이 하얗게 질렸다. 나는 중간에서 오도 가도 못한 채 식은땀을 흘렸다. 심장이 마구 뛰면서 가쁜 숨이 터져 나왔다.

"내가 도와줄게."

어느 순간 그가 내 앞에 다가와 손을 내밀었다. 달이는 돌다리 세 개, 나는 다섯 개를 남겨두고 있었다.

"아씨."

먼저 개울 밖으로 나간 달이가 간청하는 눈짓을 보냈다. 나더러 외간 남자 손을 잡고 건너오라는 뜻이다.

"개울물이라고 얕잡아보면 안 돼. 물살이 점점 세지고 있다고."

망설이는 내게 그가 퉁명스럽게 내뱉었다. 말이 끝나기도 전에 천둥소리가 들려왔다. 나는 거의 반사적으로 그 손을 잡았다. 황망 중에도 손이 무척 따뜻하다고 느꼈다. 덫에 걸린 듯 꼼짝 못하던 발목에도 힘이 생겼다.

이상하게 징검다리 다섯 개를 순식간에 건너면서 무섭다는 생각이 전혀 들지 않았다. 마을로 들어섰을 땐 사방이 어둑어둑해질 무렵이었다.

"살펴 가셔요, 도련님."

달이는 연신 고개를 조아렸다. 나도 뭐라고 한마디쯤 하고 싶었는데 도무지 생각이 나지 않았다.

"조심해."

그가 골목 저편으로 사라지면서 손을 흔들었다. 얼핏 눈에 들어온 옆얼굴에 웃음기가 내비쳤다.

자수의 세계로

아버지는 해마다 봄이나 가을이면 잠시 대관령을 넘어오곤 했다. 그사이 자매는 다섯으로 늘었고, 나는 열두 살이 되었다. 어머니는 딸들이 열 살 무렵부터 바늘을 손에 쥐여주고 자수(刺繡)를 가르쳤다. 몇 시간씩 꼼짝 않고 수를 놓다 보면 지루하다 못해 졸음이 쏟아졌다. 그러다 바늘에 손가락을 찔리는 경우도 다반사였다. 평소 말수 적은 어머니가 이때만큼은 말이 많아지는 데는 나름의 이유가 있었다.

"수를 놓을 땐 딴생각하지 말고 한 땀 한 땀 마음을 기울여야 모양이 어긋나지 않는 법이야. 그래야 손가락을 다칠 염려도 없지. 말을 하고 행동하는 것도 마찬가지다. 아랫사람을 대할 때도 사소한 말 한마디, 행실 한 가지도 소홀히 해선 안 돼. 언행을 신중히 하지 않으면 누군가는 반드시 상처를 입게 된다는 걸 잊지 마라."

"그럼 무조건 말을 하지 않는 게 좋은 거예요?"

엉뚱한 소리 잘하는 지선의 뜬금없는 질문에 자매들이 와 하고 웃음을 터뜨리자 어머니는 짐짓 엄한 눈초리를 보냈다.

"많이 듣고 조금만 말하면 돼. 입으로 내뱉기 전에 두 번 세 번 생각하고, 또 생각한 연후에 꼭 할 말만 하는 버릇을 들이면 행동에도 실수가 없단다."

어머니는 바느질에 빗대어 딸들에게 마음공부를 시키는 중이었다.

"바느질만 잘한다고 수를 잘 놓는 게 아니란다. 자수는 밑그림을 잘 그려야 좋은 작품이 나오는 거야. 공부도 별다른 게 아니란다. 마음바탕을 잘 가꿔 서로 화합하며 사람답게 살아가는 도리를 깨치면 되는 거야."

"어른 공경하고 부모한테 효도하란 말씀이잖아요."

"어른만 잘 공경한다고 전부가 아니지. 아랫사람을 사랑하고, 또 나보다 약한 사람을 가엾게 여길 줄도 알아야 돼. 나이가 어리거나 신분이 낮다고 해서 업신여겨서도 안 되고. 남에게 덕을 쌓지 못하면 그 화가 다 나에게로 돌아오는 법이란다."

어머니가 조곤조곤 들려주는 이야기를 마음에 새기면서 수를 놓다 보면 어느덧 졸음은 말끔히 가시고 영혼이 맑아지는 느낌이었다.

수틀을 화폭 삼아 밑그림을 채워가는 자수는 또 다른 창작의 기쁨을 선사했다. 어머니는 배롱나무 꽃잎을 수놓은 나의 자수로 베갯잇을 만들어주었다.

"다른 것으로 몇 개 더 만들어보렴. 조금만 더 연습하면 병풍 자수도 놓을 수 있겠구나."

"어머니, 정말요?"

나는 칭찬을 듣고 들뜬 마음에 묻고 또 물었다. 마침 순영 언니 혼사가 임박해 있었다. 먼 외가 쪽 친척이지만 이웃에 사는 순영 언니가 나에게는 누구보다 가까운 상대였다.

식구 수대로 베갯잇과 방석, 보료까지 수놓기를 끝마쳤을 때 어머니가 병풍 자수에 쓸 비단을 내주었다.

"어머니, 혹시 비단을 못 쓰게 되면 어떡해요?"

"그러니까 엉뚱한 생각 말고 한 가지 생각에만 집중해야지."

어머니는 비단을 마름질하면서 너그러운 미소를 떠올렸다. 그 미소가 내게 용기를 주었다. 순영 언니 혼인할 때 내가 만든 병풍을 선물하고 싶었다.

"잘 생각했다."

어머니는 흔쾌히 허락했지만 막상 귀한 비단을 펼쳐놓고 보니 막막했다. 자수 병풍은 처음이어서 밑그림부터 감이 안 잡혔다.

"시집갈 때 가져가는 병풍은 봉황이나 꿩, 원앙 같은 길조 한 쌍에 꽃과 나비를 수놓은 화조 병풍, 십장생으로 만수무강을 기원하는 수복 병풍이 있어. 혼례 때는 주로 모란이나 포도 병풍을 많이 쓴단다. 그중에서 네가 가장 좋아하고 상대가 기뻐할 만한 밑그림을 골라보렴. 그래야 좋은 자수가 나오는 거야."

어머니의 조언을 바탕으로 밑그림 찾기에 매달렸다. 그림으로는 비교적 쉽게 표현할 수 있는 풍경도 바느질을 염두에 두고 고르려니 만만치 않았다. 이래저래 결정을 미루고 있는 사이 뜰 안에 포도가 탐스럽게 익어가고 있었다.

"저거야!"

갑자기 눈이 번쩍 뜨였다. 순영 언니 집 마당에도 포도가 주렁주렁 매달려 있을 것이다. 해마다 이맘때면 바구니 가득 포도를 따 안고 우리 집 마당을 들어서던 언니의 해맑은 미소가 눈에 선했다.

"아주 보기 좋구나."

어머니는 꼬박 한 달에 걸쳐 완성된 포도 병풍을 더없이 흡족한 눈길로 바라보았다. 나의 첫 번째 자수 병풍은 순영 언니 혼례식 날에 맞춰 신방에 놓였다.

그 무렵 한양에선 아버지가 인생의 전환점에 서 있었다.

아버지의 가을

1506년 9월 18일, 마침내 중종반정이 일어났다. 연산군은 폭군의 오명을 쓴 채 폐위되었고 이복동생인 진성대군이 새 임금으로 추대되었다.

박원종 일파가 주축이 된 중종반정은 무고한 희생자를 낳았다. 대표적 인물이 중종의 장인 신수근이었다. 공신들은 반정에 협력하지 않았다는 이유로 신수근을 역모로 몰고 그 딸을 폐위시켰다. 집권 초기의 중종은 반정 공신들의 위세에 눌린 허수아비 신세였다. 이 상황에서 폐비 신씨 사건은 조광조를 위시한 신진 사대부들의 정계 진출에 물꼬를 터주는 계기가 되었다.

신진 사대부들은 박원종 일파를 처벌하라는 상소를 올렸다. 그러자 대사간 이행을 비롯한 박원종 일파는 역신의 딸을 옹호한다는 죄목으로 그들을 유배시켰다. 곧바로 조광조의 반격이 시작되었다. 그는 상소를 올린 사람을 벌한 것은 언로를 막는 행위라는 명분을 들어 이행 등을 파직시켰다.

조지서 사지(종이를 만드는 관청의 우두머리)로 조정에 첫발을 디딘 조광조는 이 일로 단번에 사림의 영수로 떠올랐다.

군주와 관리가 실천궁행하여 백성을 교화시키고 나라를 올바르게 다스린다는 것이 조광조가 주장하는 지치주의(至治主義), 즉 도학 사상이다.

중종은 도학 사상을 바탕으로 자신의 지배 체제를 굳건히 할 목적으로 그를 호조와 예조의 좌랑에 임명하여 개혁의 선봉에 세웠다. 조광조는 현실에 맞지 않는 법은 과감히 뜯어고칠 것을 주장하여 기득권자들의 극심한 반발을 샀지만 중종은 한동안 그에 대한 신임을 거두지 않았다. 과거에 뜻을 두지 않고 책만 보던 내 아버지 신명화가 마음을 바꾼 것도 조정의 개혁 의지에 희망을 걸었기 때문이다.

중종 11년(1516) 봄, 아버지가 마흔한 살 늦깎이로 식년 문과 진사시에 합격했다는 낭보를 전해 듣고 어머니는 외조부 앞에서 기쁨의 눈물을 흘렸다.

"조광조 같은 선비를 등용하는 조정이라면 아범이 큰 뜻을 펼칠 수 있겠구나!"

정치와는 무관하게 초야에 묻혀 지내오던 외조부가 반색할 만큼 조광조라는 이름은 급속도로 유명세를 타고 있었다.

온 식구가 이제나저제나 한양에서 돌아오기만을 고대하던 아버지가 대관령을 넘어온 것은 여름의 막바지에 이르러서였다.

"아버님, 이제 곧 새로운 세상이 열릴 것입니다."

"자네가 때를 잘 만났다면 나이 사십 줄에 성균관에 들어갈 일은 없었을 것을……."

외조부는 아버지의 출사가 늦은 것이 못내 안타까운 듯 말꼬리를 흐렸다. 그럼에도 아버지는 전에 없이 들뜬 모습이었다.

"성균관은 나이 제한이 없어 저보다 열 살 많은 유생도 있다고 들었습니다. 그보다 아버님, 정암이 현량과를 주청했습니다. 이제야말로 무능력한 관리들이 조정에 발붙일 기회가 없어질 것입니다."

"반발이 거셀 텐데 그리 쉽게 되겠는가?"

"유생들이 정암에게 힘을 모아줘서 일이 되도록 해야지요."

아버지가 말하는 정암은 조광조를 가리켰다.

현량과는 당사자의 학식은 물론 성품과 재능, 현실 대응 의식 등을 종합 평가하는 새로운 관리 선발 제도였다.

이 무렵 언니의 혼담이 활발히 오가는 중이었다. 상대는 반듯한 양반 가문의 선비였다. 혼사 날짜는 이듬해 봄으로 정해졌다. 딸들은 혼수 준비에 여념이 없는 어머니를 도와 바느질을 거들었다. 집안의 첫 혼사라 어머니도 딸들도 정신이 하나도 없었다.

"안 되겠다. 미리 알아두면 나중에 너희들이나 나나 힘이 덜 들 테니 다 같이 배워라."

어머니는 아직 혼처도 정해지지 않은 딸들까지 신부 수업에 참여시켰다. 일찌감치 음식 만드는 법이며 살림살이 꾸리는 법을 익혀두라는 것이었다. 언니는 다섯 자매를 부엌으로 동별당(東別堂, 결혼하기 전 여자가 집 안에서 따로 거처하며 살림과 시댁 예법 등을 배우는 곳)으로 데리고 다니며 이것저것 가르치느라 애쓰는 어머니에게 미안했던지 묻지도 않은 말을 꺼냈다.

"난 혼수 아무것도 필요 없어요. 인선이 모란 병풍 하나면 돼요."

"이불도 없이 병풍만 뒤집어쓰고 자게?"

지선의 짓궂은 농담에 언니는 얼굴이 빨개져서 쥐구멍이라도 찾아들 태세였다. 딸들의 웃음소리에 어머니도 박꽃처럼 소담스러운 미소를 띠었다.

분주한 가운데 아쉽고 소중한 날들이 빠르게 지나갔다. 언니는 온 가족의 축복 속에 혼례를 치르고 시댁으로 떠났다.

이렇게 하나둘 다 떠나고 나면 부모님은 얼마나 허전할까.

언니가 신부 수업을 받는 동안 거처하던 동별당의 빈자리가 유독 크게 다가왔다.

"너희들이 어머니를 잘 보살펴드려라."

아버지는 딸들에게 신신당부하고 한양으로 떠났다. 얼마 후 현량과가 실시된다는 소식이 들려왔다.

현량과를 통해 신진 사대부가 대간과 홍문관의 요직에 속속 기용되자 훈구 대신들이 벌떼같이 들고일어났다. 조광조는 공신록에 이름을 올린 사람들 가운데 76명의 훈적을 삭제하고 노비와 토지를 몰수하는 것으로 공격의 고삐를 바짝 당겼다.

궁지에 몰린 훈구 대신들의 마지막 노림수는 인간의 질투심이었다. 1519년 가을, 궁궐에 '조씨가 왕이 된다'는 뜻의 주초위왕(走肖爲王) 네 글자가 새겨진 나뭇잎이 수도 없이 굴러다녔다. 위훈 삭제 사건으로 앙심을 품은 남곤, 심정 등의 농간이었다.

이즈음 사람들은 젓갈 중에서 제일 하품으로 치는 젓갈을 간신배로 악명 높은 남곤과 심정의 이름을 따서 '곤쟁이 젓갈'이라 불렀다.

훈구 대신 척결과 개혁 정치를 표방하던 중종도 속내는 하늘 아래 두 개의 태양이 존재할까 지레 겁먹은 전제군주에 불과했다. 왕은 결국 간신배들의 음모에 휘둘려 조광조를 내치고 말았다.

아버지는 성균관 유생들과 함께 조광조의 무고함을 주장하는 시위를 벌였다. 유생들의 시위가 있던 날로부터 내리 사흘간 억수 같은 장대비가 퍼부었다. 왕은 대전 뜰에 엎드려 통곡하는 유생들을 모두 옥에 가두었다. 아버지는 나흘간 옥고를 치렀고 조광조는 끝내 불귀의 객이 되었다.

가족들에게 기묘년의 참담한 사건이 알려진 것은 그로부터 몇 달이 지난 이듬해 봄이었다.

묻어둔 아픔

"나리께서 절대로 집에 알리지 말라고 하셨는데……."

"……몸이 많이 상하셨던가?"

"장(杖)을 몇 대 맞으셨습니다만, 여기까지 잘 걸어오셨으니 괜찮으실 겁니다."

"무사히 오셨으니 되었네……. 나리가 시킨 대로 했다고 하게."

어머니는 노복이 전하는 말을 듣고 애써 의연함을 가장했다. 아버지는 본가에도 들르지 않고 암자에서 몸을 추스른 뒤 왔다고 했다.

이런 상황에서 지나칠 정도로 꿋꿋하던 어머니가 끝내 눈물을 보인 건 부엌에서 음식을 만들 때였다.

"마님, 나리 방에 산적이라도 만들어 올릴까요?"

도마 위에 저민 쇠고기가 놓여 있는 것을 발견하고 행랑어멈이 팔을 걷어붙였다. 어머니는 그 앞에 넋을 놓고 서 있었다. 그러다 행랑어멈이 소금 통을 집어 들려는 찰나 갑자기 도마를 쓸어버리듯 손으로 고기를 훑어 그릇에 담았다.

놀란 행랑어멈이 흠칫 뒤로 물러났다. 그러고도 어머니는 고기 그릇을 손에 든 채 어찌할 바를 몰라 했다.

"어쩌시게요?"

"그냥 두게."

망연자실, 창백하게 굳은 뺨으로 두 줄기 눈물이 흘러내렸다. 그제야 나는 그 쇠고기의 용도를 미루어 짐작할 수 있었다. 어머니는 아버지의 장독을 염려했던 것이다.

어머니가 비밀을 모른 체하기로 한 이상, 쇠고기가 아버지 상처에 쓰일 일은 없었다. 결국 그 쇠고기는 양념에 구워져 다음 날 저녁상에 올랐다.

상처가 아물 때까지 본가에도 처가에도 알리지 못한 채 홀로 심신의 고통을 감내했을 아버지는 언제 그런 일이 있었느냐는 듯 태연하게 가족들을 대했다. 오히려 평소보다 활기차 보인다 싶을 만치 말수가 많아진 모습 또한 어머니에겐 심장을 에는 슬픔이었으리라.

"외가 어른들도 모르고 있는 사실이니 아버지 심기가 불편해하실 말은 일체 삼가도록 해라."

어머니는 딸들에게도 철저히 입단속을 시켰다.

아버지는 한동안 집에 머물면서 우리 다섯 자매와 외가 친척 아이들을 모아놓고 《동몽선습》, 《명심보감》, 《대학》, 《주자가례》, 사서오경 등을 가르쳤다.

수업은 하루 두 차례씩 남녀를 구분하여 진행했다. 그래도 사내라고 불뚝거리는 아이들이 있었다.

"쳇! 과거에도 못 나가는 주제에 공부는 무슨!"

사랑채를 들어서다 뒤에서 사내애들이 비아냥대는 소리를 들었다. 이제 여자가 글을 아는 것이 부자연스러운 세상이라는 것쯤은 스스로 깨친 나이였으나 속이 쓰렸다. 그날은 책을 읽어도 좀처럼 집중할 수가 없었다.

"말해보아라. 답답한 게 무엇이냐?"

아버지는 딸의 속내를 꿰뚫어본 듯 물었다. 응어리진 마음을 토해내지 않고는 도저히 답답해서 견딜 수가 없었다. 나는 작정하고 말을 꺼냈다.

"맹자께서 이르기를, 만물의 무리 가운데 오직 사람이 가장 존귀하며, 그 까닭은 오륜(五倫)을 가지고 있기 때문이라 했습니다. 그런데 혹 사람들이 잘못 이해하고 있는 것은 없겠는지요?"

"무엇을 말이냐?"

"오륜에서 부부가 유별하다는 것은 각자 할 도리가 따로 있다는 것이지, 남녀를 차별하는 의미로 쓰인 것은 아닌 듯합니다. 그러므로 사람들이 남편은 하늘이요 아내는 땅이라는 말로 간단히 남녀를 차별하는 것은 이치에 맞지 않는다고 사료됩니다."

"하면, 남편은 진실로 장중한 태도로 하늘의 건전한 도리를 본받고(乾健之道), 아내는 유순한 태도로 땅의 순종하는 의리를 따라야(坤順之義) 집안의 법도가 바로 선다는 말은 어찌 생각하느냐?"

이제껏 헛공부했다고 호된 꾸지람을 내릴 줄 알았던 아버지는 사뭇 진지한 물음을 던졌다.

어떤 말을 해도 다 이해해줄 것만 같은 아버지 앞에서 왈칵 설움이 솟구치는 건 무슨 까닭인가.

한편으론 묘한 반발심이 일었다. 나는 스스로 느끼기에도 당혹스러울 만큼 도발적인 말투로 내뱉었다.

"남편은 건건지도(乾健之道)하고 아내는 곤순지의(坤順之義)하라 함은 '진나라 사람 극결이 밭에서 김을 매고 있을 때, 그 아내가 새참을 내왔는데 서로 공경하여 상대하기를 마치 손님 모시듯 하였으니, 부부간의 도리는 마땅히 이와 같아야 한다'고 한 마지막 구절에 답이 있다고 생각합니다. 자사(子思)도 그 이야기를 듣고 군자의 도리는 부부 사이에서 비롯된다고 한 것으로 압니다."

"……가슴에 쌓인 게 많았던 게로구나. 그래, 하고 싶은 말이 있으면 속 시원히 다 해보아라."

아버지는 나를 지그시 바라보며 긴 한숨을 몰아쉬었다. 이야기를 마저 하지 않으면 가슴이 터져버릴 것만 같았다. 나는 떨리는 심정을 억누르고 말을 이었다.

"저는 칠거지악이니 삼종지도니 하는 것도 결국은 부부가 화합하고 가족이 화목하게 지내는 도리를 말하는 것이지, 남자가 여자를 지배하는 수단으로 쓰여선 안 된다고 생각합니다."

감히 동의를 구하고자 하는 말은 아니었다. 나는 그런 기대를 할 만큼 어리석지도, 순진하지도 않았다.

아버지는 대꾸도 없이 허공을 응시했다. 그 순간 아버지 얼굴에 얼핏 스쳤던 짙은 어둠을 무어라 형용할 수 있을까.

여자는 절대 꾸지 못할 꿈

가을에 향시가 열려 북평 마을에도 한 차례 과거 시험 바람이 불었다. 어느 집 도령은 생원시에 나가고, 누구는 진사시에 나간다는 소문이 마을에 쫙 퍼졌다. 마당에선 은산이 잔뜩 부아가 나서 툴툴대고 있었다.

"쳇! 그까짓 글자 몇 개 더 안다고 뻐기기는!"

"맞아! 못된 도령 같으니!"

"양반집 자식이면 다야? 공부도 내가 하면 저보다는 훨씬 더 잘하겠다."

"누가 아니래! 오라버니가 글자도 더 많이 아는데!"

행랑채 달이가 은산을 위로하며 열심히 맞장구를 쳐주다 무심결에 나와 눈이 마주쳤다.

"사랑채에 왔던 꼬맹이 도령이 책을 두고 왔다고 해서 오라버니가 심부름을 해줬는데요, 책을 잘못 가져왔다면서 무식하다고 사람들 앞에서 얼마나 창피를 주던지……. 그래서 오라버니가 화난 거예요."

부르지도 않았는데 달이가 쪼르르 달려와 설명을 늘어놓았다. 나이는 어려도 속정이 깊은 아이였다. 상기된 얼굴로 보아 저도 어지간히 속이 상한 모양이다. 은산은 사랑채 심부름하면서 학동들 어깨너머로 글을 깨칠 만큼 머리가 영리했다. 가끔 별채에서 달이를 가르칠 때면 마당 쓸러 왔다는 핑계로 왔다 갔다 하며 자신이 아는 글자를 은근히 자랑하기도 했다.

"달이 공부할 때 같이해도 돼."

배우려는 마음이 가상해서 내가 먼저 글을 가르쳐주겠다고 제안했다. 무엇이 그렇게 부끄러웠던지 얼굴이 벌게져서 도망치듯 나간 뒤로 은산은 별채 근처에 얼씬도 하지 않았다.

"아씨, 나리께서 찾으시나 봐요."

분을 삭이지 못해 먼산바라기만 하고 있는 은산을 심란하게 쳐다보던 달이가 사랑채를 가리켰다. 아버지가 손짓으로 나를 부르고 있었다.

"네 외조부님 방에 갔다가 받아온 것이다. 전에 네가 그린 산수도를 한양의 지인들에게 보여줬더니 칭찬을 많이 하더구나. 이왕이면 너만의 서체를 가지고 있기를 바랐는데 벌써 이렇게 열심히 하는 줄은 몰랐다."

아버지가 책상에 펼쳐놓은 것은《소학》에서 따온 해서체였다.

책을 펼치면 성인을 대하는 듯
황홀히도 위에서 내려다보는 듯해라
기약은 크건만 햇수가 모자라니
문득 움찔하고 마음이 놀라다
開卷對越
赫若有臨
年數不足
怵然心驚

— 〈저녁에 외는 경구(右警夕)〉

아버지는 글귀를 내려놓고 물끄러미 나를 바라보았다.

"명나라에 사신으로 가는 지인에게 화첩 몇 개를 부탁해두었다. 이번에 올라가면 너에게 유익한 물건을 가져다줄 수 있을 게다."

하지만 내 귀에는 화첩보다 아버지가 다시 한양으로 가야 한다는 이야기가 더 크게 들어왔다. 벌써부터 가슴 한구석이 휑하게 비는 듯했다.

"아마도 명년 봄에는 올 수 있을 게다."

듣고 싶은 말을 아버지가 먼저 꺼냈다. 그래도 전처럼 오래 걸리지 않는 일정이라 다소나마 위안이 되었다. 막 자리를 물러나려 할 때 아버지가 생각난 듯 물었다.

"그런데 좀 전에 행랑 아이들하고 무슨 이야기를 나누었기에 다들 그리 심각했던 게냐?"

"아버지께 청이 하나 있습니다."

기왕 말 나온 김에 입을 열었다.

"봄에 오시면 은산이한테도 글을 가르쳐주실 순 없는지요?"

"은산이? 행랑채 은산이 말이냐?"

"예, 은산이도 공부를 하고 싶어 합니다."

"그거야 어렵지 않다만……."

은산은 노비가 아니냐. 아버지 표정에 그렇게 쓰여 있었다. 과거 제도는 대역죄를 짓지 않는 한, 일반 백성들도 시험에 나갈 수 있다. 단, 노비와 여자들만큼은 예외였다.

"서얼도 과거에 응시할 기회를 주자는 논의가 있었던 것으로 압니다. 은산이는 남자니까 기회가 생길지도……."

생각지도 못한 대목에서 목이 탁 막혔다.

어머니는 집안 형편이 좋아지는 대로 하인들을 면천시켜주고 싶다고 했었다.

나나 달이는 천지가 개벽하기 전에는 꿈도 못 꿀 일을 노비 남자는 신분만 바뀌면 간단히 이룰 수 있는 현실이 된다.

"네가 가르쳤느냐?"

"가끔……."

아버지는 곤혹스러운 눈길을 거두며 혼잣말처럼 되뇌었다.

"아들로 낳아주지 못해 미안하구나."

아버지는 이제까지 보아온 당신의 모습 중 가장 슬픈 얼굴이 되어 스스로 말문을 닫았다. 그 얼굴이 오래도록 마음을 아리게 했다.

하늘의 꽃

진서 도령이 소과에 합격했다는 소식으로 온 마을이 떠들썩했다. 윤 대감댁에서는 장손의 경사를 반기는 잔치가 몇 날 며칠 이어졌다. 그 바람에 동네 노복들도 신이 났다.

"진서 도련님 내년 봄에 성균관에 들어간대요. 아니다, 혼례부터 치르고 가시려나?"

달이가 묻지도 않은 소식을 전하며 내 눈치를 살폈다.

"윤 대감댁에선 아씨를 점찍어두고 있다는 소문이에요."

"망측하게 별 소릴 다한다."

"진사 나리 한양 가시기 전에 그 댁 큰서방님이랑 얘기 다 끝났다던 걸요?"

"누가 그래?"

"그게 누구한테 들었는지는 기억이 잘 안 나네요. 아무튼 아씨 나이도 열네 살이면 내년에 계례를 치러야 하잖아요? 그러니 당연히 진사 나리도 아씨 혼처를 물색하실 테고……. 강릉에 진서 도령만 한 신랑감에 아씨만 한 신붓감이 어디 있어요? 그러니 두루두루 통해서 혼담이 오갈 수도 있는 거죠."

"쓸데없는 소리 말고 먹이나 갈아."

달이가 횡설수설하는 건 두 가지 경우다. 지레짐작이거나, 희망 사항이거나. 한마디 해주려다 싱거운 생각이 들어 그저 웃어넘겼다.

그해 겨울은 유난히 짧게 느껴졌다.

낮 동안 솔밭 사이로 소담스러운 눈송이가 흩날리더니 초저녁엔 말간 초승달이 떴다. 달이를 데리고 살며시 집을 빠져나와 호숫가로 나갔다. 공기는 차가워도 바람이 불지 않아 코끝만 적당히 시린 밤이었다.

"아씨는 안 추워요?"

달이가 종종걸음 치면서 볼멘소릴 했다. 나는 어머니가 목화솜을 넣고 만들어준 누비 장옷에 조바위와 토시까지 갖추고 나왔지만 옷차림이 허술한 달이는 아무래도 추위를 타지 싶었다. 손목에 차고 있던 토시를 벗어 달이에게 건넸다.

"좀 나을 거야."

"안 돼요, 아씨."

달이가 펄쩍 뛰는 시늉을 했다. 마음 같아선 조바위도 벗어주고 싶지만 그 성격에 받아 쓸 리 만무하다. 진작 하나 만들어주지 못한 게 미안해서 억지로 팔에 토시를 끼워주었다.

"괜찮아. 난 하나도 안 추워."

"그래도……."

달이가 못 이기는 척 배시시 웃으면서 옆으로 바짝 다가왔다. 걸음을 옮길 때마다 뽀드뽀드 소리가 났다. 인기척에 놀란 새들이 소나무 숲 위로 일제히 날아올랐다. 나는 검은 새떼와 은빛 달이 짙푸른 밤하늘을 배경으로 한 폭의 그림처럼 어우러지는 모습에 한동안 눈길을 주고 있었다.

"아씨는 달이 그렇게 좋아요?"

"응?"

"나 말고 저 달이요. 초승달도 달이라고 달마중 나온 거 아녔어요?"

처음엔 달이가 무슨 뜻으로 하는 말인지 영문을 몰랐다. 달이가 장난스럽게 손짓 몸짓을 섞어가며 놀리는 말을 듣고서야 피식 웃음이 나왔다.

그러고 보니 내가 참 달을 좋아하는구나.

눈길에 하늘의 꽃처럼 소담한 달빛이 내리비쳐 온 천지를 더욱 하얗게 물들이고 있었다. 나와 달이는 산책 나올 때마다 늘 가던 호숫가 정자에서 걸음을 멈췄다.

"어라? 아씨, 여기 의자가 있어요."

달이가 못 보던 나무 의자를 발견하고 주위를 돌아보았다. 눈이 쌓이지 않은 것으로 보아 낮에는 이곳에 없었거나 누군가 앉았다 간 지 얼마 안 되는 듯했다.

"아무도 없어요. 편하게 앉으세요."

달이는 주인도 모르는 의자로 나를 이끌었다. 그냥 갖다 놓은 게 아니라 아예 땅을 파고 붙박이로 고정시킨 모양새가 주인이 따로 있다는 사실을 말해주고 있었다.

"됐어. 누가 일부러 자리를 만들어놓은 건데."

"이름이 쓰인 것도 아닌데 어때요."

달이가 한사코 나를 의자에 앉혔다. 얼어붙은 호수가 한눈에 들어왔다. 하필 의자에 앉자마자 윤진서, 그가 나타났다. 모닥불을 피울 요량이었는지 노복을 시켜 나무를 한 아름 들고 오는 길이었다.

"그냥 앉아 있어요. 어차피 낭자한테 주고 갈 선물이었소."

급히 일어나려는데 그가 알 수 없는 말을 했다. 엉거주춤하는 사이 불이 피워졌고 그는 낚시 도구를 꺼내 들었다.

"난 저쪽에서 낚시를 할 테니 편히 있어요. 보아하니 낭자도 여기 자주 오는 것 같아서 의자를 놔둔 거요."

그는 마치 딴 사람에게 말하듯 하고는 성큼성큼 호수로 걸어갔다. 대책 없이 얼굴이 화끈거렸다. 부끄러운 것 같기도 하고 화가 나는 것 같기도 하고, 나는 스스로 알 수 없는 감정에 당황하여 의자에서 몸을 일으키며 따지듯 내뱉었다.

"굳이 이럴 필요는 없습니다."

"그냥 내 마음이오."

그가 달을 등지고 선 채로 몸을 돌렸다. 일렁이는 불꽃 때문에 그 표정을 읽을 수도 없거니와 얼굴을 마주 볼 용기도 없었다. 가벼운 목례로 인사를 대신하고 달이에게 가자는 눈짓을 했다.

"아씨, 아직 초저녁인데 불이라도 좀 쬐고 가요."

"가자니까."

못내 아쉬운 듯 꾸물대는 달이를 독촉하여 도망치듯 집으로 돌아오는 길, 하늘의 꽃이 나를 보며 웃고 있었다.

제2부

날고 싶은 풀벌레

소녀에서 여인으로

그동안 집안에 많은 일들이 있었다. 한양 조모가 숙환으로 사망한데 이어 외조부마저 세상을 떠났다.

갑작스러운 외조부의 죽음은 나에게도 큰 충격이었다. 고령이라고는 해도 특별한 지병 없이 살았던 분이 며칠 시름시름 앓더니 아침에 눈을 뜨지 못했다.

사람이 죽고 사는 일이 이리도 허망한가.

창졸간에 양가 초상을 치른 아버지가 한양으로 짐을 챙기러 떠난 뒤 외조모까지 병석에 누웠다. 그 와중에 명나라에 보낼 공녀를 뽑기 위해 금혼령이 내려질 거라는 소문이 온 나라를 들쑤셨다.

"어느 집 딸은 공녀로 끌려가느니 아예 머리 깎고 중이 되겠다며 절간으로 들어갔다네."

"우리 딸은 아직 혼처도 못 정했는데 큰일 났군!"

실체가 확인되지 않은 이야기가 들불처럼 번져나가면서 민가는 물론 사대부 가문에서조차 매파를 거치지 않고 혼례를 치르는 경우가 비일비재했다. 북평 마을도 예외가 아니었다. 한양에 다녀온 사람이 전하는 말을 듣고 마을엔 때아닌 혼사 바람이 불었다. 불안한 사람들은 서둘러 딸을 출가시키느라 격식이고 뭐고 따질 겨를이 없었다.

금혼령이 내려지면 열세 살부터 열여섯 살까지 모든 여자아이들의 혼인이 금지된다. 그 때문에 열 살이 되기도 전에 딸을 시집보내는 조혼 풍습이 생겨나기도 했다. 나이가 차도록 혼처를 정하지 못한 집에선 공녀로 끌려가는 게 두려워 처녀가 목숨을 끊는 경우도 있었다.

"마님, 큰일 났어요!"

행랑어멈이 숨이 턱에 차서 마당으로 뛰어들어왔다.

"금혼령인지 뭔지가 내려진대요. 인선 아가씨가 명나라로 끌려가게 생겼다고요. 우리 아가씨 나이가 딱 걸렸으니 어쩜 좋아요?"

"어떡해, 엄마?"

막내 지선이 겁먹은 듯 울먹거렸다.

"소란 떨 것 없어요. 다 헛소문이야. 아버지께서 절대 그럴 일은 없을 거라고 하셨다."

어머니는 행랑어멈을 눈으로 꾸짖고 막내를 진정시켰다. 아버지가 인편으로 소식을 전해왔다고 했다. 얼마 후 명나라가 기울고 청나라가 들어서면서 조선은 더 이상 공녀를 보낼 일이 없게 되었다.

"아버지가 돌아오시면 너도 혼사 준비를 해야 될 것이다. 별당이 아담하고 조용하니 그전에 하고 싶은 것 마음껏 하면서 시간을 보내도록 해라."

외조모를 안채로 모시던 날, 어머니가 나를 따로 불렀다. 혼인하기 전 자유로울 때만이라도 작업에 열중하라는 배려였다. 그때만 해도 나는 어지간히 철이 없었다. 나만의 공간을 갖게 된다는 것만 좋아서 부모님과 떨어져 살게 될 날이 머지않았다는 사실을 미처 헤아리지 못했으니.

설레는 마음으로 짐을 꾸려 동별당으로 옮겼을 때는 맨드라미가 해처럼 붉은 꽃술을 드리운 한여름 오후였다.

서가에 책을 꽂다가《시경》한 대목을 펼쳐 들었다.

거룩하신 태임은
문왕의 어머님이시고
태강을 사랑하시어
주나라의 안주인이 되셨고
태사가 그 아름다운 덕을 이어받아
수많은 자손을 두셨도다.

태강, 태임, 태사는 중국 역사상 가장 존경받는 여성들이다. 태강은 상나라 왕의 간계에 빠져 감옥에서 아사한 남편을 대신하여 세 아들을 훌륭하게 키워냈다. 그중 셋째 아들이 훗날 서주의 제후가 된 계력이다.

태임은 왕계의 아내로, 아들 창을 낳았다. 그녀는 남편과 함께 난을 피해 부족의 근거지를 기산으로 옮기는 과업을 공동으로 수행했다. 그녀는 자식이 태중에 있을 때부터 모성의 영향을 받는다는 이치를 깨친 지혜로운 여성이다. 그리하여 창을 중국 역사의 한 획을 긋는 영웅으로 길러냈다. 그가 바로 은나라를 멸망시키고 주나라를 창업한 문왕이고, 태사는 그 아내이며 부왕의 뒤를 이어 새로운 왕조의 기틀을 마련한 무왕의 어머니였다.

> 주 왕실의 세 어머니 태강, 태임, 태사는
> 문왕과 무왕이 나라를 세울 때 함께했네.
> 태사가 가장 훌륭하여 문모(文母)라 했지만
> 두 분 시어른의 덕 또한 매우 크도다.

《시경》은 세 여성의 역할이 없었다면 주나라가 성립하기 어려웠음을 강조하고 있다. 어머니와 외조모를 통해서도 귀에 못이 박이도록 들어온 이름이었다.

단지 그들이 누구의 아내, 누구의 어머니였다는 것만으로 칭송되는 것은 아닐 것이다. 나는 특히 태임이라는 인물에 대해 강한 매력을 느꼈다. 태임은 남편과 아들, 며느리와 시어머니를 포함한 모든 가족들과 꿈을 공유하면서 자신의 이상을 실현했기 때문이었다.

뜰에서는 하얗고 노란 나비 한 쌍이 맨드라미 꽃술 주위로 화려한 날갯짓을 펼쳐 보이고 있었다.

문득 이 아름다운 공간에 태임의 숨결을 깃들게 하고픈 소망이 일었다.

시임당(媤任堂).

임사재(妊思齋).

사임당(師任堂).

붓을 들어 당호(堂號)를 하나씩 써내려갔다. 그중에서도 '사임당'이 가장 마음에 들었다.

나는 태임을 마음의 스승으로 삼으리라.

천 년도 넘는 세월을 건너 그녀가 내 안에 들어왔다.

배롱나무 사랑

동별당으로 거처를 옮긴 이후 때때로 난감한 청이 들어왔다. 나는 병풍 값을 후하게 쳐준다거나 기념으로 간직할 그림 한 점, 아니면 글씨 한 점이라도 내달라는 부탁을 거절하느라 본의 아니게 곤욕을 치러야 했다. 가까운 친척이나 이웃들 중에 형편이 어려운 사람들은 차마 모른 척할 수 없어 몇 점 내주기도 했다.

그중 어느 집에서 가져간 화충도를 두고 사람들 사이에 말들이 많은 모양이었다. 동네에 떠도는 이야기를 듣고 와서 달이가 호들갑을 떨었다.

"글쎄, 올여름 장마철에 곰팡이가 생길까 봐 그림을 마당에 내놓고 햇볕에 말리고 있는데, 종이가 뚫어질 뻔했다지 뭐예요?"

"종이가 왜 뚫어져?"

"종이에 그린 풀벌레가 진짠 줄 알고 닭이 쪼아 먹으려 한 거지 뭐겠어요?"

"설마 닭이 뭘 알고 쪼았을까?"

"언니, 나 시집갈 때도 병풍 해줄 거지?"

"나도!"

곁에서 이야기를 듣고 있던 동생들이 덩달아 수선을 피웠다. 마침 어머니가 들어왔다.

"봄에 아버지 오시면 여기서 우리랑 계속 같이 사는 거죠?"

"그럼."

"너희들 시집보낼 때까지 다 같이 한집에 살게 될 거야."

"와! 신난다."

동생들은 손뼉을 쳐가며 환호성을 질렀다. 어머니 얼굴에도 고운 미소가 번졌다. 기묘사화의 불길이 가라앉은 이후 아버지는 현량으로 천거되었으나 사양하고 관직에 대한 미련을 버렸다.

"마님 얼굴이 활짝 피었네요."

달이도 모처럼 신이 났는지 농담을 던지기도 했다. 외조모 병세는 다소 호전되는 듯했다. 어느 때보다 집안이 평화로웠다. 모두들 즐거운 마음으로 봄을 기다렸다.

어느덧 겨울이 가고 따스한 봄 햇살에 오죽의 푸른 댓잎이 쑥쑥 자라났다.

"꽃에도 꽃말이 있듯이 나무마다 그것을 상징하는 나무 말이 있단다. 소나무는 절개, 대나무는 지조, 저 배롱나무는 나무 말이 뭔지 아니?"

별당 앞 툇마루에 앉아 해바라기하던 어머니가 물었다. 진홍색 꽃술이 탐스럽게 매달린 배롱나무를 누군 백일홍이라 하고, 누군 자미화(紫微花)라고도 했다.

"목백일홍과 자미화, 둘 다 배롱나무의 다른 이름이지. 돌아가신 네 외할아버지께서 이 별당을 지을 때 특별히 심으신 나무란다."

어머니의 눈가에 아련한 슬픔이 묻어났다. 나는 뜰에 떨어진 꽃 한 송이를 집어 들었다. 아직 환한 빛을 잃지 않은 꽃송이가 손바닥을 빨갛게 물들이는 듯했다. 이따금 아버지가 집에 올 때면 어머니의 양 볼에 떠오르던 홍조처럼 고운 빛깔의 꽃을 피우는 나무는 내가 태어나기 훨씬 전부터 그 자리에 있었다.

"이 나무 말은 뭔데요, 어머니?"

어머니는 잠시 뜸을 들이다가 입을 열었다.

"……그리움."

순간 뭉클한 슬픔이 올라왔다.

해마다 늦봄부터 가을까지 붉고 흰 꽃술을 피워 올리느라 밑동이 굵어진 배롱나무, 오랜 세월 한자리를 지켜온 사랑이 어쩌면 어머니를 많이도 닮은 듯했다.

딸의 손바닥에 얹힌 꽃송이를 무심히 바라보던 어머니가 가만가만 속삭이듯 말을 이었다.

"지난겨울은 유독 추운 날이 많았는데 이렇게 예쁘고 탐스러운 꽃을 피우다니, 참 장하지 않니?"

힘든 세월 묵묵히 견뎌온 나무처럼 어머니 인생에도 봄날이 오는 걸까.

꽃을 보는 눈길에 봄기운이 물씬 묻어났다.

어떤 연서(戀書)

"거참, 이상한 일이네요."

밤중에 달이가 별당으로 들어왔다.

"누가 이걸 두고 갔어요."

《시경》이 비단 보자기에 싸여 있었다. 달이는 쪽문 안쪽에 밀어 넣은 것으로 보아 실수로 흘리고 간 것 같지는 않다고 했다.

"여기 뭐라고 쓰여 있어요, 아씨."

달이가 곱게 접힌 종이 한 장을 건네주었다.

남쪽 나라에서 나는 붉은 콩

봄이 왔으니 몇 가지나 피었을까

그대 그 열매 많이 따두기를 바라는 것은

이것이 그중 그리움을 잘 나타내기 때문이라오.

紅豆生南國

春來發幾枝

愿君多採擷

此物最相思

왕유의 시 〈상사(相思)〉였다.

"뭐라고 쓴 거예요?"

궁금한 걸 못 참는 달이가 시와 나를 번갈아보았다.

"아무것도 아니야."

"아무것도 아니긴요, 딱 보니 연서구먼."

달이는 뭔가 짚이는 게 있는 듯 의미심장한 얼굴로 고개를 주억거렸다. 공연히 민망한 기분에 종이를 접어 책장 속에 끼워 넣고 보따리를 한쪽으로 치웠다. 시 말미에 적힌 편지는 달이 앞에서 차마 읽어볼 엄두가 나지 않았다.

왜 이럴까. 저녁 내내 무슨 죄라도 지은 것처럼 두서없이 마음이 쿵쾅거렸다. 잠자리에 누워서도 생각은 온통 그 비단 보따리에 가 있었다. 새벽녘까지 잠을 설치다 편지를 꺼내 읽었다.

오랫동안 그대를 지켜보았습니다.

나는 결함이 많은 인간입니다.

아마도 그건 너무 이른 나이에 인생의 많은 것을 잃어버렸기 때문일지 모르겠습니다.

비록 먼발치에서였으나 그대를 보고 있으면 온전히 나 자신으로 돌아갈 수 있어 좋았습니다.

어느새 나는 그대를 많이 안다고 느낍니다.

나는 친한 벗을 만들지 못했습니다.

누구한테나 쉬 마음을 열지 못하는 성격 탓입니다.

나에게 벗이란 단순한 친구 이상입니다.

그는 나와 모든 것을 공유할 것입니다.

가능하다면 그대가 나에게 그런 벗이 되어줬으면 좋겠습니다.

아직 떳떳하게 나설 처지가 못 되는 나를 용서하십시오.

3년 후에도 그대가 이 자리에 있기를 바랍니다.

누가 보는 것도 아닌데 심장이 두방망이질치고 얼굴이 달아올랐다. 윤진서, 수신인도 발신인도 없는 글을 보고 어째서 그 이름이 떠올랐는지 모르겠다.

며칠 후 그가 한양으로 떠났다는 소식이 들렸다.

연이은 불행

한양에서 인편으로 기별이 왔다. 사나흘 뒤면 아버지가 당도한다는 소식이었다. 딸들은 집 안팎을 말끔히 치우느라 바삐 움직였다. 사랑채 창호지를 새로 바르고, 마루며 기둥은 윤이 나도록 닦고 또 닦았다.

"마님!"

점심나절 행랑어멈이 헐레벌떡 부엌으로 들어왔다.

"노마님께서……."

불길한 느낌이 스쳤다. 미음을 끓이던 어머니가 까닭을 물어보지도 않고 급히 안채로 뛰어갔다.

"어머니……."

어머니가 외조모의 침상 곁으로 다가앉았다. 시간이 정지해버린 듯 깊은 침묵이 방 안 공기를 무겁게 내리눌렀다.

"저 왔어요, 어머니."

어머니가 떨리는 음성으로 외조모를 불렀다. 간간이 끊어질 듯 희미한 숨소리 사이로 외조모의 무거운 눈꺼풀이 열렸다.

"운영아……."

운영(雲泳)은 구름처럼 자유롭게 살라는 뜻에서 외조부가 지어준 어머니의 이름이었다. 어찌 그것이 외조부만의 바람이었을까. 평생 규방에 갇혀 사는 것을 숙명으로 여겼던 외조모가 하나뿐인 딸을 향해 못내 안쓰럽고 회한이 서린 눈물을 보냈다.

"예, 말씀하세요, 어머니."

어머니는 가만히 외조모의 손을 잡고 얼굴 가까이 귀를 기울였다.

"……잘 살아야 돼."

외조모는 힘겹게 고개만 주억거릴 뿐, 더 이상 아무 말도 하지 못했다. 양볼에 두 줄기 눈물이 흘러내렸다. 그러곤 딸이 눈물을 닦아줄 새도 없이 조용히 눈을 감았다.

어머니는 한동안 넋을 놓고 앉아 있다가 비로소 목 놓아 통곡하기 시작했다. 울음소리를 듣고 동생들이 방으로 뛰어들어왔다.

공교롭게도 그 무렵 강원도 지방에 역병이 돌기 시작했다. 이미 도착했어야 할 아버지는 장례가 끝나도록 감감무소식이었다.

"도중에 무슨 변고라도 당하지 않고서야 어떻게 이런 일이 있을 수 있습니까?"

호랑이나 도적을 만난 건 아닌지 수군대는 소리도 들렸다.

평생을 아버지 한 분만 바라보며 살아왔는데 오죽 마음이 불안하실까.

며칠 사이 눈 뜨고 볼 수 없을 만큼 얼굴이 수척해진 어머니를 보면 더럭 겁이 났다.

은산을 불러 조용히 집 밖으로 내보냈다. 한양에서 올라오는 길목을 되짚어 가다 보면 혹시 아버지의 행방을 알 만한 무슨 단서라도 찾을 수 있지 않을까 싶었다.

은산은 다음 날 청천벽력 같은 소식을 가져왔다.

"진사 어른께서 위독하십니다."

어머니는 그저 이야기를 듣고만 있었다. 은산은 진부 역참 근처 길가에 쓰러져 있던 아버지와 마주쳤다고 했다. 그때 이미 탈진할 대로 탈진한 상태였다는 것이다.

"정신이 혼미한 와중에도 노마님께서 돌아가셨다는 얘길 듣고 막무가내로 길을 재촉하시다 그만……."

나는 눈앞이 아득해졌다. 아버지가 고열로 신음하면서도 한사코 집으로 오려다 또다시 정신을 잃고 쓰러졌다는 대목에서 어머니 얼굴에 핏기가 싹 가셨다. 나라도 정신을 차려야 했다. 은산에게 아버지 있는 곳을 물었다.

"구산 역참 주막에 계십니다."

"어머니, 제가 모셔올게요."

"큰집에 가서 달구지를 빌려와라. 다 같이 모시러 가자."

어머니는 곧 외가에서 빌려온 달구지를 앞세우고 대문을 나섰다.

어디서 저런 힘이 나는 걸까.

도저히 산 사람이라고는 여겨지지 않던 어머니가 휘적휘적 걸음을 옮기는 모습을 바라보며 문득 그런 생각이 들었다.

가족들이 주막에 당도했을 때 아버지는 얼굴이 새카맣게 변해서 피를 토하며 쓰러져 있었다.

"아버지!"

울음을 터뜨리는 동생들에게 어머니가 매서운 눈빛을 보냈다.

"집으로 모셔갈 때까지 절대 큰 소리 내면 안 된다."

아버지를 달구지에 싣고 마을까지 오는 동안 아무도 입을 열지 않았다. 어머니는 그날로 밤낮을 가리지 않고 간호에 매달렸다. 외조모 장례를 치를 때부터 제대로 먹지도 못하고 편히 눕지도 못한 몸이 버텨낼 수 있는 한계를 이미 넘어서고 있었다.

딸들의 간청도 소용이 없었다.

"정성이 부족하여 어머니를 병석에서 구하지 못한 죄인이 지아비까지 잃고 어찌 고개를 들고 살 수 있겠느냐……."

어머니는 잠시도 아버지 곁을 떠나려 하지 않았다. 그러나 7일 밤낮을 가리지 않는 지극정성에도 불구하고 상황은 조금도 나아지지 않았다.

8일째 되던 날, 어머니는 조용히 목욕재계하고 집을 나갔다. 딸들은 아무도 그 사실을 눈치채지 못했다. 나는 어머니가 건넌방에서 쉬고 있는 줄만 알았다.

"어머니 잠깐이라도 주무시게 소란 피우면 안 돼."

동생들을 물러가게 한 뒤 혼자 아버지 병상을 지켰다.

식은땀이 배어난 이마에 서늘한 기운이 감돌았다. 따뜻한 물수건을 대주고 손발을 주물렀다.

아버지는 그림자처럼 누운 채 미동조차 하지 않았다. 그래도 낯설지가 않았다.

어머니의 삼강행실도

흰옷을 입은 노인이 인자한 눈빛으로 아버지를 지켜보고 있었다.

누구실까.

돌아가신 외증조부 같기도 하고, 하늘에서 내려온 신선 같기도 한 노인이 한참을 그러고 있다.

"안 돼요!"

나는 노인이 아버지에게 대추알만 한 약을 먹이는 장면에서 비명을 지르며 벌떡 일어났다. 꿈에서 깨어보니 들창문 바깥으로 새벽이 밝아오고 있었다.

"엄마 아무 데도 안 계셔. 어디 가신 거야?"

동생들이 방문을 열었다. 온 집안을 뒤져도 어머니는 없었다.

그 시각, 어머니는 외증조부 위패를 모신 사당에 엎드려 기도하고 있었다.

"조부님!

살아서 어진 신하였으니 죽어서 맑은 영혼이 되었으리라 믿습니다. 하늘에 아뢰시어 저의 정성이 닿도록 해주소서.

착한 이에게 복을 주고 악한 자에게 화를 내리는 건 하늘의 이치이고, 선행을 쌓고 악행을 거듭하는 것은 사람의 일입니다.

이제껏 제 남편은 지조를 지켜왔고 사악한 행동을 하지 않았으며 행실에 추악한 점이 하나도 없었습니다.

하늘이 이를 알고 계시다면 응당 모든 선악을 살피실 터인데 어찌하여 이런 화를 내리십니까?

저의 정성이 모자라 이 지경이 되었습니다. 몸뚱이나 머리터럭 하나까지 모두 부모에게서 받은 것이라 감히 훼상하지 못한다 하지만, 내 하늘은 내 남편인데 하늘로 삼는 이가 무너진다면 어찌 홀로 산다 하오리까?

원컨대 제 몸으로써 남편의 목숨을 대신하고 저의 정성을 굽어살피소서!"

통곡이 잦아들면서 마른하늘에 때아닌 천둥 번개가 치기 시작했다.

어머니, 제발.

나는 비 오는 산길을 미친 듯이 올라갔다. 도중에 몇 번이나 돌부리에 미끄러져 넘어졌다 일어나기를 반복했다. 온 힘을 다해 사당에 이르자 거짓말처럼 비가 그쳤다.

재실 문을 열어젖혔다. 어머니는 아무 일도 없었다는 듯 평온한 얼굴로 좌정하고 있었다. 헝겊으로 대충 싸맨 왼손 가운뎃손가락에 붉은 핏자국이 선명하게 드러났다.

"그만 내려가자."

어머니는 마른 나무토막 같은 몸을 일으키다 이내 중심을 잃고 비틀거렸다.

"괜찮다."

손가락이 두 마디나 끊겨나간 왼손을 옷자락으로 덮으며 어머니는 남의 일처럼 담담하게 읊조렸다.

"은시와 사월은 불치병에 걸린 아버지를 살리기 위해 손가락을 잘라 약으로 썼고, 향덕은 어머니가 굶주리고 병들어 사경을 헤매자 스스로 넓적다리 살을 베어 드시게 했다. 나 또한 부모를 살릴 수 있다면 목숨이라도 바쳤으련만 창졸간의 일이라 어찌해볼 도리가 없게 되었구나. 설상가상으로 지아비마저 잃게 되었는데 그깟 손가락이 뭐 아깝겠느냐."

은시와 사월, 향덕은 어머니가 책장이 닳도록 읽고 또 읽었던《삼강행실도》에 나오는 인물들이었다.

나는 산을 내려오는 내내 가슴 밑바닥까지 먹먹해서 눈물도 흘리지 못했다.

딸아, 너는 너의 삶을 살아라

어머니가 스스로 단지(斷指)하고 피를 토하며 기도한 지 이틀 만에 아버지는 기적처럼 원기를 되찾았다. 마을 사람들은 어머니의 정성에 하늘이 감읍했다고 입을 모았다. 불구가 된 어머니 왼손을 볼 때마다 억장이 무너졌다. 그런 가운데서도 어머니는 평소와 다름없이 집안 살림을 알뜰하게 챙겼다. 딸들에게는 아버지 앞에서 내색하지 않도록 단단히 일렀다.

"나와 맺어진 죄로 16년을 두 집 살림 하느라 온갖 불편과 고생을 감수하신 분이다. 설령 목숨과 맞바꿔야 한다 해도 나는 기꺼이 따랐을 것이다. 사소한 일에 마음 쓰지 마라."

그리하여 아버지는 집안에 어떤 일이 있었는지도 알지 못한 채 나의 혼사를 서둘렀다. 동별당에서는 매일 아침부터 저녁까지 신부 수

업이 행해졌다.

"부덕(婦德)과 부언(婦言), 부용(婦容), 부공(婦功), 이 네 가지는 여자가 반드시 지켜야 할 규범이다.

덕은 항상 맑고 조용하고 바르게 처신하라는 뜻이다.

언은 곧 말이다. 항상 말을 가려서 하되, 남의 귀에 거슬리는 말이나 악한 뜻을 가진 말은 절대 입에 담지 않아야 한다.

용은 외모를 가지런히 하라는 것이니, 항상 몸을 정갈히 해야 한다.

공은 한시도 몸을 게을리하지 말라는 것이다. 쓸데없이 흘려보내는 시간을 아껴 살림을 알뜰히 꾸리고, 음식을 정성껏 만들어 가족을 먹이고, 예의를 갖춰 손님을 맞도록 최선을 다해야 한다.

덕은 이 네 가지 중에서 가장 중요한 덕목이다. 총명한 재능도 덕을 갖추지 못하면 말짱 헛것이다. 부덕이 미치지 못하는 여자가 학문을 아는 건 집안의 수치라는 것을 명심하여라."

지엄한 가르침도 귀에 들어오지 않았다. 몸이 불편한 어머니를 두고 떠날 생각만 해도 명치끝이 아렸다. 나라도 좀 더 오래 집에 남아 부모님을 모시고 싶었다. 어머니는 혼인을 늦추도록 허락해달라는 말에 펄쩍 뛰었다.

"좋은 배필 만나서 때맞춰 일가를 이루는 것이야말로 자식의 도리를 다하는 것이다. 절대 그런 생각 마라."

아버지는 더 완강했다.

"당치도 않은 소리! 부모 자식 간에도 갈 길이 따로 있는 법이다. 네 나이 올해 열여덟이다. 그동안 집안에 일이 겹쳐서 그렇지, 이미 늦은 감이 있으니 여러 소리 마라."

그러던 어느 날 한양에서 낯선 손님이 찾아왔다.

"언니 신랑감인가 봐!"

동생들이 조르르 달려왔다.

"옥색 두루마기 차림의 잘생긴 선비가 방금 사랑채로 들어갔어."

어머니는 사랑으로 내갈 차를 준비하라고 했다.

"한양 사는 양반이면 뭐해. 신랑감이 아직 과거에 입격을 못했다지?"

"떵떵거리는 사대부 가문에 부잣집 신랑감 다 놔두고 왜 하필……. 나리께서 앓고 나더니 사윗감 볼 줄을 모른다고 입방아 찧는 사람들도 있어요."

하인들의 수군거림을 뒤로한 채 사랑으로 들어섰을 때 안에서 아버지 목소리가 흘러나왔다.

"우리 부부는 딸만 다섯을 두었네. 그런데 다른 딸은 시집을 가도 서운한 마음이 크지 않은데 둘째 딸만은 일찍 내 곁을 떠나보내고 싶질 않네그려."

나는 떨리는 손길로 방문을 열었다.

"그 점은 염려하지 않으셔도 됩니다."

찻잔을 내려놓고 나올 때 손님의 음성이 들렸다. 그가 살짝 고개를 돌렸던가. 나는 옥색 두루마기 한 자락도 눈에 담지 못하고 방을 나왔다.

아버지가 점찍은 신랑감은 일찍 부친을 여의고 홀어머니 슬하에서 자란 덕수 이씨 가문의 외아들이었다.

"지체 높은 가문이나 재력 있는 집안에서 재주 많은 며느리를 달가워할 리 있겠느냐. 무엇보다 너의 재능을 인정하고 배려해줄 상대를 찾았다. 시어머니 되실 분도 성품이 유순하다 하니 시집살이 시킬 일도 없을 게다."

아버지의 속마음을 듣고 심정이 먹먹해지면서 비로소 결혼이 현실로 다가왔다. 결국 딸자식 그림 그리는 일에 방해가 되지 않을 배필을 구하기 위해 그토록 심사숙고하여 사윗감을 고르고 골랐던 거다.

사랑채를 나왔을 때는 노란 보름달이 배롱나무 꼭대기에 걸려 있었다. 불현듯 비단 보자기에 싸여 있던 암호문 같은 편지글이 마음을 어지럽혔다. 3년을 기약한 이유는 무얼까. 시는 왜 하필 〈상사(相思)〉였을까.

알아도 어차피 부질없는 일이다.

밤바람에 꽃잎이 내려앉았다. 꽃을 피운 그 나무의 말이 그리움이라 했던가.

시린 여행

얼마 후 한양에서 보낸 사주단자와 저고리 한 벌이 예물로 당도했다. 혼례일은 이듬해 초가을로 정해졌다. 본채 뒤편에 아담한 서옥(婿屋, 사위가 머무는 집)도 마련되었다.

"오늘은 특별히 너와 함께 다녀올 데가 있다."

그날따라 아버지는 아침 일찍 상을 물리고 나를 불렀다.

"저물기 전에 돌아오려면 서둘러야 한다."

어머니는 녹색 옥양목에 자색 깃을 단 두루마기 장옷을 골라주었다. 아버지와 내가 단둘이 외출하는 건 처음이었다.

연분홍 매발톱꽃과 가녀린 강아지풀, 희고 탐스러운 불두화가 한창인 동네 어귀를 벗어나도록 아버지는 말이 없었다.

"아직은 바닷바람이 찬데 옷은 단단히 입고 나왔느냐?"

사천 포구에서 나룻배를 기다리던 중 아버지가 문득 나를 돌아보았다.

초여름 훈풍에 싱그러운 바다 향이 실려왔다. 조금 있으니 작은 돛단배가 포구에 닿았다. 사천에서 영월로 나가는 배 안에는 사공과 우리 부녀 둘뿐이었다. 돛단배가 물살을 헤치고 한참을 노 저어 갔다. 아버지는 묵묵히 뱃전에 뒷짐을 지고 선 채 바다를 응시하고 있었다. 철모를 땐 그저 좋기만 하던 아버지가 거친 바다를 마주하고 서 있는 모습이 왠지 모르게 고독해 보였다.

"다 왔습니다."

사공이 영월 포구에 배를 멈추었다. 아버지를 따라서 간 곳은 물가에 세워진 작은 누각이었다.

"여기가 어딘지 알겠느냐?"

매죽루(梅竹樓).

나는 이름도 생소한 정자 현판에 눈길을 주었다.

"네 할아버지께서 영월 군수로 부임하셨을 때 지으신 누각이다."

아버지의 설명이 이어졌다.

"우리 평산 신가(申家)는 고려 개국 공신 장절공의 후손이다. 그러니까 이 누각을 세운 할아버지께서는 장절공의 17세손이시고, 아비는 18세손이 되는 거지."

소박한 풍취가 느껴지는 누각이 새삼 정겨운 느낌을 자아냈다. 6월의 햇살 아래 푸른 물이 물씬 오른 버들가지 사이로 은빛 물결이 출렁이고 있었다.

“장절공의 본명은 숭 자, 겸 자이다. 공은 대장군 시절 태조를 도와 전투에 나갔다가 대구 공산에서 후백제군의 공격을 받아 위기에 처하자 왕의 갑옷과 투구로 변장하고 싸우다 순절하셨다. 태조는 공의 시신을 거두어 훗날 자신의 유택으로 점지해둔 광해주(춘천)에 묻어주도록 했는데 끝내 머리를 찾지 못했단다. 결국 금으로 두상을 만들어 붙이고 도굴꾼의 손을 탈까 염려하여 무덤을 다섯 군데나 조성했다는 말도 있는데 이제는 확인할 길이 없으니 안타까울 따름이다.”

아버지는 잠시 말을 끊고 나를 보았다.

“곱구나…….”

나는 아버지의 칭찬을 듣고도 슬픈 생각이 들어 발등에 눈길을 떨어뜨렸다. 혼례를 치르고 나면 다시 못 올 계절이다. 뒷짐을 지고 강 저편을 바라보면서 아버지가 말을 이었다.

“나는 이 세상에 태어나 이름을 날리지도 못했고, 특별히 내세울 만한 일을 한 적도 없다. 대를 이을 아들도 얻지 못했다. 하지만 나는 아무 여한이 없다.”

“아버지, 왜 그런 말씀을…….”

“내가 이런 말을 하는 까닭은, 그래도 너로 인해 내 살아온 날들이 조금은 덜 적적했다고 느끼기 때문이다. 나날이 성장하는 자식을 바라보는 기쁨이 부모의 가슴을 얼마나 뜨겁게 하는지 너는 아직 잘 모르겠지만…… 열여덟 해를 너의 아비로 살면서 누려온 기쁨이 앞으로 내겐 평생을 살아갈 힘이 될 게다."

아버지는 여전히 강 저편으로 눈길을 던진 채였다. 높은 하늘 멀리 고니 떼가 하얀 점을 이루며 힘차게 비상하고 있었다.

"고맙구나, 인선아!"

나는 차마 오래 고개를 들고 있을 수가 없었다. 아버지 눈가에도 맑은 이슬이 고였던가.

"다만 네가 아무리 영특하고 올바른 성품을 지녔어도 장차 한 지아비의 아내가 되고 환경이 바뀌면 이런저런 어려움이 많을 게다. 그럴 땐 가장 좋았던 시간을 떠올리며 어려움을 극복해라. 남녀의 본분이 다르다고 하지만 나는 너를 딸자식이라 해서 차별하여 키우지 않았다. 힘들어도 능히 모든 걸 극복해나갈 능력이 네 안에 잠재되어 있음을 명심해라."

"예……."

저 또한 아버지의 딸로 태어나서 행복합니다.

왜 이 말을 해드리지 못했을까.

돌아오는 배 안에서도 두고두고 후회스러웠다.

저를 아버지의 딸로 태어나게 해준 것만으로 얼마나 행복한지 모릅니다.

나는 속으로만 몇 번이고 같은 말을 되뇌었다.

"어디 다녀오십니까, 진사 어르신."

"오, 그래. 자네 아직 안 갔군."

동네 어귀에서 뜻밖의 인물을 만났다. 언제 돌아왔는지 윤진서, 그가 눈앞에 서 있었다. 짙은 눈썹, 한결 깊어진 눈매로 언뜻 그가 나를 바라보았다.

"어르신 댁 대사는 못 보고 갈 듯싶습니다. 미리 경하 드립니다."

"고맙네. 자네도 잘 가게."

그는 지나칠 만큼 정중하게 고개를 숙였다. 아버지와는 구면인 듯했으나 피차 얼굴을 마주하는 게 그리 편안해 보이지 않았다. 왠지 모를 긴장감이 서로를 밀어내고 있었다.

아버지가 먼저 무거운 걸음을 옮겼다. 나도 그 뒤를 따랐다. 장승처럼 꼼짝없이 서 있는 그를 지나치려는데 낮은 비명처럼 한숨이 터져나왔다.

무심코 고개를 돌렸다. 나를 보지 않으려는 그 눈빛에 물기가 배어 있다고 느낀 건 착각이었을까.

시집가는 날

내 나이 열아홉 살 되던 이듬해 가을, 스물한 살의 새신랑이 가마를 타고 대관령을 넘어왔다.

안마당에 초례청이 세워지기 전부터 안개비가 내렸다.

"혼례식 날 비 오면 잘 산다는 말이 있잖아."

"아들딸 낳고 잘 살겠네!"

"그나저나 신랑이 훤칠하고 잘생긴 게 온 동네가 환하네그려!"

신랑 신부 맞절이 끝나자 동네 사람들이 덕담을 건넸다. 삼회장저고리에 모란꽃을 수놓은 연두색 원삼을 갖춰 입고 족두리에 어여머리를 한 내 모습이 몹시 어색하고 낯설었다.

날이 어두워지면서 사방에 짙은 안개가 깔렸다.

도망치고 싶다.

신랑이 사모관대를 벗고 편한 옷으로 갈아입고 올 동안 홀로 신방을 지키고 앉아 있으면서 느닷없이 그런 생각이 들었다.

촛불이 흔들리는가 싶더니 방문이 열렸다. 불과 두서너 걸음 내딛는 발소리가 유난히 크게 들렸다. 이마에 와 닿는 시선이 따가웠다.

잠시 후 행랑어멈이 국수를 곁들인 주안상을 안으로 들였다.

"조금 먹어봐요."

그가 얼음처럼 굳어 있는 나를 위해 국수 그릇에 젓가락을 얹어주었다.

'밤중에 뒷간에 갈 수도 있으니 음식은 한 입도 대지 말아요.'

행랑어멈의 말을 떠올리며 젓가락을 드는 시늉만 했다.

"여기……."

술잔이 내 앞으로 넘어왔다.

"신랑이 급했나 보네."

"마늘각시도 어서 합환주 한잔하세요."

"저리 비켜봐."

동네 처녀 총각들 신방 엿보기로 바깥이 시끌시끌했다. 폭, 폭, 문종이 뚫어지는 소리, 구경꾼들 침 삼키는 소리, 부슬부슬 비 내리는 소리.

그리고 촛불이 꺼졌다.

"신부가 잠꾸러기라고 소문내도 괜찮겠소?"

코끝을 간질이는 꽃향기에 놀라 눈을 떴다. 앞으로 평생을 함께할 남자가 나를 바라보고 있었다.

남편의 호탕한 성격 덕분에 신혼의 어색함은 그리 오래가지 않았다. 다소 엉뚱하고 즉흥적인 면이 때론 나를 당황스럽게 만들기도 했다.

우리는 매일 한가한 시간을 틈타 경포호로 산책을 나갔다.

"남들이 보면 어떻소. 당신은 내 아내, 나는 당신 남편인데?"

보는 사람이 있든 말든 고집을 피울 때는 나이만 세 살 많았지 철부지 악동처럼 짓궂기가 한량없었다. 어떤 날은 땅이 질척거려 얕은 웅덩이가 생긴 길에서 한사코 업어주겠다고 떼를 써서 얼굴을 붉히게 만들었다.

"어서요! 한양 가서 살면 이런 짓도 못하오."

업힐 때까지 길을 내주지 않겠다며 앞을 가로막는 통에 집까지 줄행랑을 치다시피 해놓고도 며칠 동안 공연히 눈앞이 어질어질했다.

"사람이 어찌나 붙임성이 좋은지 장가온 지 며칠 되지도 않아서 온 동네를 들었다 놨다 한다는구나."

좀처럼 남의 말을 하지 않는 어머니도 사위를 넌지시 치켜세웠다. 그는 친정 식구들과도 잘 어울려 점잖은 성품의 아버지를 종종 웃게 만들었다. 덕분에 조용하던 집안에 모처럼 활기가 넘쳤다.

"늦가을이라 꽃이 없을 줄 알았는데 산에 이런 게 있구려!"

하루는 식전에 때죽나무 꽃을 꺾어왔다.

"처제한테 들었소. 오늘이 당신 귀빠진 날이라며?"

하얀 종을 매달아놓은 것처럼 생긴 때죽나무 꽃은 음력 시월에도 볼 수 있지만 산 중턱까지 올라가야 한다.

"이 꽃을 꺾으려고 새벽에 산엘 올라갔단 말입니까?"

"하인들이 그러는데 나뭇가지를 깎아서 목걸이를 만들기도 한답니다. 내 꼭 배워서 당신 목걸이도 만들어주겠소."

꽃보다 싱그러운 미소가 내 눈을 환하게 물들였다. 그 순간 아버지와는 또 다른 남자가 내 안에 커다란 자리를 차지하고 들어왔다.

며칠 후 아버지가 남편과 나를 불러 앉혔다.

"잠시 한양에 다녀올 일이 생겼으니 식구들을 잘 부탁하네. 자네 장모가 겉으론 강한 듯해도 속은 한없이 여린 성격일세. 이럴 때 사위가 집을 지키고 있으니 무엇보다 든든하기 짝이 없군."

"그럼요, 아버님! 여긴 제가 있으니까 염려 붙들어 매십시오."

이것이 아버지와의 마지막 이별인 줄도 모르고 나는 그저 남편의 시원시원한 태도가 믿음직스러워 전처럼 서운한 내색도 하지 않았다.

눈물의 꽃가마

초겨울 서리가 내리던 날, 아버지를 따라 한양에 함께 갔던 행랑아범이 혼자 돌아왔다.

"나리께서 갑자기 세상을 떠나셨습니다."

"아!"

하늘이 무너지는 비보를 듣자마자 어머니는 그 자리에서 혼절했다. 가족들 어느 누구도 임종을 지키지 못한 채 눈을 감아야 했던 아버지 시신은 지평 적두산 기슭에 묻혔다고 했다.

언니 부부가 올 때까지 나는 딸만 있는 집안의 맏상제였다.

한양에 누가 있어 아버지 묘소를 돌볼 것인가.

낯선 산기슭에 묻혀 있을 아버지를 생각하면 슬퍼할 겨를도 없었다. 자식들이라도 자주 찾아뵐 수 있게 묘소를 강릉으로 옮겨와야 했다.

"친가 어른들에게 허락을 구하는 편지를 쓰겠어요."

남편이 이장을 돕겠다고 나섰다.

"당신은 여기서 장모님을 살펴드려요. 내가 한양 친척들을 만나뵙고 아버님 유해를 모셔오겠소."

남편이 서찰을 들고 한양으로 떠난 뒤 장례를 다시 치를 준비를 했다.

유해를 옮겨오기까지는 근 한 달이 걸렸다. 장지는 외가 선영이 있는 조산으로 정했다.

"혼인한 지 몇 달도 안 되는 며느리가 친정 부모 삼년상을 치른다면 시어른 눈 밖에 날 일이다. 아버지 산소는 내가 지킬 테니 너는 남편 따라서 한양으로 갈 채비를 해라."

어머니는 그 와중에도 딸자식 시집살이 걱정에 노심초사했다.

나를 아들로 낳아주지 못해 미안하다고 했던 아버지, 나는 아들로 태어나지 못한 게 죄스러워 차마 그 말은 따를 수가 없었다. 먼저 남편에게 양해를 구했다.

"남의 일에 대해 말하기 좋아하는 사람들에겐 제 행동이 큰 흠이 되리란 것을 압니다. 하지만 저로선 남들에게 손가락질 받는 것보다 자식의 도리를 다하지 못하는 것만이 두려울 뿐입니다. 제가 어머님께 허락을 구하고 탈상 때까지 묘소를 지킬 수 있도록 해주시겠습니까?"

"장인어른 생전에 하신 말씀도 있고 하니 어머니도 사정을 이해하실 거요. 너무 염려하지 마시오."

남편의 위로에 기대어 시댁에 서찰을 올렸다. 고맙게도 시어머니 허락이 떨어졌다.

3년을 오롯이 아버지 영전을 지키며 사계절을 보냈다. 나는 아버지 생전에 함께 지낸 것보다 더 많은 날들을 영혼과 마주하며 일면 평화롭고 고즈넉한 애도의 시간을 보냈다.

겨울이 세 번 지나면서 마음이 초조해지기 시작했다. 봄이 오기 전에 떠날 준비를 해야만 했다.

'매화는 그 향기와 꽃빛이 맑고 깨끗하여 청객으로 불린단다. 진심을 가진 꽃이라 할 수 있지. 봄꽃은 대개 화려하지만 홀로 눈 속에 피는 매화는 결백함과 고고한 품격을 지닌 꽃이어서 예로부터 많은 시인 묵객들의 사랑을 받아왔단다. 우리 선조들은 매화의 아름다운 성정을 가리켜 높은 품격과 빼어난 운치를 겸비한 화중군자요, 화계의 영수라 했다.'

아버지가 들려주던 이야기를 떠올리며 붓을 들었다.

온갖 풍상을 견뎌내며 고목의 줄기로부터 향기를 뿜어 올리는 설중매(雪中梅)의 강인한 생명력은 두 분의 사랑을 닮아 있는 듯했다. 한 겨울 풍설을 견디다 못해 살짝 부러진 등걸의 절매(折梅)는 비록 큰 뜻을 펼치진 못했으나 평생 기개를 잃지 않고 살다 간 아버지 당신의 모습을 연상하게 했다.

만개한 꽃과 가지가 안개에 살짝 가려진 연매(煙梅) 한 폭, 고목 둥치에서 달을 향해 힘차게 날아오르는 새 가지를 그린 월중매(月中梅)도 한 폭, 그렇게 여덟 첩으로 된 매화 병풍도를 그리는 데 꼬박 한 달 보름이 걸렸다.

아버지가 좋아하던 당나라 시인 대유공의 시도 족자로 만들었다.

이제 고요하여 할 일이 전혀 없네
문 닫고 앉아 있으니 날조차 더디 가네
백발만 버들가지랑 하냥 마주 드리웠네
마주 보며 흰머리 드리울 테지
此意靜無事
閉門風景遲
柳條將白髮
相對共垂絲

— 대유공, 〈이당산인(李唐山人)에게 주는 글〉

남편은 8첩 매화 병풍 앞에서 벌어진 입을 다물지 못했다.

"내가 장담하는데 도화서 최고의 화원도 부인을 따라잡진 못할 거요. 한양에 있는 내 친구들이 집에 와서 이 병풍을 보면 아마 기절하겠지?"

"이건 아버지 제사에 쓸 거예요."

"아, 그래요?"

넘겨짚었던 게 민망했던지 머쓱한 웃음을 흘리는 남편에게 시어머니 선물로 준비한 자수 병풍은 따로 있다고 말해주었다.

겨우내 그림 그리고 수를 놓느라 부산을 떨다 보니 어느새 마당에 홍매화가 피고 있었다.

그깟 그림 조각이 무슨 위안이 된다고.

막상 집을 떠나려니 어머니 누비옷 한 벌 지어놓지 못한 게 후회스러웠다.

내 나이 스물한 살 되던 해 봄, 새신랑이 타고 왔던 사인교는 신행 꽃가마로 모습을 바꿨다. 화려한 꽃 장식을 매단 가마는 호피 무늬 이불로 덮개를 씌웠다. 방석 밑에는 액을 물리치고 자손의 번창을 기원하는 숯과 목화씨가 뿌려져 있었다.

"잘 살아야 한다."

"어머니도 내내 평안하셔야 돼요."

입으로는 웃고 있지만 어머니도 눈가에 서린 감정까지 걷어내지는 못했다.

"달이가 영리하고 눈썰미도 좋으니 데려가도록 해라."

어머니의 배려 덕에 달이가 교전비로 따라나섰다. 나는 안방에서 어머니와 작별하고 대문을 나섰다. 뒤돌아보면 눈물이 쏟아질 것 같아 서둘러 가마에 올랐다.

어머니는 뒤미처 집 밖으로 나와 딸의 가마가 멀어지는 모습을 하염없이 쳐다보고 있을 것이다.

강릉 새댁 서울살이

살면서 단 한 번도 강릉을 벗어난 적이 없는 내게 한양 가는 길은 멀고도 험했다. 남편은 가마멀미에 시달리는 나를 위해 간간이 행렬을 멈췄다.

"속을 가라앉히는 데는 산딸기만 한 게 없다오."

대관령 고갯마루에서 그가 산딸기 한 움큼을 따다 주었다.

"이게 아들을 낳는 데도 특효라는데……."

장난기 어린 말투며 모습이 어지간히 들떠 있었다. 그는 집에 가는 길, 나는 집을 떠나는 길이다. 비좁은 고갯길을 한 굽이 한 굽이 돌아갈 때마다 고향 땅은 아득히 멀어지고 낯선 세계가 눈앞에 펼쳐졌다.

가다 쉬다를 반복하며 열흘 걸려 당도한 한양은 말 그대로 별천지였다. 비단 가게, 면포전, 지전(紙廛), 어물전 등이 즐비하게 늘어선 거리마다 색색의 장옷을 입은 여인들이 활보하고 있었다. 가마는 방이 세 칸 딸린 운종가의 한옥 앞에 멈춰 섰다.

"그래, 오느라 힘들진 않았니?"

시어머니는 처음 대하는 며느리를 편하게 맞이주었다.

"거봐요, 우리 어머니가 격식 같은 거 차리는 성격이 아니라고 했잖소?"

남편의 얼굴에선 웃음이 떠나지 않았다.

다음 날 신행을 축하하는 잔치가 열렸다.

강릉에서 담가온 연잎주와 친정에서 배운 음식을 곁들여 상을 차렸다. 남편 친구들이 꽉 들어찬 방 안에서 떠드는 소리가 부엌까지 들려왔다.

"자네 부인 잘 얻었다고 소문이 자자하던데, 입이 귀에 걸린 걸 보니 허튼소린 아닌가 보군."

"음식도 부인이 만들었나? 양반집 규수라더니 살림도 제대로 배웠네그려."

"음식뿐인가. 이 옷도 직접 만들어준 거라네."

"허! 이 친구 말하는 것 좀 보게. 그런다고 자기 입으로 마누라 자랑에 침이 마르나? 예끼, 이런 팔불출아!"

"하하하!"

술상이 두어 차례 들어가고 거나하게 취기가 오른 남편이 호기를 부리기 시작했다.

"이왕 말이 나왔으니 하는 얘긴데, 우리 마누라 그림 솜씨가 솔거 뺨친다네. 메뚜기를 그리면 살아 움직이는 것 같고 매미를 그리면 쓰륵쓰륵 울음소리가 나는 것 같다니까."

"그게 정말인가?"

"정말이고말고!"

"그럼 자랑만 하지 말고 우리한테도 좀 보여주게."

"지금 당장은 좀 곤란하지."

"뭐가 곤란해? 어디 그림 한 점만 그려달라고 해보게. 우리가 직접 눈으로 확인하게 해주면 그다음부턴 자네가 팥으로 메주를 쑨다 해도 믿겠네."

손님들은 이구동성으로 그림을 구경시켜달라고 졸랐다. 당장 그림을 보여주지 않으면 남편이 허풍선이로 몰릴 판국이었다.

"아씨마님, 간단한 그림 한 점만 그려달라고 하시는데요?"

결국 달이가 심부름을 물어왔다.

"색시 자랑을 좀 하고 싶었던 모양인데 남편 체면 살려준다 생각하고 들어주렴."

난감해하는 가운데 시어머니가 아들 편을 들고 나섰다.

"종이는 내가 내주마. 간단히 그림 한 장만 그려달라는 게 어려운 청도 아니잖니?"

나에겐 당혹스럽기 그지없는 일이 시댁에선 간단한 그림 한 장에 불과했다.

"우리 사임당 아씨 그림은 양반님들도 최고로 치는데요?"

달이가 나 보기 딱했던지 볼멘소리를 했다.

"나라도 재주가 있으면 한 장 그려주련만……."

시어머니는 한지를 앞에 놓고도 붓을 들지 않는 내가 야속한 듯 역정을 내며 안방으로 들어갔다. 건넌방에선 남편 친구들의 성화가 빗발치고 있었다. 시간을 더 지체했다가는 남편 체면 깎이고 시어머니 노여움만 커질 게 분명했다.

그러나 무턱대고 그림을 그려 보냈다가 사람 좋은 남편이 인심이라도 쓴다면 큰 낭패였다.

"부엌에 가서 놋 쟁반을 가져다 다오."

달이는 시키는 대로 군말 없이 따라주었다. 나는 달이가 가져온 쟁반에 포도를 그렸다. 궁금증을 못 이겨 다시 돌아온 시어머니의 눈이 휘둥그레졌다.

"이걸 네가 그린 게냐?"

시어머니는 포도송이가 그려진 쟁반을 뚫어져라 보았다. 먹이 다 마르기를 기다렸다가 놋 쟁반에 보자기를 씌워 아래채로 들여보냈다.

"이게 뭐야?"

"그림을 그려달랬지 누가 또 음식을 내오라 했느냐?"

너나없이 불평을 내뱉던 취객들은 곧바로 잠잠해졌다. 아마도 남편이 보자기를 들춰 보였을 것이다.

"천재 맞지? 하하! 그래, 맞다. 천재!"

내게는 남편의 넉살 좋은 웃음소리가 그다지 유쾌하지만은 않았다. 다행히 남의 집에서 쓰는 그릇을 선물로 달라는 손님은 없었고 남편은 두 번 다시 무리한 요구를 하지 않기로 약속했다.

시댁에는 시어머니 일을 돕는 여종 둘이 함께 살고 있어 우리까지 얹혀살 형편이 못 되었다. 잔치가 끝난 뒤 시어머니가 먼저 이야기를 꺼냈다.

"너도 보다시피 여긴 비좁아서 함께 살 곳이 못 된다. 마침 집안에서 물려받은 땅이 조금 있으니 분가하도록 해라."

분가, 출산, 생활고

우리가 살 곳은 밤나무가 많아 '율곡리(栗谷里)'라 부르는 덕수 이씨 집성촌이었다. 남편이 물려받은 재산이라곤 농가 한 채와 1년 먹을 양식이나 거둘까 말까 한 약간의 논밭이 전부였다. 당장 입에 풀칠하기도 어려운 형편에 몸에 태기가 있었다. 버려진 땅을 개간해서라도 먹고살 방도를 찾아야 했다.

어머니는 그사이 지선을 출가시켰다는 서찰과 함께 은산을 내려보냈다.

고생이 많겠지만 어쩌겠느냐. 아직 혼례를 치르지 않은 딸이 둘이나 있으니 어미로서 마땅히 떼어줄 재산이라고는 이 방법밖에 없구나.

이 상황에서 노동력을 보태줄 일꾼이 늘어난 것만으로도 힘이 되었다. 남편은 내가 농사를 짓겠다고 하자 펄쩍 뛰었다.

“부인이 무슨 재주로 농사를 짓겠다는 게요? 쌀은 어머니가 보내주실 테니 걱정할 필요가 없소.”

“우리가 독립하려면 서방님께서 벼슬길에 나가는 수밖에 없습니다. 우선 우리 먹을 양식이라도 스스로 해결해야 어머님의 걱정을 조금이나마 덜어드리지 않겠습니까. 여자라고 농사일하지 말란 법은 없으니 너무 염려 마시고 학업에만 몰두하십시오.”

소과가 몇 달 안 남았는데도 남편은 입을 꾹 다물었다. 나는 망치로 뒤통수를 세게 얻어맞은 기분이었다. 혼란스러운 심사를 다스리는 데는 많은 노력이 필요했다.

방에서 책 읽는 소리가 들리지 않으면 조용히 묵상에 잠겨 있으려니 했다. 늦도록 밖에서 돌아오지 않으면 뜻이 맞는 교우들과 학문을 논하려니 생각했다. 술을 마시면 그럴 만큼 좋은 일이 있었으려니 했다.

마음은 어렵사리 다스릴 수 있어도 생활고는 정신력만으로 해결될 문제가 아니었다. 다행히 친정에서 가져온 책이 길을 열어주었다. 세종대왕이 가난한 백성들을 위해 편찬한 《농사직설》은 귀중한 살림의 보물이었다.

나는 환경과 기후 조건에 따른 종자의 선택과 저장, 처리법에서 논밭갈이, 삼의 파종과 재배, 수확하는 법, 벼와 콩, 팥, 녹두, 메밀, 참깨 재배법 등 논농사와 밭농사에 관련된 다양한 방법이 수록된 책을 통해 농사라는 새로운 세계에 눈을 떴다.

은산은 열심히 농토를 일구었고 달이는 텃밭에 씨를 뿌리고 잡초를 뽑았다. 우선은 단기간에 수확이 가능한 채소를 길러 내다 팔기로 했다.

"사람의 몸에서 나온 것이든 외양간에서 나온 것이든 다 소중한 거름으로 쓸 수 있는 것이니 함부로 버리면 안 된다. 참갈 잎이나 녹두 껍질 같은 것도 귀하게 다뤄야 되고."

"아씨는 어쩜 그렇게 모르는 게 하나도 없어요?"

"저도 농사라면 웬만큼 아는데 아씨에겐 도무지 당할 재간이 없습니다."

달이와 은산은 내가 농사일을 아는 게 믿기지 않는 눈치였다.

"모든 길은 책 속에 있는 법이거든."

돌아가신 아버지가 평소 하던 말이었다.

먹고사느라 붓 한 번 잡아보지 못한 사이 계절이 세 번 바뀌고 맏아들 선이 태어났다. 음력 11월, 잠시만 방문을 열어도 냉기가 등골까지 스며드는 한겨울이었다. 시어머니가 보내준 산파와 달이가 해산을 도왔다. 진통은 오후부터 다음 날 새벽까지 이어졌다. 뼈 마디마디를 조각내는 것처럼 지독한 고통이 밀려들 때마다 어머니가 편지로 일러준 말을 떠올렸다.

진통이 올 때마다 아프다고 소리 지르고 울면 출산도 하기 전에 산모의 기운이 다 빠져서 아기가 힘들게 세상에 나온단다.

신음 소리를 내지 않으려 이를 악물고 있는 동안 마치 거대한 짐승이 콧속에 들어앉은 것처럼 숨이 막혀왔다. 이러다 죽는 게 아닐까 싶을 만큼 하늘이 노래지는 진통이 몇 차례 몰아친 다음에야 비로소 아이 울음소리가 들려왔다.

"수고했소, 부인. 정말 고생 많았소!"

남편은 첫아들을 품에 안고 좋아서 어쩔 줄을 몰라 했다.

출산한 지 삼칠일이 지났건만 입술을 달싹거릴 힘조차 없었다. 시간은 고되고 빠르게 지나갔다. 곧 농사철이 다가왔다. 몸은 여전히 천근만근 무거웠으나 산후 조리도 제대로 할 처지가 못 되었다.

아이는 성격이 예민하고 잠투정이 심했다. 종종 자다 깨서 울음을 터뜨리기 일쑤였다. 그럴 때면 남편 글공부에 방해가 될까 싶어 아이를 안고 밖으로 나갔다.

휘영청 밝은 달 아래 칭얼대는 아이를 안고 서성이다 불현듯 강릉의 밤하늘이 눈에 밟혀 아무도 몰래 눈물을 삼켰다.

어머니도 이랬을까.

아버지 산소는 누가 돌볼까.

친정 가는 길

이듬해 가을걷이를 하기 전에 잠시 친정에 다녀온 은산이 어머니 소식을 전했다.

"마님 병환이 위중하신 건 아니지만 기력이 많이 쇠해지셨습니다. 부엌에도 잘 안 나오시고 자꾸 이곳 안부를 물어보시는데 아씨가 많이 그리우신 듯합니다."

가슴이 덜컥 내려앉았다. 여간해선 살림을 손에서 놓지 않는 어머니였다. 멀리 사는 딸자식 걱정에 마음의 병을 얻은 게 틀림없었다.

"애 낳으러 친정 가서 한 3년 집에 안 와도 흠잡을 것 없는 세상이다. 이왕 간 김에 겨울이라도 지내고 오너라."

시어머니는 흔쾌히 마음을 써주었다.

"선이도 데려가야 하니 가마를 빌릴 데가 있는지 알아보게."

남편은 행장을 꾸리기도 전에 은산에게 심부름을 시켰다. 밖에서 하는 말을 듣고 기가 막혔다.

"우리 형편에 가마라니 가당치도 않습니다. 당신은 여기 남아 있어도 괜찮아요. 선이는 제가 업고라도 갈 수 있습니다."

나도 모르게 언성이 높아졌다. 남편도 더 이상 고집을 부리지 않았다. 대신 달이나 은산 중 한 명은 데려가기로 했다.

"추수할 게 많지도 않으니 저 혼자 충분합니다. 도련님이라도 업고 가게 달이를 데려가세요, 아씨."

"그래요, 아씨. 제가 갈게요!"

은산의 말에 달이가 반색했다.

"혼자서 괜찮겠어?"

"그럼요. 저 혼자 쉬엄쉬엄 해도 사나흘이면 다 끝납니다."

은산은 나의 물음에 자신 있게 대답했다. 달이는 신이 나서 짐을 꾸렸다. 남편의 얼굴에도 안도의 빛이 스쳤다. 사실 그도 어린 아들 데리고 며칠이 걸릴지도 모를 길을 걸어갈 일이 난감했을 것이다.

다음 날 우리는 날이 밝자마자 율곡리를 나섰다. 파주에서 강릉까지는 4백 리 길이다. 양주 두물머리에서 양평을 지나 강원도 원주 땅에 들어설 때부터 만감이 교차했다.

오는 동안 고개를 몇 개나 넘고 산길을 얼마나 오르내렸을까. 그 옛날 어머니가 열아홉 새색시 적 첫아이를 안고 눈물로 걸었던 길을 이제 스물한 살의 둘째 딸이 걷고 있었다. 원주 고갯마루에서 잠시 쉬는 동안 아이는 곤하게 잠이 들었다.

"도련님은 제가 업을게요."

다시 길 떠날 준비를 하면서 달이가 잠든 아이를 받아 안았다. 선은 잠시도 어미 품을 떠나려 하지 않았다. 잠결에 남의 등에 업혀 가다가도 눈을 뜨면 금세 울음을 터뜨렸다.

"녀석이 다 좋은데 낯가림이 심한 건 나를 안 닮았어!"

어설프게 아이를 안으려다 실패한 남편이 빈손으로 가기 미안했던지 객쩍은 소릴 했다. 결혼한 지 3년이 지났어도 아직 새신랑 티를 벗지 못한 모습이 밉다가도 웃음이 나왔다.

어느덧 우리는 횡성을 거쳐 대화를 지나고 있었다.

"장정들도 대화나 진부의 주막에서 하룻밤을 묵어야 다시 힘을 내서 대관령을 넘어 강릉까지 간다는데 요기도 할 겸 여기서 하룻밤 묵어갑시다."

남편이 주막을 가리켰다. 마침 날이 저물어가고 있었다. 선은 배가 고픈지 칭얼대기 시작했다.

꽤 한산해 보이는 주막 안에는 나그네 혼자 평상에 앉아 탁주 잔을 기울이고 있었다. 마침 부엌에서 나오던 주모가 남편에게 아는 체를 했다.

"에구머니! 나리께서 또 오셨네요. 묵어가실 거죠?"

"오다가다 두어 번 지나쳤을 뿐인데 눈썰미가 좋군."

"선비님이야 워낙 인상이 좋으시니 기억이 났을 뿐이지요. 마님도 고우시고……. 도련님이 아주 정승감이시네요. 빨리 나와, 여옥아!"

주모가 인사치레치곤 다소 호들갑스럽게 말을 섞어가며 안쪽을 향해 소리쳤다. 방에서 나온 여자아이가 익숙한 행동으로 평상 한쪽에 남아 있는 술상을 정리했다.

"방은 두 개면 되겠고, 국밥 세 그릇에 나리 술상도 준비할까요? 아, 손님은 뭐 더 필요한 거 없으시고요? 술 더 드릴까?"

"술상은 필요 없네."

"여기 술 한 병."

"네, 네. 알았어요, 알았어. 후딱 준비할게요. 여옥이 넌 이 손님 술 갖다드리고, 짐은 아무 데나 마음에 드는 빈방 찾아서 푸시고 조금만 기다리세요!"

주모는 한꺼번에 세 사람을 향해 빠르게 말을 쏟아내곤 부엌으로 종종걸음 쳤다. 서른 살쯤 됐을까. 웬만한 사내들 뺨치게 화통한 말투에 주막이 들썩거렸다. 남편은 헛웃음을 지으며 평상에 걸터앉았다.

방에서 아이에게 젖을 물린 뒤 한숨 돌리고 있자니 주모가 밥상을 들여왔다.

"선비님 닮아서 도련님이 참 잘생기셨네. 제가 한번 안아봐도 될까요?"

"우리 도련님 아무한테나 안기지 않는데……."

달이가 내 품에서 아이를 낚아채듯 받아 안았다. 졸지에 무안을 당한 주모가 아니꼽다는 듯 입을 삐죽거렸다.

"이제 막 잠들려던 참이라 지금은 곤란하다는 말일세."

"더 필요한 게 있으면 말씀하세요."

주모는 내 말을 들은 척도 안 하고 방을 나갔다. 달이가 못마땅한 얼굴로 툴툴거렸다.

"불여우 같은 여편네! 아까 보니까 나리한테 꼬리를 살살 치더라고요."

"나리가 몇 번 왔다잖니. 잘 알지도 못하면서 함부로 그런 말 하는 거 아니다."

식사가 끝날 무렵 여옥이 숭늉을 가져왔다. 오른쪽 눈 밑의 팥알만 한 점을 제외하면 묻지 않아도 모녀지간이라는 걸 알 수 있을 만큼 생김새가 주모와 판박이였다.

"올해 몇 살이냐?"

"아홉 살이오."

"야무지게 생겼구나. 커서 시집가면 잘 살겠어."

나이보다 성숙해 보여 자연스레 나온 말이었다. 여옥은 대꾸도 없이 잠든 아이를 물끄러미 보고만 있었다.

"우리 아씨마님 그만 쉬셔야 돼."

달이가 눈치를 주었다.

"난 시집 안 가고 이 주막에서 살 거예요."

여옥이 빈 그릇을 주섬주섬 챙겨 나가면서 태연하게 말했다. 달이가 그 뒷모습을 향해 황당한 표정을 지었다.

"아씨, 이 집 주모도 그렇고 딸도 그렇고 조금 이상하지 않아요?"

"모녀간에 어지간히 정이 깊은 모양이지."

"그래도 어떻게 어린애가 평생 주막에서 살 생각을 해요? 나 같으면 이런 데서 도망치고 싶어서라도 하루빨리 시집가려고 할 텐데……."

그러고 보니 달이도 벌써 열여덟 살이었다. 어디 달이뿐인가. 혼기가 찬 것으로 치자면 은산도 벌써 장가를 보냈어야 했다는 걸 미처 생각 못했다.

"달이 짝은 누가 되려나?"

"예?"

"뭘 그리 놀라? 너도 시집갈 때가 됐으니 하는 말인데."

"아이 참, 아씨도……. 저는 시집 안 가고 아씨랑 같이 살 거예요."

"아까 그 애랑 똑같은 말을 하고 있네?"

"그게 어떻게 똑같아요? 전 그냥 아씨랑 오라버니랑……."

달이는 말을 하다 말고 귓불까지 빨개졌다. 내 짐작이 틀리지 않은 듯싶었다. 그간 은산의 태도를 되짚어보니 알게 모르게 달이를 챙겨주는 눈치가 빤했다.

"달이야, 솔직히 말해봐. 은산이가 시집오라면 갈 거야?"

"오라버니는 저 안 좋아해요."

"그걸 어떻게 알아?"

"아, 그랬다면 진작 혼인하자고 말했을 거잖아요."

달이는 늦가을 단풍잎만큼이나 붉어진 얼굴로 자리끼를 핑계로 방을 나갔다. 뾰로통한 말투에 밀고 당기는 속내가 실려 있었다. 은산이라면 달이를 행복하게 해줄 수 있을 것이다.

"나리께선 주무시나 봐요. 날이 밝으면 일찌감치 길을 나서야 하니 마님도 푹 주무세요. 이 집 딸은 잠도 없나. 청승맞게……."

방으로 돌아온 달이는 자꾸 신경이 쓰이는지 구시렁대며 이불을 깔았다. 여옥이 늦도록 평상에 혼자 앉아 있더라는 것이다. 우리는 다음 날 이른 아침을 먹고 주막을 나섰다.

"또 오셔요, 나리!"

주모가 사립문까지 따라 나와 인사를 건넸다.

"저 봐요. 아씨랑 저는 거들떠도 안 보고 나리한테만 알랑대는 꼴이라니! 모녀가 아주 그냥 꼬리 아홉 달린 불여우라니까요."

달이는 내 옆에 딱 붙어서 영 마뜩잖은 시선을 쏘아 보냈다. 부엌문 앞에 무표정한 얼굴로 서 있던 여옥이 나를 힐끗 보고는 신경질적으로 몸을 돌렸다.

제3부

위험한 선택

친정 나들이

대화에서 장평, 진부를 지나 대관령 중턱에 올라섰다. 바람이 진한 소금 냄새를 풍겼다. 온몸에 진이 다 빠져나간 것 같았다. 아흔아홉 고개를 오르내리면서 수도 없이 가쁜 숨을 뱉어내야 했다. 나는 이마에 맺힌 땀방울을 수건으로 찍어내며 산 아래를 굽어보았다. 옹기종기 모여 있는 고향의 집들이 한눈에 들어왔다.

"여기서 잠시 쉬었다 갑시다, 부인. 대관령만 오르면 기어가도 강릉이라오."

남편이 널찍한 바위가 있는 곳으로 나를 이끌었다. 숨이 턱에 차고 팔다리가 끊어질 듯 아팠다. 눈치 빠른 달이는 멀찍이 자리를 잡았다.

"부족한 남편 만나서 당신이 고생이구려."

"그런 말씀 마세요."

"힘들어도 조금만 참고 기다리시오. 이제부턴 당신 때문에라도 열심히 공부해서 꼭 과거에 합격하리다."

가마를 태워주지 못한 게 못내 아쉬운 듯 남편은 평소 안 하던 말까지 했다. 말만 들어도 듬직했다. 자기 입으로 과거 시험에 대해 호언장담하는 건 처음 있는 일이었다.

우리는 늦은 저녁이 돼서야 북평 마을에 닿았다.

"두 분은 쉬엄쉬엄 걸어오셔요."

초승달이 높이 떠오른 조용한 마을 어귀로 들어서자 달이가 먼저 앞으로 달려갔다. 사방에서 개들이 컹컹 짖었다.

고샅고샅 낯익은 풍경을 마주할 때마다 가슴이 벅차올랐다. 어린 시절 언니와 손잡고 외갓집 가던 기억이 새로웠다. 몇 걸음 남겨두고 대문이 활짝 열렸다. 효선과 지선이 쏜살같이 뛰쳐나왔다. 안 보는 사이 효선은 시집갈 나이가 됐고 지선도 제법 숙녀 티가 났다.

"언니!"

"왜 이제 왔어?"

동생들이 내 팔을 붙잡고 폴짝폴짝 뛰었다. 선잠에서 깨어난 아이가 칭얼대기 시작했다. 조카를 안아보겠다고 서로 티격태격하는 동생들과 앞서거니 뒤서거니 하며 대문을 들어선 순간 막 부엌에서 나오던 어머니와 눈이 마주쳤다.

"둘째야."

꿈에도 그리던 어머니가 거기 서 있었다.

"오느라 고생했겠구나. 고맙네!"

어머니는 우리 내외를 번갈아 보다 퍼뜩 얼굴에 먹먹한 빛을 띠더니 양팔을 벌렸다. 나는 아이를 어머니 품에 건네주었다.

"고뿔 들겠다. 어서 방으로 들어가자."

어머니가 외손자를 보물처럼 싸안고 안방으로 들어갔다. 선은 처음 보는 외할머니와 눈을 맞춰가며 생글생글 웃고 있었다. 낯가림 심한 아이가 장모 품에 안겨 재롱떠는 모습을 남편이 신기하다는 듯 쳐다보았다.

"절은 됐다. 다리 아플 텐데 그냥 앉게."

"그래도 절은 받으셔야죠."

"장모님, 그럼 이 사람은 힘드니까 내일 하라 그러고 우선 제 절만 받으시겠어요?"

"자네도 내일 하게."

"전 오늘도 하고 내일도 하겠습니다."

넉살 좋은 사위 말에 어머니가 기분 좋은 미소를 지었다. 문안 인사가 끝난 뒤 동생들이 밥상을 들여왔다.

"언니랑 형부 오신다는 말 듣고 손수 쌀부터 씻어서 안치셨어요."

"우선 요기부터 하시고 조금만 기다리세요. 씨암탉도 잡았답니다."

무심코 어머니의 왼손으로 눈길이 향한 순간, 수저를 들기도 전에 목이 메었다. 어머니가 슬그머니 옷소매로 손을 가렸다.

계관화에 담긴 소망

북평 집은 모든 게 그대로였다. 뒤편 오죽나무 숲도, 백 년 세월 마당 한구석을 지켜온 홍매화도, 어머니의 그리움을 먹고 자란 배롱나무도 여전했다. 동별당도 옛 모습 그대로 남아 있었다. 가을바람에 서걱이는 댓잎도 여전하고, 가만히 눈 감으면 풀벌레 울음소리에 묻어나는 밤의 속삭임도 여전했다.

평소 그렇게 어미를 보채던 선은 외할머니 품에서도 곧잘 새근새근 잠이 들었다. 나는 오랫동안 만져보지 못했던 지필묵을 대청마루에 펼쳐놓고 모처럼 혼자만의 시간을 보낼 수 있었다. 촉촉한 먹물이 종이에 배어들 때마다 감회가 새로웠다. 간간이 한숨이 흘러나오기도 했다. 비로소 내 자리를 찾은 듯 마음이 고요해지는 것 같다가도 문득 문득 불안감이 밀려왔다.

친정에 와 있는 동안 초승달이 뒤집혀 그믐달이 되었다. 율곡리에서 추수를 끝낸 은산이 돌아왔다. 곡식을 돈으로 바꾼 금액이래야 몇 푼 되지도 않았다. 그 돈으로 다시 종자를 사서 농사를 짓는다 해도 당분간 식구들 입에 풀칠하기도 빠듯했다.

마당의 맨드라미가 마지막 꽃술을 내밀고 있었다. 붉은 물감을 찍어 화면 한가운데를 채웠다. 그림을 그릴 때만큼은 어떤 상념도 들어찰 틈이 없다. 붓을 내려놓았을 땐 초저녁 별이 하나둘 반짝이기 시작할 무렵이었다.

"뭘 그렇게 열심히 그리고 있었던 게요?"

낮 동안 보이지 않던 남편이 돌아왔다. 얼굴에 웃음기가 가득했다.

"주막에서 좋은 벗을 만나 탁주 몇 잔 나누고 왔소."

"아는 분을 만났어요?"

"오늘 처음 만난 친군데 나랑 배포가 아주 잘 맞소. 여기 오길 잘한 것 같소!"

호탕한 웃음소리와 함께 가까이 다가앉은 그에게서 단내가 풍겼다.

매사를 너무 쉽게 받아들이는가 하면 정작 중요한 일 앞에서는 몸을 사리는 남편의 극단적인 성격, 지나치게 낙천적이고 우유부단한 기질, 그로 인해 어떤 계획도 없이 표류하는 가족의 생활. 손톱 밑 가시처럼 편치 않았던 불안의 실체가 조금씩 맨살을 드러내고 있었다. 나는 무거운 기분을 떨쳐내려 마음을 다잡고 방금 그린 그림을 남편 앞에 펼쳐놓았다.

"맨드라미 아니오?"

"꽃잎이 닭 볏을 닮았다 해서 계관화(鷄冠花)라고도 하지요."

"그래요? 그럼 솜씨야 당신이 최고지! 암, 어디 조선 팔도에서 부인 따라올 사람이 있겠소? 그나저나 부인!"

남편은 그림을 대충 훑어보다 말꼬리를 돌렸다.

"날씨도 좋으니 내일 도시락 싸서 선이 데리고 단풍 구경 갑시다."

"이 그림 당신 주려고 그린 거예요."

"부부간에 주고 말고 할 게 뭐 있소. 당신이 그린 건 다 내 건데. 안 그렇소?"

속 모르는 남편은 한사코 내 말을 농담으로 받았다. 어렵더라도 결정을 내려야 될 때였다.

"반주 한 잔 더 하시겠습니까?"

"정말이오?"

술이라는 말에 그가 반색했다. 무를 넣고 끓인 생태 국과 도토리묵으로 간단하게 상을 차렸다.

"고맙구려! 부인도 한 잔 들지요."

"전 됐으니 천천히 국물부터 드십시오."

술을 한 잔 부어주고 다짐부터 받았다.

"우선 제가 무슨 말을 하든 곡해하지 않겠다고 약조해주세요."

"곡해라니 당치도 않소. 대체 무슨 얘긴데 그리 뜸을 들이는 게요?"

"몇 번을 생각했지만 이대로는 안 되겠어요. 우리 10년만 떨어져 살아요."

연신 싱글벙글하며 탁주 잔을 기울이던 그가 안색을 굳혔다.

"당신은 잘 모르겠지만 선이가 잔병치레가 잦은 편입니다. 파주로 돌아가면 저라도 농사일을 거들어야 될 형편이라 어린걸 제대로 간수하기 어렵습니다. 당신도 학문에 집중하기 쉽지 않을 거고요. 그러니 당신은 수진방 어머니 집에서 과거를 준비하고, 저와 선이는 이곳에 남는 게 좋을 듯합니다."

"부인!"

단숨에 술잔을 비운 그가 다그치듯 따져 물었다.

"아무리 그래도 그렇지, 몇 달도 아니고 10년이라니. 그건 너무 심하잖소?"

"10년 안에 대과에 급제할 자신 있으십니까?"

그는 대답하지 않았다. 대신 갈증이 나는지 마른침을 삼켰다. 어차피 서로 언짢아질 걸 각오하고 꺼낸 말이었다.

"돌아가신 저의 가친께서는 때를 기다려 출사하기까지 16년이라는 긴 세월을 보냈습니다. 지금은 상황이 좋아졌으니 당신이 하려고 마음먹으면 3년 혹은 그보다 빠른 시일 내에 우리가 함께 살 수도 있을 것입니다. 만약 당신이 10년을 온전히 학업에 투자해도 관운이 열리지 않는다면 저 또한 미련을 갖지 않을 것입니다."

남편은 잠자코 남은 술잔을 마저 비웠다. 얼굴에 거나하던 취기가 확 가셨다.

"10년이라니!"

돌연 그가 기가 막히다는 듯 외쳤다.

"꼭 나 혼자 떠나야겠소?"

"곡해하지 않기로 약조하셨잖습니까?"

"곡해하고 말고를 떠나서 왜 꼭 우리가 떨어져 살아야 되냐 이 말이오."

"지금이 아니라도 앞으로 우리가 함께 살아갈 날이 창창하지 않습니까. 저도 어렵게 내린 결론이니 고깝게 여기진 말아주세요."

나는 간절한 심정으로 남편을 설득했다. 유달리 정 많은 성격에 혼자 지내기 버거워하는 건 당연하다. 그렇다고 언제까지나 얼굴만 바라보고 살 수는 없는 노릇이었다.

"당신이 작년에 실패한 건 옹색한 환경 탓이 크다고 생각해요. 당장 아이까지 데리고 수진방 어머니 신세를 질 수도 없는 상황이니 형편에 맞게 하자는 것입니다."

"집에 있으면 집중력이 떨어지는 건 사실이오. 나라고 해서 가장으로서 생계를 이끌어야 한다는 부담이 없는 줄 아시오? 그렇지만 처자식과 떨어져 지내면서 과거에 붙을 자신은 없소."

말끝에 묻어난 한숨이 무거웠다. 어떻게든 그에게 용기를 주고 싶었다.

"아까 낮에 맨드라미를 그리면서 당신이 어사화를 쓰고 금의환향하는 모습을 떠올렸답니다. 어찌나 마음이 뿌듯했는지 몰라요. 이제부턴 저 그림 사랑채에 걸어두고 매일 당신을 기다릴 겁니다. 말이 10년이지 당신이라면 후년 급제는 문제없을 거라 생각해요."

"거참! 마음에도 없는 소리 하지 마시오."

"정말입니다."

"당신은 나 없이도 괜찮은 모양이오?"

"남편 없이 혼자 지내는데 저라고 좋을 까닭이 있겠습니까? 다만 더 좋은 날을 위해 지금의 행복을 잠시 미뤄두자는 것뿐입니다."

"내가 당신을 어찌 이기겠소. 알았으니 그만 잡시다."

남편은 체념한 듯 사람 좋은 미소를 머금었다. 따사로운 품 안에서 나는 두려움에 떨었다. 미운 정이 들어올 틈도 없이 지나온 날들이 벌써부터 아련한 그리움으로 가슴을 찔렀다.

당신과 나, 어찌 10년을 감당할 수 있을까.

쉽지 않은 이별

아궁이에 불을 지피고 솔방울을 던져 넣었다. 매캐한 연기가 코를 찔렀다. 옷소매로 눈가를 훔치다 불쑥 목이 메었다. 자그마치 16년 동안 눈물로 새벽밥을 지었을 어머니 모습이 눈에 선했다. 아내와 자식들을 두고 그 먼 길을 가면서 아버지는 또 얼마나 걸음이 무거웠을까.

"선아, 아버지 한 번만 불러보렴."

남편은 아침 먹고 한참이 지나도록 아이를 품에서 떼어놓지 못했다. 서툴게나마 '아버지' 발음을 곧잘 흉내 내곤 하던 선은 눈만 끔벅거리며 발버둥을 쳤다.

"이 녀석도 빨리 나가라고 눈치를 주는군."

"선아! 아버지 안녕히 다녀오세요, 해봐. 어서."

나는 괜히 무안한 마음에 자꾸만 아이를 재촉했다. 선잠에서 깨어난 아이가 울음을 터뜨렸다.

"안 되겠소. 이 녀석 인사 받으려다 해 넘어가겠군."

"조심해 가십시오."

"부인도 몸조심하시오."

남편이 아이를 넘겨주면서 씁쓸하게 웃었다. 짧은 순간 눈길이 마주쳤다. 그가 무슨 말인가를 더 하려다 뒤도 안 돌아보고 뚜벅뚜벅 골목을 나섰다.

"애썼다. 이럴 때일수록 보내는 사람이 마음을 단단히 먹어야지."

어머니의 위로에 동병상련의 아픔이 전해졌다.

"선이 잠깐만 데리고 있어주세요, 어머니."

"좀 쉬지 않고……."

어머니는 외손자를 받아 안고 안타까운 한숨을 내쉬었다. 오전 내내 남편의 체취가 묻어 있는 사랑채 안팎을 쓸고 닦았다. 몸이라도 고달프면 헛헛함이 덜해질까 싶었건만 오후가 되도록 마음의 갈피를 잡을 수가 없었다.

꼭 이래야만 하는 걸까.

어깨가 축 늘어져서 골목을 벗어나던 남편의 모습이 계속 눈에 밟혔다. 사랑채를 나설 땐 해가 뉘엿뉘엿 기울어가고 있었다.

"여보."

어두컴컴한 대문 밖에서 귀에 익은 음성이 들려왔다. 잘못 들은 게 아닌가 싶어 주위를 돌아보았다.

"나요."

지금쯤 대관령을 넘어갔어야 할 남편이 앞으로 다가왔다.

"무슨 일이에요? 혹시 어디 다치신 겁니까?"

나는 남편을 이리저리 살펴보았다. 몸 상태는 멀쩡한 듯싶었다.

"어떻게 된 거예요?"

"일단 좀 들어갑시다."

남편이 안채를 기웃거리며 난처한 표정을 지었다. 내막을 듣고 보니 기함하고도 남을 일이었다. 새벽밥 먹고 떠난 사람이 겨우 10리 밖 성산까지 갔다가 한 발짝도 앞으로 나아가지 못했다는 것이었다.

"그럼 여태 성산에 있었단 말이에요?"

"실은 그냥 오기 뭣해서 날 저물기만 기다렸다오. 이왕 가려고 나선 길이니 웬만하면 모질게 마음먹고 떠나려 했는데, 당신 얼굴이 눈에 밟혀서 발걸음이 떨어져야 말이지. 꼭 이래야 되나 싶기도 하고……. 미친놈처럼 동네 주변을 몇 바퀴나 돌다가 결국 이리됐지 뭐요."

남편은 스스로도 어이가 없는지 헛웃음을 지었다. 어쩔 수 없는 연민이 앞섰다. 얼마나 가기 싫었으면 밤중에 숨어들듯 집으로 돌아왔을까. 식구들 모르게 별채에서 하룻밤을 보낸 남편을 이튿날 아침 일찍 떠나보냈다.

이별은 결코 쉬운 일이 아니었다. 눈물이 채 마르기도 전에 그가 다시 대문 앞에 나타났다. 이번에는 30리 밖 가마골까지 갔다가 발길을 돌렸다는 것이었다.

"아무리 생각해도 우리가 이렇게 생이별해야 될 까닭이 없소. 솔직히 말해보시오. 당신도 내가 떠나는 게 좋은 건 아니잖소?"

속없는 남편의 하소연에 한숨이 절로 나왔다.

"모든 일에는 다 때가 있다 하지 않습니까. 당신 나이도 이제 서른이 가까워졌습니다. 더 늦기 전에 뜻을 세워 오로지 당신 하나만 바라보고 계시는 어머님한테도 떳떳한 모습을 보여드려야 하지 않겠어요?"

그래봤자 쇠귀에 경 읽기였다. 다음 날 떠밀리다시피 해서 다시 길을 떠난 그는 또 하루를 못 넘기고 집으로 돌아왔다. 대관령 못미처 반쟁이까지 40리를 갔다가 발길을 되돌린 거였다. 세 번씩이나 약조를 못 지킨 심사가 어지간히 복잡했던지 더 이상 변명도 하지 않았다.

"이 서방 또 그냥 온 게냐?"

마당에서 마주친 어머니가 조심스레 물었다. 겉으로 내색은 안 했지만 사위가 사흘째 다람쥐 쳇바퀴 돌듯 하고 있다는 건 어머니도 이미 눈치채고 있었다.

"중요한 책을 두고 갔나 봐요."

대충 둘러대고 별채로 돌아왔다. 오늘은 무슨 수를 쓰더라도 담판을 지어야 했다.

"왜 아무 말도 하지 않소?"

남편은 안절부절못하며 눈치를 살폈다. 잔소리라도 할 줄 알았는데 입을 꼭 다물고 있으니 오히려 마음이 편치 않은 것이다.

"떠나는 게 그리 힘드십니까?"

"부인, 실망한 건 알겠는데, 난 장인어른처럼 살아갈 자신이 없소. 그깟 출세가 뭐라고 10년 동안이나 당신과 떨어져 살아야 한단 말이오? 그럴 거면 차라리 농사나 짓겠소."

"그 말씀, 진심입니까?"

"난 그렇게 큰 욕심 없소."

남편은 땅이 꺼져라 한숨을 내뱉었다. 당사자가 결단을 내리지 못하면 미련을 끊어줘야 한다. 나는 모질게 마음먹고 반짇고리에서 가위를 꺼내 들었다.

"그렇다면 할 수 없군요."

"지금 뭐하는 거요?"

"앞길이 창창한 대장부가 저 때문에 학업을 포기하겠다는데 제가 무슨 낯으로 푸른 하늘을 볼 수 있겠습니까? 차라리 머리 깎고 산에 들어가 평생 이 결혼 후회하며 살 것입니다."

나는 쪽 찐 머리를 풀어 헤쳐 한 손으로 머리채를 움켜쥐고 가위로 한 움큼 잘라버렸다. 방바닥에 검은 머리카락이 참혹하게 흩어져 내렸다. 남편의 안색이 하얗게 질렸다.

"알았으니 제발 그만두시오. 내가 잘못했소."

그가 내 몸을 부둥켜안고 가위를 빼앗았다.

"이제부턴 당신 속 썩이는 일 없을 테니 절대로 딴생각하면 안 되오."

"정말이죠? 믿어도 되겠습니까?"

"당신도 약속해요."

"약속하오."

몇 번이고 다짐을 받은 뒤에야 잠자리에 들었다.

기나긴 이별 앞에서 밤은 너무나 짧았다. 새벽닭 우는 소리에 눈을 떴을 때 그는 이미 행장을 꾸려놓고 있었다. 솜옷 한 벌을 더 챙겨서 괴나리봇짐에 넣어주었다.

"아직 시간이 이른데 부인은 좀 더 자지 그러오."

남편의 얼굴에는 굳은 결의가 서려 있었다.

"내년 봄에 잠시 들렀다 가면 안 되겠소?"

대문을 나서기 전, 그가 툭 말을 던졌다. 나는 말없이 고개를 숙였다. 실은 봄까지 기다릴 자신도 없었다.

"농담이오. 하하!"

그가 가볍게 손을 흔들었다. 후두둑, 가을바람에 놀란 은행잎이 골목을 노란빛으로 물들이고 있었다. 떨어지는 낙엽 사이로 남편의 뒷모습도 하나의 점이 되어 멀어져갔다.

마침내 작별인가.

나는 마치 그가 다시 돌아오기를 바라기라도 하듯 오래도록 대문 앞을 떠나지 못했다.

세월

쓸쓸하고 분주한 나날들이 이어졌다. 선은 외가 식구들 품에서 살이 붙고 키가 자랐다. 말을 배우고 걸음마를 뗀 뒤로는 남자 어른들에게 유독 관심을 나타내곤 해서 보는 마음을 쓰리게 만들었다. 그렇게 가기 싫어하던 남편은 해가 바뀌어도 발걸음을 하지 않았다. 대신 뜨문뜨문 인편으로 안부를 전하는 서찰이 날아들었다. 그간 식년시가 한 차례 있었지만 기다리던 소식은 오지 않았다.

과거에 낙방하여 실의에 빠져 있는 건 아닐까.

혹시나 해서 은산을 한양으로 보냈다. 사람 좋아하는 그에게 한양은 아무래도 유혹이 많은 장소였다. 책을 보다 싫증이 나면 언제든 불러낼 수 있는 술친구가 주변에 널려 있었다. 아들이라면 끔찍이 여기는 시어머니가 행동거지를 단속할 리도 없었다.

"서방님도 답답했는지 어디 조용한 절간에라도 들어가 계시면 공부가 잘될 것 같다고 하시던걸요."

집으로 돌아온 은산이 전하는 말을 듣고 어머니가 조용히 나를 불렀다.

"이게 도움이 될지 모르겠구나. 얼마 안 되는 땅이지만 팔아서 네 남편 학업에 보태 쓰도록 해라."

어머니가 내놓은 것은 돌아가신 외조부모로부터 물려받은 땅문서였다.

"어떻게 제가 이걸 받아요, 어머니……."

"어차피 너희들 몫으로 남겨주신 것이다. 맏이랑 셋째 혼인할 때도 조금씩 떼어주었다. 하필 아버지 돌아가시고 경황이 없어 너한테는 변변한 혼수도 못 챙겨준 게 늘 마음에 걸리던 차였다. 사위도 자식인데 무엇이 아깝겠느냐?"

마음잡고 학업에 열중할 수만 있다면 날품이라도 팔아서 돈을 마련해주고 싶은 심정이었다. 나는 차마 그 땅문서를 거절하지 못했다.

그날 밤 남편에게 편지를 썼다.

> 저는 지금 너무나 기쁘고 행복합니다. 당신이 큰 뜻을 이루는 데 도움이 될 수 있다면 더 이상 바랄 게 없겠습니다. 선이도 씩씩하게 잘 자라고 있습니다. 수진방 어머님께는 당신이 대신 안부를 전해주십시오. 늘 죄송한 마음뿐

입니다.

저희 걱정은 조금도 하지 마시고 오로지 당신의 일만 생각하십시오.

친정어머니 볼 면목이 없다는 말도, 아이가 가끔 아버지를 찾는다는 말도 하지 않았다. 선은 커가면서도 병치레가 잦아 자주 애를 태웠다. 그때마다 무거운 죄책감이 밀려왔다. 몸이 부실한 게 어미 탓인 것만 같아서 한시도 마음이 편치 못했다.

두어 달쯤 지나자 가평의 어느 경치 좋은 암자에 자리를 잡았다는 남편의 기별이 왔다. 나에겐 집안일과 육아에 매달리는 틈틈이 그림을 그릴 수 있다는 게 그나마 유일한 위안거리였다. 꽃과 나비, 풀벌레가 오순도순 다정하게 모여 사는 그림 속 풍경처럼 살아갈 날을 생각하면 외로움이 깃들 여지가 없어야 옳았다.

물감이 떨어지면 작아서 못 입는 비단 한복에 수를 놓았다. 눈에서 손끝으로 옮겨진 세상은 따뜻하고 정다웠다. 그러다 까닭 없이 눈물이 나기도 했다.

밤은 깊어 먼 곳 나무 희미하고
적적한 빈방에 홀로 앉아 생각하니 설움만 그득하네.
산 밖이 태산이요 물 밖이 바다로다.
구의산 구름같이 바라도록 멀었는데

달 밝은 긴긴 밤 나 혼자 외로워

잠들어 꿈속에서나 그리운 이 볼 수 있을까.

우연히 어머니의 방에서 발견한 〈추풍감별곡〉 한 대목을 읽다가 가슴 한구석이 서늘해졌다. 당신의 모진 세월만큼이나 기구한 사연을 가진 소설 속 남녀는 말년에 해로했다지만 어머니는 주인 잃은 방 안에서 평생을 홀로 살아갈 터였다.

내 나이 스물다섯 되던 해, 조정에선 어머니의 정절을 기리는 열녀 정각을 내렸다. 아버지가 세상을 떠난 지 6년 만이었다. 한 여인이 목숨 바쳐 지키고자 했던 사랑은 간데없고 호숫가에 빈 정자만 우뚝 세워졌다. 열녀 정각 백 개를 세운들 잘려나간 손가락이 다시 살아나는 것도 아니련만 마을은 온통 잔치 분위기였다.

겨울바람에 얼어 죽은 줄만 알았던 배롱나무에 다시 꽃이 피었다. 어머니는 넷째 효선의 혼인을 서둘렀다. 신랑감은 가까운 이웃에 사는 안동 권씨 가문의 자제였다.

"집안에 경사가 겹치는 모양입니다. 하긴 열녀 정각까지 세워진 집안 따님을 신부로 맞아들이기가 어디 쉬운 일인가요? 우리 아씨 좋은 데 시집간다고 소문이 자자합니다!"

이제는 은산 처가 된 달이가 수다를 떠는데도 어머니 얼굴에는 근심이 가득했다. 혼자 몸으로 큰일 치를 어머니를 생각하면 열녀라는 말이 그토록 공허하게 들릴 수가 없었다.

"신랑도 아주 잘생기고 늠름하대요. 시어른들도 점잖기로 둘째가라면 서러워할 양반 중의 양반이고요."

"정말? 자세히 좀 말해봐."

신랑 얘기가 나오자 효선은 바짝 호기심이 동하는 눈치였다.

이 대목에서 뜬금없이 암자에서 열심히 공부하고 있을 남편이 떠올랐다. 첫인상이 가물가물했다. 첫날밤을 치르고도 며칠 동안 얼굴을 똑바로 보지 못했던 기억만 무색하게 스쳐갔다.

"동네가 가까우니까 엄마는 내가 책임지고 모실게. 그리고 혼수는 필요 없어. 언니가 만든 자수 병풍 하나면 돼."

"어디 그게 네 맘대로 된다던?"

"걱정 말아요. 내가 애교가 많잖아? 신랑을 꽉 잡고 살면 돼."

"원, 애도……."

효선의 넉살에 어머니가 웃었다. 천성이 밝아 자주 어머니를 웃게 만드는 기특한 동생이었다. 내가 친정에 와 있는 동안 혼인을 하게 되어 다행이다 싶었다. 새벽부터 밤까지 호롱불 아래 눈이 짓무르도록 바느질을 했지만 피곤한 줄도 몰랐다. 여덟 폭 자수 병풍을 만드는 데만 꼬박 두 달이 걸리고도 손을 놓기 아쉬워 두 폭짜리 초서 병풍을 한 점 곁들였다.

돌아가는 사람 거룻배를 타고
달 아래 배를 띄워 강 마을 지나는 그대

지금 바로 조수 한창 떨어지는 썰물이라

물 따라 한밤중이면 문 앞까지 대겠구나.

歸人乘野艇

帶月過江村

正落寒潮水

相隨夜到門

— 유문방, 〈장십팔(張十八)이 동려로 돌아감을 보내며〉

강남을 바라보매 비는 막 개었건만

산은 컴컴하고 구름 상기 젖었구려

노를 저어 돌아가지 못할 것 같네

앞길에 바람이 세겠네 배는 어디에 댈꼬

江南雨初歇

山暗雲猶濕

未可動歸橈

前溪風正急

— 대유공, 〈고명부(顧明府)를 작별하다〉

자라면서 종종 베껴 쓰곤 했던 유문방과 대유공의 시를 족자에 담았다. 달이가 먹을 갈아주며 시무룩한 표정을 지었다.

"글자는 멋들어진데 저는 무식해서 아는 글자가 몇 개 없어요."

"궁금하니?"

달이는 아쉬운 듯 고개를 끄덕였다. 한 구절씩 글자를 짚어가며 뜻을 일러주었다.

"아씨는 왜 맨날 슬픈 시만 적는데요?"

"시가 슬퍼?"

"산도 컴컴하고 바람도 센데 배는 어디에 댈지도 모르고……. 이 양반 처지도 참 안됐잖아요."

달이는 꽤나 심란한 얼굴이었다. 그러고 보니 둘 다 이별을 노래한 시였다.

남편의 좌절

"선아! 여보!"

잔칫날을 며칠 앞두고 갑자기 남편이 대문을 열고 들어섰다.

"당신 공부에 방해될까 봐 연락도 안 했는데 어찌 알고 오셨어요?"

"어찌 알긴……."

그는 애매하게 대답을 흐리며 선에게 눈길을 돌렸다. 아버지 소리도 잘 못하던 아이가 어느새 훌쩍 커서 마당을 폴짝폴짝 뛰어다니고 있었다.

"아버지 오셨는데 인사 드려야지."

"아버지!"

선은 아버지라는 말에 토끼처럼 달려왔다. 남편이 아들을 번쩍 안아 들었다. 선은 뺨에 수염이 닿자 간지럼 타는 웃음을 터뜨렸다. 부자가 정답게 얼굴을 맞대고 있는 모습이 애잔하게 눈에 들어왔다.

세 식구가 한집에 지내게 되면서 적막하던 별채에도 활기가 넘쳤다. 선은 아침에 눈을 뜨면 아버지부터 찾았다. 눈 깜짝할 사이에 한 달이 훌쩍 지나갔다. 효선의 혼례는 무사히 끝났다.

외지에서 온 친척들이 모두 돌아가고 아침저녁으로 찬 바람이 불기 시작했다. 남편은 떠날 때가 가까워져도 차일피일 날짜를 미뤘다. 알고 보니 처제 혼례식 때문에 온 것도 아니었다. 어린 아들이 눈에 밟혀 참고 참다가 무작정 천 리 길을 달려온 것이었다. 그 말을 듣고 차마 매정하게 등 떠밀어 보낼 수가 없었다.

대관령의 겨울은 모든 시간을 정지시켰다. 온 세상이 하얀 눈으로 뒤덮이고 오가는 사람들도 발이 묶였다. 아버지와 같이 지내는 시간이 길어지면서 선의 재롱도 부쩍 늘었다. 이제 막 글자를 깨치기 시작한 아이는 종종 《천자문》을 품에 안고 풀방구리에 쥐 드나들듯 사랑채와 별채를 오갔다.

"부인이 아들을 잘 가르쳤구려."

"당신이 온 뒤부터 더 신이 나서 열심히 하는 거예요."

남편은 이야기를 나누다가도 문득 공허한 웃음을 짓곤 했다. 선은 어린 나이에도 글씨를 곧잘 썼다. 그때만 해도 공부에 열중하고 있는 아이를 물끄러미 바라보는 남편의 눈빛에 언뜻언뜻 고뇌가 서리는 까닭을 미처 알지 못했다.

그러던 어느 날 사랑채를 청소하다 책상 밑에 아무렇게나 쌓여 있는 책 꾸러미를 발견했다. 종이가 닳고 닳아도 모자랄 서책들은 대부분 집 떠날 때 가져간 모습 그대로였다. 참담한 예감이 뇌리에 스쳤다.

설마 그 정도 실패로 의지가 꺾여버린 걸까.

묵향이 사라진 사랑채는 나그네의 거처처럼 서늘한 한기로 가득했다. 묻고 싶은 말이 태산 같아도 내색하지 않았다. 날마다 이 안에서 홀로 자신과 싸우고 있을 그를 궁지로 몰고 싶진 않았다. 다만 하루빨리 마음을 추스르길 기도할 뿐이었다.

그러는 동안 사랑채와 별채 사이에 찬 바람이 불었다. 밤늦도록 호롱불이 밝혀진 사랑채 안에서 무거운 그림자가 어른거릴 때면 별채의 한숨도 깊어만 갔다.

"선이 데리고 율곡리든 어디든 따로 나가 삽시다."

3월이 가까워올 무렵 남편이 밑도 끝도 없이 친정을 떠나자는 말을 꺼냈다. 영문을 몰라 대꾸도 못하는 나에게 그는 아예 학업을 포기하겠다고 못을 박았다. 자신에겐 갈 길이 따로 있다는 것이었다.

"안 되는 건 결국 안 되는 거요. 그만큼 시간을 허비하고도 학문으로 성공할 운명이 못 되면 다른 방도를 찾는 게 옳지 않겠소?"

당당하게 동의를 강요하는 말투에 기가 질렸다. 이제나저제나 가슴 졸이며 기다렸던 말은 아닐지언정 적어도 운명 운운할 계제는 아니었다. 어떤 이들은 죽었다 깨어나도 갖지 못할 기회를 날 때부터 손에 쥐고 있는 양반가의 사내가 할 소린 더더욱 아니지 않은가.

눈앞이 캄캄했지만 우선 나라도 흥분을 가라앉혀야 했다. 하도 갑작스럽고 일방적인 선언이라 어디서부터 실마리를 풀어내야 할지 판단이 안 섰다. 결국 내 입에서 비굴하다 싶을 만치 장황한 말이 흘러나왔다.

"당신도 알다시피 사서오경에 적힌 글자만 43만 자입니다. 그걸 다 암기하려면 하루에 백 자를 외워도 10년이 넘게 걸린다고 합니다. 그러니 한 사람이 마흔 번 정도 과거에 응시하는 건 보통 있는 일이라지 않습니까? 이제 겨우 몇 번 실패했다고 포기라니요. 부디 그런 말씀은 마세요."

"그럼 나더러 평생 공부나 하면서 책벌레처럼 살란 말이오? 마흔 번이나 과장에 나가야 한다면 차라리 혀를 물고 죽어버리는 게 낫겠소."

"책벌레가 어때서요?"

나도 모르게 버럭 소리를 질렀다. 할 수만 있다면 평생 책벌레로 살아보는 게 소망인 사람도 있다. 가슴 밑바닥에 맺힌 한이 분노가 되어 터져 나왔다.

"두보 같은 대문장가도 두 번이나 낙방했고, 이백이 뜻을 펼친 건 마흔이 넘어서였습니다. 당신 안에 두보가 있을지 이백이 있을지 어찌 알아요?"

"그게 말이나 되는 소리요? 나도 누울 자릴 보고 다리 뻗을 줄은 압니다. 사람 무안하게 괜히 억지 부리지 말란 말이오. 참 나, 갖다 붙일 말이 따로 있지……."

어째서 이렇게 약해빠진 말만 하는 걸까. 남편이 못난 속내를 내비칠 때마다 마음을 떠받치고 있던 기둥이 하나둘 무너져 내렸다.

"공자께서도 오십에 진사가 되면 오히려 빠르다(五十少進仕)고 했습니다. 당신 나이 이제 스물여덟이에요."

"그건 잘난 사람들 얘기고, 난 누구처럼 학문에 소질도 없으려니와 아예 관심조차 없단 말이오. 그러니 나에 대해 허황된 기대 같은 건 일찌감치 버리고 당신은 그 좋은 머리로 선이 교육에나 신경 쓰시오."

"왜 자꾸 당신답지 않은 말씀만 하세요?"

"나다운 건 바로 이런 거요. 당신이야말로 현실을 직시하시오. 그럴수록 내 꼴만 자꾸 우스워진단 말이오."

남편은 무참하게 얼굴을 일그러뜨렸다.

"내가 당신 소원을 들어줄 재목이 못 된다는 걸 꼭 눈으로 확인해야 직성이 풀리겠소?"

넌더리가 난다는 듯 덧붙이는 말에 차가운 얼음 가시가 박혔다. 이 지경이 되도록 포기하지 못했던 게 어리석은 걸까. 나로서도 더는 모진 말을 감당할 여력이 없었다.

돌고 돌아 그 자리

행랑채 앞에선 아침나절부터 달이가 남편을 쥐 잡듯 하고 있었다. 은산이 동네 머슴들과 투전판을 벌인 모양이었다.

"으이그, 이 한심한 인간아! 애 아범씩이나 돼 갖고 노름질이야? 엽전이 썩어나니? 그래 얼마나 잃은 거야?"

"난 구경만 했어. 목소리 좀 낮춰라, 이 여편네야. 칠복이 듣겠다."

"애한테 부끄러운 줄은 아셔?"

"까불다 혼난다!"

"웃기시네!"

"어유, 진짜!"

"어디 가?"

"장작 패러 간다."

은산이 불뚝거리며 안채 마당으로 도망쳐 들어왔다. 달이가 갓난아이를 등에 업은 채 그 뒤를 쫓아 들어왔다. 하루에도 수십 번은 아옹다옹해도 둘 다 서로를 끔찍이 여기는 부부라는 건 온 동네가 다 아는 사실이다.

"일단 이거라도 먹어."

부엌에 들어갔다 나온 달이가 퉁명스레 삶은 감자 한 알을 건넸다. 성미가 괄괄한 달이는 수틀리면 죽이니 살리니 생난리를 피워도 남편 챙기는 데는 선수였다. 은산의 바지춤에서도 뭔가가 나왔다. 죽순 껍질로 만든 똬리였다.

밤새 노름하느라 아침도 굶은 남편은 장작더미에 앉아 감자를 먹고, 아내는 그 옆에서 물동이를 편하게 이고 다니라며 남편이 만들어 준 똬리를 햇빛에 비쳐보고 있다. 내 눈엔 둘이서 티격태격하는 모습까지도 한 폭의 그림처럼 아름다웠다.

부부란 물과 물고기처럼 따로 떨어질 수 없는 관계라지만 사랑채와 별채 사이는 시공을 달리한 것만큼이나 멀게 느껴졌다.

그게 그토록 큰 부담이었나.

힘들어도 참고 견딜 수 있었던 건 부부가 이상을 공유한다는 믿음 때문이었다. 몇 년이 걸리든 남편을 뒷바라지하면서 내조할 자신이 있었다.

'당신은 그 좋은 머리로 선이 교육에나 신경 쓰시오.'

별채와 사랑채를 오가며 부모 눈치를 살피는 아이를 보고 있노라면 남편의 독설이 뼈에 사무쳤다. 어느 땐 당장이라도 사랑채로 밀고 들어가 패악이라도 떨고 싶었다.

진정 당신은 죽은 사람처럼 살고 싶은 겁니까?

꿈도 야망도 없는 하루살이처럼 사는 게 당신이 원하는 삶이란 말입니까?

"아무리 속이 상해도 네가 마음을 너그럽게 가져야 한다. 남을 배려하는 것도 다 서로 신간 편하자고 하는 일이야. 부부도 남인데 어떻게 좋은 말만 하고 살겠니. 네가 먼저 웃는 낯을 보여주면 다 풀리는 법이다. 그래야 너도 살지 않겠니?"

딸자식이라도 부부간의 일에 대해선 알고도 모른 체하던 어머니가 은연중에 먼저 화해를 청하도록 권했다.

나는 굳게 닫힌 사랑채 앞을 서성이다 매번 발길을 돌렸다. 그때마다 날 속물처럼 바라보던 남편의 싸늘한 표정이 발꿈치를 얼어붙게 만들었다.

이제 그만 접어야 될 때가 온 것인가.

그날도 별채 토방 마루에 걸터앉아 이 생각 저 생각에 붙잡혀 있었다. 부부간에 나눠 가질 목표가 없다면 달리 어쩔 도리가 없었다.

죽이 되건 밥이 되건 삼종지도를 따르는 것만이 이 시대가 원하는 여인의 미덕이었다.

어쩌다 나는 감히 태임과 태사의 길을 따르고자 해놓고 스스로 모순의 늪에 빠져버린 것일까.

추위를 피해 남쪽으로 갔던 새들이 돌아오고 있었다. 느꺼운 설움이 목구멍을 타고 올라왔다.

"부인!"

얼마나 시간이 흘렀을까. 어깨를 감싸는 익숙한 손길이 느껴졌다. 열린 쪽문 사이로 감미로운 봄꽃 향기가 미풍에 실려왔다. 나는 급히 눈가를 훔치고 고개를 들었다.

"내가 잘못했소."

예전처럼 다정한 눈매가 나를 향하고 있었다. 남편의 음성에도 습기가 배어나왔다.

"뭐라고 장담은 못하겠지만 노력은 해볼 생각이오. 그러니 제발 울지 마시오."

"미안해요……."

겨울 같던 사랑이 다시 봄이 되는가 싶었다.

남편은 학업을 계속하더라도 가족과 떨어져 지내지 않기를 바랐다. 그 마음이 너무 간절해서 차마 다른 말을 할 수가 없었다.

마당에 다시금 홍매화가 흐드러진 봄에 딸이 태어났다. 이름을 매창(梅窓)으로 지었다. 매창은 건강하고 유순한 기질을 타고나서 자라는 동안 손 갈 데가 별로 없었다. 선도 다섯 살이나 어린 여동생을 곧잘 데리고 놀았다.

식구가 늘어나면서 근심도 커져갔다. 네 식구가 먹을 것 입을 것은 물론 잔병치레가 잦은 선의 약값으로 들어가는 비용이 만만치 않았다. 생활에 필요한 사소한 물건 하나도 친정 신세를 져야 했다.

가장 걱정되는 게 교육 문제였다. 선은 서당에 보내야 될 나이였지만 내가 직접 가르치기로 했다. 매창의 세 돌이 지날 무렵 둘째 아들 번(璠)과 둘째 딸 해련(海蓮)이 연년생으로 태어났다.

식구가 여섯으로 늘어나도 가장의 장래는 불투명했다. 번번이 과거에 낙방하면서 남편은 점점 망가지고 있었다. 간혹 강릉에 와 있을 때는 사랑에 혼자 있는 시간을 못 견뎌 툭하면 주막으로 달려가는 날이 많았다.

결국 이렇게 포기하고 마는 건가.

갈피를 못 잡고 겉도는 남편을 볼 때마다 억장이 무너져 내렸다.

"남자는 마음이 안정돼야 제 할 일을 열심히 하는 법이다. 안 그래도 정 많은 사람이 처자식과 떨어져서 책을 본들 머리에 들어오기나 하겠니?"

어머니는 이제라도 남편을 따라가라고 나를 설득했다. 어느덧 내 나이 서른셋, 남편은 사십을 바라보고 있었다. 더 이상 친정 신세를 지는 것도 못할 짓이었다. 어떻게든 독립해서 살아갈 방도를 세워야 했지만 뾰족한 대책이 떠오르지 않았다.

"친정에서 물려받은 전답 몇 마지기가 봉평에 있긴 한데 살기가 어떨지 모르겠구나."

어머니는 딸의 숨통이라도 터줄 요량으로 하는 말이었지만 양심상

덥석 그 제안을 받아들일 수가 없었다.

"어떻게 또 어머니 신세를 질 수 있어요. 그건 안 됩니다."

"신세 지고 말고 할 것도 없다. 거긴 비어 있는 땅이나 마찬가지라 누구든 관리할 사람이 필요해. 마땅히 기거할 만한 집이 있는 것도 아니니 우선 농막이라도 짓고 살아야 할 게다. 오히려 너희가 고생할까 걱정이지."

어머니는 농사 경험이 많은 일꾼 한 명을 더 딸려 보내주겠다고 했다.

봉평은 한양과 강릉 중간에 있어 시댁과 친정 드나들기가 훨씬 수월할 터였다. 이렇게 된 이상 자존심을 내세울 염치도 없거니와 마다할 자신도 없었다. 고민 끝에 남편의 의향을 물었다.

"농막이면 어떻고 단칸 초가집이면 어떻소? 난 무조건 찬성이니 가서 농사나 짓고 삽시다."

"그럼 우선 한양 어머님 허락부터 받는 건 어떻습니까?"

"그럽시다! 아들이 원한다는데 설마 어머니가 반대하시겠소?"

남편은 무슨 일이든 길게 생각하는 경우가 드물었다. 짐을 꾸리는 데 불과 반나절도 안 걸렸다.

결국 다시 원점이었다.

추억을 추억하며

아이들 데리고 먼 길 떠나려면 소소하게 준비할 것이 많았다. 모처럼의 나들이에 들뜬 달이는 읍내가 가까워질수록 걸음이 빨라졌다. 마침 장날이라 점포마다 북새통을 이루고 있었다. 우선 시댁에 선물로 가져갈 말린 해산물을 좀 사고 아이들을 위해 필요한 생필품 몇 가지를 골랐다.

달이는 시장 좌판에 널린 물건들마다 관심이 많았다. 그래봤자 아무리 싼 물건도 웬만해선 돈 주고 사는 법이 없고 눈요기로 즐길 뿐이었다. 한양으로 어디로 따라다니면서 불평 한마디 안 하는 마음씨가 고마워 뭐라도 선물을 하고 싶었다. 마침 적당한 상점이 눈에 띄었다.

"아씨도 참, 내가 이런 걸 하고 나갈 데가 어디 있다고요?"

달이는 펄쩍 뛰는 시늉을 하면서도 온갖 장신구가 진열되어 있는 좌판에서 눈을 떼지 못했다. 둘이서 한창 물건을 고르고 있을 때 어디선가 낯익은 목소리가 들려왔다.

"둘 중 어느 게 마음에 드오?"

"저는 서방님이 좋다면 다 예뻐요."

"그런 게 어디 있소. 부인 마음에 드는 게 예쁜 거지."

윤진서 부부가 바로 옆 노리개 가게에 있었다. 자줏빛과 연둣빛 비단에 들꽃이 수놓인 두 개의 향낭을 들고 즐거운 고민에 빠져 있는 듯한 부인은 이제 갓 스물을 넘긴 앳된 얼굴이었다.

괜한 걱정이었어. 우수에 젖은 눈매는 여전했으나 말투는 다정다감하기 이를 데 없었다. 풋풋한 미소로 부인을 마주 보고 있는 그에게서 묘한 상실감을 느꼈다. 아마도 그는 친구 이상의 벗을 찾은 듯 보였다.

윤진서가 나이 서른 넘어 대과에 급제했다는 소식으로 마을 전체가 들썩거렸던 건 효선이 혼사가 있던 이듬해 봄이었다.

남편과의 힘겨운 신경전으로 바깥출입도 삼가던 때였으나 경황 중에도 예사롭지 않다는 느낌은 있었다. 생각보다는 꽤나 늦은 금의환향이었다.

무슨 일 때문인지 그는 소과에 합격하고도 성균관 입학을 포기한 채 온 조선 천지를 유람하고 다녔다 한다. 한동안 청나라에 머물렀다는 말도 있었다. 그렇게 다시 학문을 시작하기까지 자그마치 10년이 넘게 걸렸다.

돌아올 때 그는 혼자가 아니었다. 마을 여인들의 관심은 온통 한양에서부터 가마를 타고 온 윤 대감댁 손부에게로 쏠려 있었다.

"양부모에 시할머니까지 층층시하에 시동생, 시누이들까지 식구가 대체 몇이에요? 한양 사대부 집 규수가 생판 낯선 강릉까지 와서 대가족 건사하기가 쉬운 일이 아닐 텐데, 잘할 수 있을까요?"

"쉬운 일 아니라도 잘해야지 어쩌겠어요. 윤씨 가문이 보통 까다로운 집안인가요? 오죽하면 딸자식 귀하게 여기는 집안에선 웬만하면 피하려 드는 혼처가 바로 그 댁이었잖아요."

"새댁 몸이 좀 부실한 편이라는 것 같던데요?"

"먼 길 오느라 가마멀미에 지쳐서 그럴 거예요. 여자 몸으로 대관령 한 번 넘어오는 게 보통 일인가요?"

어딜 가나 그의 부인 얘기뿐이었다. 얼마 안 있어 새댁이 집안 단속을 야무지게 잘한다는 소문이 돌았다. 성품도 원만했던지 마을에서도 평판이 좋았다.

호숫가 언저리에 덩그러니 놓여 있는 낡은 나무 의자가 오늘따라 지나가는 마음을 잡아끌었다.

겨우 일곱 살짜리가 세상을 다 부숴버릴 듯 성난 얼굴로 물수제비를 날리던 호수는 잔물결 하나 없이 잔잔하다. 10여 년을 훌쩍 넘긴 세월 저편의 기억들이 아스라이 밀려왔다.

바닥에 쪼그려 앉아 물속 세상을 그리던 소녀는 이제 네 아이의 엄마가 되었다. 문득 그때의 내가 그리웠다.

제4부

천사들의 합창

모전여전

"내가 고작 이 꼴을 보려고 떡장수나 하면서 구차하게 연명한 줄 아느냐? 정 네 고집대로 할 거라면 부모 자식 인연부터 끊자. 내 눈에 흙이 들어가도 자식이 제 앞길 망치는 꼴은 못 본다. 나 죽은 다음에 농사를 짓든 고기를 잡든 네 맘대로 하고 살아!"

시어머니는 아예 대성통곡을 했다. 그토록 자신만만해하던 남편도 시어머니 앞에선 속수무책이었다.

모자간의 담판은 의외로 쉽게 끝났다. 남편은 수진방에 머물면서 학업을 계속하기로 하고, 나와 아이들은 봉평에서 지내기로 했다. 시어머니는 아들의 항복을 받아내고도 노여움이 안 풀렸던지 드러내놓고 며느리를 탓했다.

"내조가 별거 아니다. 남편 심기 편하게 해주면 그만이지. 네가 좀 더 각별히 신경을 써주어라. 웬만하면 눈치 주지 말고……. 저 나이 되도록 죽어라 공부하는데 생원 벼슬 하나 못 꿰찬 아비 심정은 오죽하겠니?"

같은 말이라도 온도가 다르게 전해지는 것은 어쩔 수 없었다. 나는 변변히 대꾸도 못하고 시댁을 물러 나왔다.

새로 이사한 곳은 강원도 평창군 봉평면 백옥포리 산간 마을이었다. 생각했던 것보다 상황은 훨씬 좋지 않았다. 농사지을 땅이라곤 산비탈에 있는 논 몇 마지기가 전부였다. 흔한 감자나 옥수수도 자라기 힘들 만큼 바람이 세고 토질이 척박한 이곳이 앞으로 네 아이를 데리고 살아야 할 삶의 터전이었다. 농사만 지어서는 식구들 먹을 양식이나 충당할지 의문이었다. 다른 부업거리를 찾아야 했다.

살림집 뒤편으로 넓은 공터가 있었다. 무성한 잡초 사이로 두릅, 더덕, 곰취 등이 싹을 틔운 것을 보더니 달이가 반색했다.

"아씨마님, 이게 다 한약재들이에요. 두릅은 씨만 뿌려도 잘 자라니까 많이 심어도 되겠어요."

달이는 두릅뿐만 아니라 더덕 농사에도 관심을 나타냈다. 잘만 키우면 장에 내다 파는 건 문제없다는 말이었다.

이삿짐 정리를 마친 즉시 텃밭을 가꾸기 시작했다. 남편도 돕겠다고 나섰다.

"수진방 어머님 말씀 잊으셨습니까? 여기 일은 저희가 알아서 할 테니 당신은 어서 한양으로 돌아가세요."

"당신 고생하는 걸 뻔히 보고도 어찌 나 혼자 가란 말이오?"

"맨손으로 쟁기질하면서 땀 흘리는 노복들에 비하면 이 정도는 고생도 아닙니다. 게다가 힘든 일은 거의 다 칠복이네가 하는걸요."

마지못해 발길을 돌린 남편은 몇 달 후 치른 문과 별시에서 또다시 고배를 마셨다. 그나마 더 이상 포기한다는 말을 입에 올리지 않는 것만도 다행으로 여겨야 할 판국이었다. 당장은 아이들 데리고 살아갈 일이 더 막막했다.

약초 농사는 말처럼 쉬운 게 아니었다. 두릅은 비교적 손이 덜 가는 데 비해 소득이 적었고, 더덕은 조금만 관리를 잘못해도 뿌리가 썩기 일쑤였다.

사계절을 쉬지 않고 일해도 살림은 늘 빠듯했다. 번과 해련의 교육에도 신경 써야 할 때였다. 큰 아이들에게 했던 것처럼 매일 저녁 잠자리에서《사자소학》과《명심보감》을 읽어주는 것부터 시작했다.

글은 먼저 배운 아이가 동생을 가르치게 했다. 아이들은 저희들끼리 가르치고 배우면서 놀았다. 선은 매창을 가르쳤고, 매창은 번과 해련을 가르쳤다. 어미로서 아이들 교육에 마음을 써야 할 것은《명심보감》을 깨치고 나면《중용》을, 그다음엔《대학》을 옆에 놓아주는 일 정도였다.

이제 일곱 살짜리 매창은 동생들 건사하는 것부터 살림을 돕는 일까지 집안의 맏딸 노릇을 톡톡히 했다. 서예와 그림에도 소질이 엿보였다. 하루는 그 옛날 내가 외조부에게 했던 것과 똑같은 질문을 던졌다.

"어떻게 하면 저도 어머니처럼 글씨를 잘 쓸 수 있을까요?"

일부러 가르치려 한 것도 아닌데 샛별 같은 딸아이를 볼 때마다 대견한 한편으로 마음이 아렸다.

여자의 몸을 가지고 태어난 죄로 세상은 거대한 벽으로 둘러싸여 있었다. 이 아이도 나이 들면 자신이 능히 할 수 있어도 도전할 수 없는 일이 있다는 현실을 절감하게 될 터였다.

'사람이 꼭 벼슬을 하기 위해 학문을 하는 것은 아니다. 너는 여자로 태어났지만 성현의 진리를 깨칠 수 있다는 것만으로도 큰 기쁨으로 알아야 한다.'

열심히 붓을 놀리는 매창을 볼 때마다 심경이 착잡했다. 어린 나를 위로하던 아버지의 눈빛이 지워지지 않았다. 언젠가는 나 역시 이 아이한테 그 말을 들려줘야 할 것이다.

차라리 나무나 풀로 태어났으면 조금은 덜 서러웠을까.

천사들의 합창

"한배에서 나온 자식도 키워보면 아롱이다롱이 다른 법이다."

자식을 여럿 키우다 보니 어머니가 했던 말을 새삼 이해하게 되는 순간이 있다.

나는 아이들을 일일이 가르치지 못하는 대신 가끔 한자리에 모아 놓고 질문을 통해 배운 것을 점검하는 시간을 가졌다. 대개는 큰 아이 둘이 대답하게 하고, 작은 아이 둘은 이를 통해 예습과 복습이 이루어지기도 한다.

어느 날 장남 선에게 물었다.

"《명심보감》에서 가장 중요한 가르침은 무엇이냐?"

"임금에게 충성하고 어버이에게 효도하는 것입니다."

"아주 틀린 답은 아니다. 그런데 부모에게 불효한 자식이 임금에게 충성할 수 있겠느냐?"

선은 대답을 머뭇거렸다. 나는 방법을 달리해서 물었다.

"공자께서 말씀하시길, 효는 백 가지 행실의 근본이라 했다. 부모에게 효도하고 형제간에 우애하는 사람은 절대 남에게 악한 짓을 하지 않기 때문이다. 그런 이유로 임금이 충신을 알아보려면 먼저 효자 가문에서 찾는다 했다. 효의 제일 중요한 세 가지가 무엇이라고 배웠느냐?"

"첫째, 어버이를 존중하는 것, 둘째, 사람들 앞에서 부모를 욕되게 하지 않는 것, 셋째, 지극정성으로 봉양하는 것입니다."

선은 정확하게 물음에 답했다. 작은 아이 둘은 말뜻을 제대로 알아들었을까. 벌써부터 좀이 쑤시는지 몸을 뒤틀고 있는 번에게 질문을 돌렸다.

"어버이를 존중하라는 말은 무섭게 대하라는 게 아니다. 부모가 너희를 귀하게 대접할수록 어려워할 줄 알아야 한다는 뜻이야. 공자님 말씀에 사람은 태어나서 세 살이 지나면 부모 품을 벗어나야 한다고 하셨다. 무슨 뜻인지 말해보아라."

역시나 번은 우물쭈물했다. 대신 매창에게 답을 말하게 했다.

"세 살이 넘으면 부모님이 일일이 가르쳐주시지 않아도 무엇이 옳고 그른지 사리 분별을 할 줄 알아야 한다는 뜻입니다."

"그럼 올바른 행실을 위해 가장 중요한 건 무엇이냐?"

"신독(愼獨)입니다."

"무슨 뜻인지 말해보아라."

"다른 사람이 보거나 듣지 않아도 나쁜 생각이나 행동을 삼가는 것입니다."

"맞는 말이다. 아는 것보다 중요한 건 실천이야. 너희 둘이 동생들을 잘 가르치고 이끌어주도록 해라."

큰 아이들에게 각별히 당부해놓고도 항상 걱정이 떠나지 않았다. 남편은 다정다감한 성격이라 무조건 자식을 감싸려 들 때가 많았다. 그로 인해 아이들이 방자해지지 않을까 늘 조심스러웠다.

4남매는 양쪽으로 나눈 듯 성격이 판이했다. 선과 매창은 차분한 편이라 여간해선 예법에 어긋나는 행동을 하지 않는 데 반해 밑으로 두 남매는 부지불식간에 엉뚱한 실수를 저지르곤 했다.

어느 날은 번과 해련이 밖에서 놀다 갑자기 비를 만나 흠뻑 젖은 채 집으로 뛰어들어왔다. 토방에는 남편이 벗어두고 간 낡은 갖신이 놓여 있었다. 남매가 급히 마루로 올라서는 것을 보고 나는 기함을 했다. 남편의 갖신 한 짝이 흙발에 밟혀 뭉개지고 나머지 한 짝은 토방 아래로 굴러 떨어져 있었다.

"대체 이게 무슨 짓이지?"

남매는 그 자리에 굳은 듯 멈춰 섰다.

"어버이를 존중할 줄 알아야 한다고 말한 지가 언젠데 내 말을 귓등으로 들었던 모양이구나. 너희가 읽은 책 어디에 부모가 쓰던 물건을 함부로 밟고 다녀도 된다는 말이 있더냐?"

"용서해주세요, 어머니."

"용서를 빌기 전에 한 번 더 생각하고 행동했어야지. 말로만 옳은 소리 하는 자식이 무슨 효를 알겠느냐? 내가 너희를 잘못 가르쳤구나!"

가능하면 매를 들지 않으려 했으나 이날만큼은 회초리를 가져오도록 했다. 동생들이 회초리를 가져오자 매창이 황급히 앞으로 나섰다.

"어머니, 앞으로 제가 잘 가르칠 테니 매는 저를 때리시고 동생들은 그만 용서해주세요."

"아니에요, 어머니. 장남인 제 잘못이 가장 큽니다."

매창과 선은 무릎을 꿇고 동생들 대신 용서를 빌었다. 결국 눈물을 머금고 네 아이 모두에게 매를 들었다.

"형제간에 허물을 쌓지 않도록 보살펴주는 건 당연한 일이다. 너희는 이미 동생들을 잘 가르치지 못한 잘못이 있으니 그 또한 용서할 수 없다."

그로부터 며칠이 지났다. 달이가 마당에 놓인 평상에서 나물을 손질하다 말고 불쑥 말을 꺼냈다.

"마님, 칠복이가 부생아신 모육아신 어쩌고 하는데, 그게 혹시 공자님 말씀이에요, 맹자님 말씀이에요? 칠복아, 아까 그 노래 한번 해봐."

달이 곁에서 놀고 있던 세 살 먹은 칠복이가 띄엄띄엄 노래를 읊조렸다. 가만 들어보니 아이들이 좋아하는 뜀뛰기 노래에 《명심보감》

'효행' 편을 추임새로 섞은 듯했다.

"번이 도련님한테 배웠다는데 부모에게 효도하는 노래 맞죠, 마님?"

"응, 그래."

마침 4남매가 방에서 나왔다.

"번아, 네가 이 노래를 가르쳤니?"

"누나한테 배운 거예요."

번은 제 누나를 가리켰다.

"오라버니랑 어떻게 하면 동생들을 잘 가르칠 수 있을까 궁리하다가 노래하듯 외우면 쉽게 잊어버리지 않을 거라고 생각했어요."

매창의 말에 달이가 눈을 빛냈다.

"어떤 노랜지 자세히 좀 알려줘요, 아가씨."

"칠복아, 너도 같이해."

번은 칠복이 손을 잡고 제 옆에 세웠다. 이윽고 다섯 명의 아이들이 죽 둘러서서 한 구절씩 돌아가며 노래를 부르기 시작했다.

어데까지 갈래

서울까지 갈래

부생아신(父生我身) 모육아신(母鞠我身)

아버님 날 낳으시고 어머님 날 기르셨네.

남산까지 갈래
만산까지 갈래
부모유명(父母有命) 부수경청(俯首敬聽)
부모님께서 명하는 것이 있거든
머리를 숙이고 귀 기울여 듣자.

어데까지 갈래
서울까지 갈래
좌명좌청(坐命坐聽) 입명입청(立命立聽)
앉아서 명하시면 앉아서 듣고
서서 명하시면 서서 듣자.

남산까지 갈래
만산까지 갈래
부모의복(父母衣服) 물유물천(勿踰勿踐)
부모님 의복은
넘어 다니지도 말고 밟지도 말자.

어데까지 갈래
서울까지 갈래

작은 마당에 천사들의 합창이 울려 퍼졌다. 철부지로만 알았던 아이들이 기특하기 그지없었다.

"발이 바르면 신발이 비뚤어질 까닭이 없다고 했다. 어른 공경할 줄 아는 사람이 아랫사람 위할 줄도 알게 되는 법이다. 다들 대견하구나!"

이날만큼은 마음껏 아이들을 칭찬해주었다.

예사롭지 않은 태몽 그리고 탄생몽

이듬해 봄이 되어 들판에 파릇파릇한 새순이 돋아나기 시작했다. 얼어붙은 계곡물이 풀리면서 노란 생강나무 꽃망울이 알싸한 향기를 내뿜었다.

한양에 한번 다녀와야 되는 것 아닐까.

화단에 꽃모종을 옮겨 심다가 문득 심란한 생각이 들었다. 남편이 집에 다녀간 지도 벌써 여러 달이 지났다. 공교롭게도 그때 사립문 열리는 소리가 나는가 싶더니 남편이 마당으로 들어섰다.

"이 시간에 어쩐 일이십니까?"

한양에서 아침 일찍 떠났다 해도 당도하기엔 아직 이른 시각이었다.

"오는 길에 주막에 들러 요기나 하려다 그만 날이 어두워져 하룻밤 묵고 왔소."

남편은 왠지 머쓱한 표정이었다. 그 성격에 술이라도 몇 잔 하게 되면 시간 가는 줄 모를 수도 있다고 여겨 나는 별생각 없이 남편의 말을 받아들였다.

"아무튼 잘 오셨어요."

"당신도 날 기다린 모양이구려?"

싱거운 농담까지 던지는 눈빛에 공연히 사람을 설레게 하는 은근함이 담겨 있었다. 이왕 자고 오는 길이면 느긋하게 쉬다 오지 그랬느냐는 말에는 전에 없이 노골적인 기색을 내비치기도 했다.

"오늘따라 당신이 빨리 보고 싶어서 날 밝기 무섭게 달려온 거요."

그날 밤 남편은 확실히 무언가에 들떠 있었다.

어쩌면 바다 빛깔이 저리 푸를까.

황홀한 감동이 온몸을 감쌌다. 익숙한 동해 바다가 눈앞에 펼쳐져 있었다. 파도가 햇빛에 속살을 드러낼 때마다 은빛 보석들이 사방으로 흩어져 날렸다. 시리도록 눈부신 하늘엔 구름 한 점 보이지 않았다.

파도는 소리도 없이 물살을 몰아오고 천지간에 고요만 깃들었다. 어느 순간 끝도 없이 푸른 바다 저편에서 어떤 형상이 스르륵 떠올랐다.

나는 천천히 앞으로 다가갔다. 하늘의 선녀처럼 자태가 신비로운 여인이 사내아이를 안고 있었다. 백옥같이 정갈한 살결을 가진 아기 몸에선 광채가 났다.

아, 저 아기를 한번 안아봤으면.

나는 간절한 열망에 사로잡혀 선녀와 아기를 번갈아 보았다. 아기가 몸을 뒤틀다 방긋 웃었던가. 선녀가 다가오더니 공손히 머리를 숙였다. 그런 다음 홀연 아기를 품에 안겨주곤 연기처럼 사라져버렸다.

에구머니나!

소스라치게 놀라 눈을 떴다. 꿈에서 깨어보니 남편의 팔베개가 목을 휘감고 있었다. 며칠이 지나도록 꿈에서 본 장면이 머리에서 떠나질 않았다. 그 와중에도 시도 때도 없이 졸음이 밀려왔다. 입덧이 시작된 뒤에야 비로소 그것이 태몽이란 걸 알았다.

봄부터 여름까지 매일 몸살을 앓는 듯 지독한 입덧이 계속되었다. 겨우 음식을 삼켰다가도 물 한 모금 먹은 것까지 게워내고 나면 숨을 들이쉬고 내쉴 여력조차 없었다. 아이 넷을 낳으면서도 겪어보지 못한 울렁증이었다.

어머니는 입덧 때문에 죽는 사람은 없다고 했다. 하늘이 내게 귀한 선물을 주시려고 이리 힘들게 하시는가. 온몸의 진이 다 빠져나간 듯 정신이 혼미해질 때면 꿈에서 본 옥동자를 떠올리며 기운을 되찾곤 했다. 다행히 가을로 접어들면서 한결 몸이 가벼워졌다.

4남매를 데리고 강릉에 당도했을 땐 어머니가 미리 기별을 받고 기다리던 중이었다. 어느덧 반백이 된 노모가 동구 밖에 나와 있는 모습을 본 순간 울컥 목이 메었다.

"바람이 찬데 왜 나와 계셨어요."

"몸이 많이 축났구나……. 어서 들어가자."

어머니는 별채에 편히 몸을 풀 수 있도록 배냇저고리며 이불까지 모두 마련해놓았다.

"산모가 편안해야 아기도 편안한 법이다. 아이들은 안채에서 잘 돌볼 테니 넌 부엌에도 나오지 말고 마음 편히 해산할 준비를 하도록 해라."

나는 어머니의 간곡한 뜻에 따라 오로지 태교에만 힘썼다. 친정에 온 뒤론 입맛도 좋아지고 잠도 잘 잤다.

예상했던 날짜가 지나도 출산의 기미는 보이지 않았다. 몸에 별다른 이상이 있는 것도 아니었다. 정상적인 상황이 아니었지만 심신은 더없이 한가로웠다. 틈틈이 붓글씨를 쓰거나 산수화를 그리면서 모처럼 평화로운 시간을 보냈다. 종종 배 속의 아이를 위해 시를 읊고 이야기를 들려주기도 했다.

동림사 손님을 배웅하는 곳
달 뜨자 잔나비 우네
여산스님과 웃으며 나뉘노니
아뿔싸 호계를 지났소그려, 돌아 들어가시오
東林送客處
月出白猿啼
笑別廬山遠
何須過虎溪

— 이백, 〈동림사 스님과 작별하며〉

두보와 함께 중국 최고의 시인으로 꼽히는 이백의 시란다. 혜원선사는 송나라 때 유명한 고승이지. 이 시는 스님이 여산의 동림사라는 사찰 주지로 있을 때 얘기야. 스님은 이곳에서 30년 동안 한 번도 세상에 나가지 않았다는구나. 손님이 와도 산 아래 골짜기까지만 배웅하셨어. 그 골짜기 이름을 호계라고 한단다.

그런데 하루는 도연명과 육수정이란 분이 동림사에 찾아왔어. 유교와 도교, 불교를 대표하는 당대의 위인 세 분이 한자리에 모인 거야. 그러니 얼마나 대화가 즐거웠을까.

이야기는 손님들을 배웅하는 길에서도 끊이질 않았어. 그러다 혜원선사는 자기도 모르게 호계 밖까지 걸어 나오고 말았단다. 세 분은 호랑이 울음소리를 듣고서야 경계를 벗어났다는 걸 알고 서로 얼굴을 바라보며 웃음을 터뜨렸어.

아가야.

이 이야기를 들려주는 건 네가 남을 기쁘게 해주는 사람이 되길 바라기 때문이란다. 그러자면 먼저 자신이 훌륭한 인덕을 갖춘 사람이 되어야 해. 제아무리 학식이 풍부하고 재주 많은 사람도 인덕이 부족하면 남에게 기쁨을 주지 못하는 거란다.

아가야.

너는 어떤 모습으로 내게 올까.

어서 빨리 얼굴을 보여주렴.

미세한 태동이 느껴졌다. 배 속의 아기가 화답하는 듯했다. 들창 밖으로 어둠이 밀려들고 있었다. 나는 천천히 부드럽게 배를 어루만지며 스르르 눈을 감았다.

어둠에 묻힌 바다 저편에서 검은 물기둥이 솟구쳐 올랐다. 눈을 번쩍 떴다. 물기둥이라 착각한 것은 거대한 몸집을 가진 검은 용이었다. 몸을 피하고 말고 할 새도 없었다. 순식간에 그 검은 용이 별당으로 날아왔다. 그러고는 내 방문 바로 앞마루에 거대한 머리를 들이밀었다. 두려움이 비명조차 가로막았다. 용의 몸에서 날카로운 비늘이 번쩍였다. 검붉은 눈알은 똑바로 나를 향하고 있었다.

헉, 통증이 온몸을 파고들었다.

그날 밤 사내아이가 태어났다. 1536년 음력 12월 26일, 중종 재위 32년째 되던 해였다.

"용을 보는 탄생몽을 가지고 태어났으니 아명은 현룡(見龍)이라 합시다."

셋째 아들이 태어났다는 소식을 듣고 남편은 한달음에 달려왔다. 이(珥)라는 관명을 갖기 전까지 아이는 내내 현룡으로 불렸다.

이 아이가 바로 훗날의 율곡 이이, 나의 셋째 아들이다.

가난한 어미의 슬픔

현룡을 낳고부터 부쩍 건강이 쇠약해졌다. 아픈 딸을 대신해 늙은 어머니가 갓난아이를 보살폈다. 이제는 5남매가 된 아이들을 친정에서 건사해야 될 형편이었다. 게다가 암울한 현실은 심신을 더욱 지치게 만들었다.

이듬해 문과 별시에도 낙방한 남편은 한동안 얼굴을 비치지도 않았다. 덧없는 기다림 속에 아이들만이 유일한 위안이었다. 호롱불 아래 밤새 수를 놓을 때는 맥이 탁 풀리는가 싶다가도 아이들을 떠올리면 없던 기운도 솟아나곤 했다.

현룡은 세 살 되던 해부터 집에서 글을 가르쳤다. 이 아이는 다섯 남매 중에서도 학문적 감성이 제일 풍부했다. 처음으로 그 재능을 알아본 사람은 어머니였다.

마을 뒷동산에 탐스러운 석류가 익어가는 가을이었다. 하루는 이웃 집에서 석류를 한 바구니 가져왔다. 어머니가 현룡에게 물었다.

"이걸 보면 어떤 생각이 나느냐?"

"이게 뭔데요, 할머니?"

"석류라고 한단다."

석류는 현룡이 태어나서 처음 보는 과일이었다. 아이는 빨간 열매를 이리저리 살펴보았다. 벌어진 속살 사이로 알알이 씨가 박힌 모양이 그 눈길을 사로잡았다. 한동안 눈을 깜박거리던 아이가 문득 생각난 듯 중얼거렸다.

"석류피리 쇄홍주(石榴皮裏碎紅珠)."

"아가, 그게 무슨 뜻이냐?"

"석류 껍질이 붉은 구슬 알갱이를 싸고 있네."

현룡은 누가 미리 귀띔이라도 해준 것처럼 또박또박 말했다.

어머니가 전해준 말을 듣고 나는 놀라지 않을 수 없었다. 세 살짜리 아이가 응용한 것은 '은행 껍질에 싸인 푸른 구슬(銀杏殼含團碧玉)'이란 고시의 한 구절이었다. 나 자신도 어느 책에서 읽어준 구절인지 희미한 문장을 글자 몇 자만 바꿔 그럴듯한 칠언절구를 흉내 낸 것이었다.

"될 성부른 나무는 떡잎부터 알아본다고 했다. 현룡은 장차 크게 될 아이다. 세 살 버릇 여든까지 간다는 말이 괜히 나온 게 아니야. 사대부 집 자손들이 서너 살 때부터 독선생을 불러들이는 건 그 나이 때 배운 것들이 평생을 가기 때문이라더라. 우리 형편에 독선생은 모시지 못할망정 서당이라도 보내주지꾸나."

"말씀만으로도 감사해요, 어머니. 그렇지만 저희들 때문에 더는 마음 쓰지 않으셔도 돼요."

어머니는 딸의 경제 사정을 감안하여 현룡의 학채를 대신 부담하려 했지만 나는 끝내 사양하고 말았다.

서당에선 한 해 벼 한 섬을 학채로 받았다. 세 아들을 한꺼번에 보내려면 벼 석 섬을 마련해야 했다. 오로지 봉평의 약초 농사가 잘되기만 바라며 속으로 애를 태웠다.

현룡은 아침나절이나 오후가 되면 사랑채 툇마루에 물끄러미 앉아 있을 때가 많았다. 그 모습을 볼 때마다 속이 쓰렸다. 아들이 무엇을 보고 있는지 묻지 않아도 알 수 있었다.

한때는 나도 어린 아들과 똑같은 얼굴로 그 자리에 오도카니 앉아 있곤 했다. 사랑채 낮은 담장 밖으로 책보를 끼고 가던 동네 조무래기들 모습이 눈에 선했다. 서당에 가고 싶어도 못 가는 처지라는 걸 알았을 때의 좌절감이 아직도 가슴 한구석에 먹먹하게 남아 있는데 어린 아들 심정이 오죽하랴 싶었다.

"현룡아, 너도 서당에 가고 싶으냐?"

"예, 어머니!"

아이는 대뜸 반색을 했다. 천진한 웃음이 더욱 서글프게 다가왔다.

"그런데 전 어머니가 가르쳐주시는 게 더 좋아요."

총명한 아들은 금세 말을 바꾸었다. 겉으론 아니라고 해도 눈망울에 간절한 열망이 담겨 있었다. 이제 막 세상 구경을 시작할 네 살짜리에게 포기하는 법부터 가르쳐야 한다는 건 가혹한 처사였다.

"가자."

"어머니, 어딜 가는데요?"

나는 아들의 손을 이끌고 무작정 서당으로 향했다.

영리한 자식 길들이기

대여섯 살부터 열서너 살 먹은 아이들까지 고루 섞여 있는 마을 서당에서 현룡은 제일 나이 어린 학동이었다.

"그래, 훈장님께 좋은 말씀 많이 듣고 왔니?"

첫날 서당에 다녀온 외손자에게 어머니가 물었다.

"공부는 재미있고?"

"그럼요, 할머니."

"뭘 배웠기에 그리 재미있었을꼬?"

"중국 역사를 배웠어요."

신이 나서 떠들던 현룡은 며칠 후 석연찮은 질문을 던졌다.

"저, 할머니, 훈장님은 뭐든 다 잘 알고 계시겠죠?"

"당연하지. 그러니까 공부 시간에 절대 딴생각하면 안 돼. 하나라도 허투루 듣지 않도록 정신 바짝 차리고. 알았지?"

"예!"

대답은 우렁찼으나 어딘지 모르게 찜찜한 표정이었다. 이때만 해도 어머니는 현룡의 애매한 태도가 무엇을 의미하는지 알지 못했다고 한다.

두어 달쯤 지난 어느 날이었다. 이웃에 사는 한 학동의 어머니가 집에 들렀다.

"누가 참판댁 자손 아니랄까 봐 보통 영리한 게 아닌가 봐요. 엊그제 훈장님 코를 납작하게 만들었다면서요?"

"저희 집 애가 훈장님께 무슨 실수라도 했나요?"

나는 무슨 소린가 싶어 가슴이 철렁 내려앉았다.

"실수는 훈장님이 했지요! 다른 아이들은 아무것도 모르고 훈장님이 읽어주는 대로 따라 읽었대요. 그런데 아드님만 입을 꾹 닫고 있었다나 봐요. 그 훈장님 성미가 아주 까칠하기로 소문났거든요."

"그래서요?"

"당연히 훈장님이 야단을 치셨겠죠. 그런데 현룡이가 조목조목 틀린 부분을 지적했다지 뭡니까? 결국 훈장님이 두 손 들고 만 거죠. 이러다 이 댁에서 참판 한 분 더 나오는 거 아닌지 모르겠어요!"

상대는 입에 침이 마르도록 아들을 치켜세웠으나 내게는 그 말이 전혀 칭찬으로 들리지 않았다. 손님이 돌아간 뒤 조용히 아들을 불러들였다.

"요즘 네가 배우는 책을 가져와보거라."

현룡은 얼른 제 방으로 달려가 《사략》 첫 권을 들고 왔다. 문제가 된 내용을 펼쳐보도록 했다.

"엊그제 훈장님이 읽어주신 구절이 어느 것이냐?"

"여기요."

아이가 한 부분을 손으로 가리켜 보였다.

"한번 읽어보아라."

"제위왕초불치(齊威王初不治)하여, 제후개래벌(諸侯皆來伐)이라."

"무슨 뜻인지 말해보아라."

"제나라 위왕이 처음에 정치를 잘못하여, 다른 제후들이 모두 그를 치러 왔다는 뜻입니다."

"그런데 너는 왜 훈장님이 읽어주신 대로 따라 읽지 않았느냐?"

"훈장님은 '제위왕초불치제후, 개래벌이라' 이렇게 읽으셨어요. 그러면 '제나라 위왕이 제후들을 잘 다스리지 않았다'는 뜻이 되잖아요."

현룡은 원문의 뜻을 완벽하게 이해하고 있었다. 어수룩한 훈장이 떼어 읽기를 잘못한 거였다. 그래서 어찌했는지 물었다.

"훈장님이 틀린 것 같다고 말씀드렸어요."

"다른 학동들이 있는 데서 훈장님 실수를 지적했다는 말이지?"

"그런데 훈장님도 나중엔 실수하신 걸 알아차리고 저한테 칭찬하셨어요."

"그럼 네가 다른 학동들 앞에서 스승을 무안하게 만든 게 잘했다는 것이냐? 스승님보다 네가 잘난 것 같아서 우쭐했던 게야?"

한껏 의기양양해하던 아이가 어리둥절한 표정을 지었다.

"공부란 너 자신을 위한 것이지 남과 견주기 위해서 하는 게 아니다. 남을 이겨먹으려고 공부하는 건 소인배들이나 하는 짓이다. 스승의 가르침에 의문을 품었다면 아무도 없을 때 조용히 뵙고 공손하게 의견을 여쭙는 것이 마땅한 도리이거늘, 어찌 감히 하늘 같은 스승을 욕보이고도 부끄러운 줄을 모르느냐?"

"어머니……."

"그렇게도 네 알량한 재주를 뽐내고 싶었더냐? 그런 정신 상태로는 경전을 수만 권 읽어봤자 아까운 돈과 시간만 허비할 뿐이다. 넌 지금껏 입으로는 성현의 말씀을 외우면서 몸으로는 소인배를 따른 것이나 마찬가지야. 그러고도 공부할 자격이 있다고 생각하느냐? 두 번 다시 서당 근처에는 얼씬도 하지 마라."

"잘못했어요, 어머니!"

"당장 그치지 못하겠느냐? 사내대장부가 못나게 어디서 함부로 눈물을 흘려?"

나는 닭똥 같은 눈물을 쏟아내는 아들을 매몰차게 몰아붙였다. 아이는 내가 입을 닫기도 전에 울음을 뚝 그쳤다.

다섯 살의 인(仁)

하루는 대문 밖이 소란스러워 나가보았더니 3형제가 허공에 돌팔매질을 하며 까마귀를 쫓는다고 난리법석이었다. 오죽나무 꼭대기에서 까마귀 떼가 날개를 푸득거리며 날아올랐다. 아이들 극성에 어지간히 시달린 듯 사방에 깃털이 날렸다.

"날아다니는 미물이 무슨 죄가 있다고 그리 못살게 구느냐?"

"아침부터 까마귀가 집으로 날아들면 재수가 없대요."

게다가 어디서 들었는지 아이들 입에서 까마귀는 흉물이라는 말까지 나왔다.

"다들 들어오너라."

3형제를 방에 앉혀놓고 반포지효(反哺之孝), 네 글자를 써 보였다.

"까마귀 새끼가 기력이 떨어진 어미를 위해 제 먹이를 입에 넣어준다는 것에서 유래한 사자성어다."

글자를 써 보인 뜻을 알아듣고 선이 혼자 얼굴을 붉혔다.

"맹자께서 말한 사람의 바른 도리 네 가지가 있다. 무언지 말해보거라."

선은 인의예지(仁義禮智)라고 대답했다. 나는 다시 물음을 던졌다.

"효성스러운 까마귀는 한 가지를 통해 그 네 가지를 모두 행한 것이라 할 수 있다. 그것이 무엇이겠느냐?"

"예(禮)입니다."

밑에 두 아이도 만형과 같은 대답을 했다.

"틀렸다. 그건 바로 인(仁)이다."

나는 그 이유를 설명해주었다.

"인이란 남을 측은히 여기는 것이다. 까마귀가 제 입에 들어갈 먹이를 어미에게 내준 효심의 바탕에 깔린 마음도 인이라고 할 수 있다. 잘못된 행동을 부끄러워할 줄 아는 건 의로움이고, 나보다 먼저 남을 생각할 줄 아는 것을 예라고 하며, 옳고 그름을 판단할 줄 아는 것을 지(智)라고 한다. 그중 인을 가장 으뜸으로 치는 까닭은, 평소 마음을 어질고 착하게 가꾸지 않으면 아무것도 행할 수 없기 때문이다."

"속에 있는 마음을 어떻게 가꾸어요?"

"항상 다른 사람의 입장에서 생각하다 보면 답을 찾을 수 있을 게다."

현룡은 쉽게 이해되지 않는다는 듯 알쏭달쏭한 표정을 지었다.

며칠 후 장마가 시작되어 마을 앞 시냇물이 흘러넘쳤다. 때마침 내를 건너던 나그네 하나가 발을 헛디뎌 징검다리 아래로 굴러 떨어지고 말았다. 나그네는 정신없이 허우적거리며 물에서 빠져나오려고 안간힘을 썼다. 다행히 물이 깊지는 않았으나 번번이 발이 미끄러지는 바람에 생각대로 되지 않는 모양이었다. 그러는 동안 나그네는 거의 녹초가 되었다.

"물에 빠진 생쥐 꼴이 따로 없네. 하하!"

지나가던 동네 아이들이 그 모습을 보고 배꼽이 빠져라 웃음을 터뜨렸다. 철부지들 틈에는 현룡도 섞여 있었다. 다섯 살짜리의 안색이 하얗게 질린 것을 보고 이웃 사람이 집으로 달려왔다.

"집에 가자고 해도 어린애가 겁을 잔뜩 먹었는지 꼼짝을 해야 말이지요. 할 수 없이 그냥 두고 왔는데 아무래도 누가 가봐야 할 것 같아요."

나는 선과 번을 내보냈다. 그때까지도 현룡은 나무 기둥을 꼭 끌어안은 채 어찌할 바를 모르고 있었다고 한다.

"나그네는 그러고도 한참을 비틀거리다가 겨우 중심을 잡고 일어섰어요."

"현룡이는 나그네가 무사히 냇물을 건넌 뒤에야 저희를 따라왔습니다."

큰 애들이 전하는 말을 듣고 현룡에게 무엇이 그리 무서웠는지 물었다.

"불쌍한 아저씨를 도울 방법이 없다는 게 너무 슬프고 무서웠어요."

나는 가만히 아들을 품에 안았다.

머리로는 이해를 못해도 너는 이미 가슴으로 인을 행하고 있구나.

유리알처럼 맑은 심성을 가진 아이는 아직 제가 무얼 잘했는지도 모르는 눈치였다.

마음이 아픈 남자

"윤 교리 나리 댁 아씨마님 얘기 못 들으셨죠?"

"무슨 얘기?"

달이는 말을 꺼내놓고 전에 없이 뜸을 들였다. 어디서 또 무슨 얘길 듣고 왔는지 심란한 표정까지 짓고 있었다.

윤 교리라면 윤진서를 가리켰다. 부부가 강릉에 내려온 지 몇 달 지나지 않아 그는 홍문관 교리로 임명되어 혼자서 한양으로 떠났다.

양가에 특별한 교류가 없다는 사실을 누구보다 잘 알고 있으면서도 달이는 늘 그 집에 관한 소문을 물어오는 데 적극적이었다.

"괜한 얘기 할 거면 아예 하지 말고."

"그게요, 저 아랫마을 용한 의원이…… 오래 못 살 거라 했대요."

"누가?"

"교리 나리 댁 아씨 마님이오."

달이가 갑자기 비명을 질렀다.

"에구머니! 큰일 날 뻔했잖아요."

수틀에 붉은 얼룩이 번져 있었다. 따끔하고 쓰라린 느낌은 그다음이었다. 바늘에 찔린 손가락에서 핏물이 뚝뚝 흘러내렸다.

"대체 누가 그런 끔찍한 소릴 해? 그리고 그런 말은 함부로 옮기는 거 아냐."

"누군 누구겠어요. 그 댁 하인들이 듣고 하는 말이지. 워낙 약골인 데다 해산하고 난 뒤론 도무지 운신을 못하나 봐요."

달이는 헝겊으로 손가락을 단단히 동여매줘가며 안쓰러운 듯 한숨을 내쉬었다. 봄에 윤 교리 부인이 딸을 낳았다고 하더니 산통을 심하게 겪은 모양이었다.

나는 다만 회복이 느릴 뿐, 무사히 털고 일어날 거라 믿었다. 그러나 한 치 앞을 모르는 게 인생이라 했던가. 강릉에서 제일가는 부잣집 맏며느리에 한창 젊은 나이였다. 그런 사람이 하루아침에 허망하게 목숨 줄을 놓아버린 것이다.

그때가 늦여름이었다. 윤 교리는 장례가 끝날 때까지 대관령을 넘어오지 않았다. 들리는 말로는 조정에 피치 못할 사정이 있다고 했다. 부인은 윤 대감댁 선산에 묻혔다.

초가을의 어느 날, 현룡을 데리고 책방에 다녀오는 길이었다. 나는 물을 겁내는 현룡을 업고 징검다리를 건넜다.

어릴 땐 다리 사이가 왜 그리 멀게 느껴졌을까.

다섯 살짜리 아이를 업고도 단숨에 돌다리를 건너고 보니 추억의 한 장면이 되살아났다. 그때나 지금이나 나는 별반 달라진 게 없었다. 육신이 자라고 경험이 쌓인 만큼 새로 알게 되는 상식과 지혜가 더해질 뿐, 일곱 살은 일곱 살대로, 아홉 살은 아홉 살대로 얼마나 진지했었나.

옛 생각에 잠겨 마지막 징검다리를 내려선 순간 거짓말처럼 윤 교리가 눈앞에 나타났다. 아마 부인의 묘소에 다녀오는 길인 듯싶었다.

언뜻 보기에도 얼굴이 많이 상했다. 목례만 하고 지나치려 했으나 차마 발길이 떨어지지 않았다.

“부인께선 반드시 좋은 곳으로 가셨을 것입니다.”

말을 뱉어놓고도 마음이 아렸다. 상실의 아픔을 겪은 사람에게 과연 진심 따위가 얼마나 위안이 될 수 있을까.

“고맙습니다.”

그는 묵묵히 고개를 숙여 답례한 뒤 징검다리 저편으로 멀어져갔다. 슬픔이 묻어나는 어깨에 초가을의 황금빛 햇살이 가혹한 모순처럼 내리비쳤다.

영혼에 박힌 상처

식구들 앞에서 내색은 안 했지만 현룡은 5남매 중에서도 가장 애착이 가는 아들이었다. 아버지 사랑을 모르고 자란 탓인지 현룡은 줄곧 어미 곁을 맴돌았다. 놀아도 그림을 그리거나 글씨를 쓰면서 놀았다.

어린 마음에 묻고 싶을 게 많을 텐데 의젓하게 구는 걸 보면 대견함보다 슬픔이 앞섰다. 평범하지 않은 집안 환경이 아이를 너무 일찍 철들게 만드는가 싶어 마음이 쓰렸다.

"저, 마님……."

하루는 행랑아범이 별채로 찾아왔다.

"막내 도련님이 나리께 전해달라고 하시는데 어디로 가져가야 할지……."

행랑아범이 현룡이 아버지 앞으로 쓴 서찰을 주저하며 내밀었다.

아버님.

그동안 평안하신지요.

저희는 항상 염려해주신 은혜 덕분에 무탈하게

잘 지내고 있습니다.

저는 서당에도 다니고 있습니다.

오늘은 단양의 효자 도시복의 이야기를 듣다

문득 아버님께 서찰을 올립니다.

도시복은 잉어를 드시고 싶어 했던 아버지를 위해

한겨울에 얼음 계곡에 들어가 잉어를 구해다 드린

효자 중의 효자입니다.

저는 어리석어 아버님이 어떤 음식을 좋아하시는지도

모릅니다.

또한 멀리 떨어져 계시니 효도할 방법이 없습니다.

아버님.

저는 매일 아버님 뵈올 날만을 기다립니다.

만일 잉어가 드시고 싶다면 미리 말씀해주셔요.

이제부터라도 형들을 졸라 열심히 고기 잡는 법을

배우도록 하겠습니다.

그럼 내내 강령하십시오.

셋째 아들 현룡 올림

제 딴에는 아버지 심기를 불편하게 하지 않으려 고심한 흔적이 구구절절 배어 있었다. 날짜를 보니 지난여름에 쓴 편지였다. 행랑아범에게 편지를 전하지 않은 이유를 물었다.

"나리께선 한양에도 안 계시고 봉평에도 안 계십니다."

그러고는 난처한 듯 덧붙였다.

"간혹 근처 주막에서 나리를 뵈었다는 사람이 있긴 한데 도통 집에는 안 들르시니 무슨 영문인지 모르겠습니다요."

그 말을 듣는 순간 가슴이 철렁 내려앉았다. 그동안 한양 본가에 기거하면서 글공부를 하는 중이라 철석같이 믿고 있었다. 남편의 신변에 무슨 변화가 생긴 게 분명하다 싶어 그날로 봉평으로 향했다.

은산네 세 식구만 봉평 집을 지키고 있었다. 사랑채는 오랫동안 불을 지피지 않은 듯 냉기가 가득했다. 혹시나 싶어 다음 날 아침 일찍 시댁으로 발길을 돌렸다.

"아범은 며칠 전에 다녀갔다. 지금 봉평에 있지 않니?"

시어머니는 갑작스러운 며느리의 방문에 어리둥절한 표정이었다. 사실대로 고하는 수밖에 없었다.

"그럼 친구들과 어디 바람이라도 쐬러 갔겠구나. 허구한 날 책만 보고 있으려니 갑갑할 만도 하지. 너무 걱정 마라."

시어머니는 대수롭지 않게 흘려 넘겼으나 불길한 예감을 떨칠 수가 없었다. 바람을 쐬러 갔다면 이미 돌아오고도 남을 시간이었다. 봉평에 온 지 며칠이 지나도록 남편의 행방은 오리무중이었다. 행랑아범을 통해 사람들이 남편을 보았다는 주막을 수소문했다.

"원래 대화 역참 부근에서 모녀가 술을 팔았는데 그 어미가 죽고 나서 딸내미 혼자 이쪽으로 온 지 얼마 안 된답니다요."

행랑아범이 안내한 곳은 한양으로 가는 길목에 자리 잡은 초가집이었다. 안에서 들려오는 사내의 웃음소리가 귀에 익었다. 토방 아래 놓인 남편의 갖신이 번개처럼 눈에 와 박혔다.

한 여인이 방문을 열고 나왔다. 심장이 멎는 듯했다. 10여 년 전 대화 주막에서 보았던 조숙하고 당돌한 여자아이가 눈앞에 있었다. 굵게 꼬아서 틀어 올린 트레머리가 시간의 흐름을 알려줄 뿐, 제 어미를 닮아 위로 치켜 올라간 입매며 가느다란 눈꼬리 밑에 돋아난 팥알처럼 생긴 점까지 영락없는 그 애였다.

"집을 잘못 찾은 모양일세."

행랑아범이 인기척을 내기 전에 몸을 돌렸다. 차마 그 상황에서 남편과 맞닥뜨릴 용기가 없었다.

"먼저 집에 가 있게."

마을을 벗어나기도 전에 다리에 힘이 풀렸다. 아무래도 헛것을 본 게 분명했다. 결국 행랑아범을 돌려보내고 오던 길을 되짚어갔다.

작은 초가집 안에선 두 남녀의 웃음소리가 끊이질 않았다. 늙은 밤나무 가지 사이로 커다란 밤송이가 툭툭 떨어졌다. 발등에 가시가 박힌 듯 뜨겁고 쓰라렸다.

열린 방문 사이로 남편의 얼굴이 눈에 들어왔다. 까마득 잊고 살았던 스물한 살 새신랑의 미소가 거기 있었다.

> 무심히 들어보면 상관할 바 없건마는
> 구곡에 맺힌 설움 어찌하면 풀어낼꼬.
> 아이야 술 부어라, 행여나 관회할까.
> 잔대로 가득 부어 취하도록 먹은 후에
> 석양산 험한 길로 을밀대에 오르니
> 풍관은 예와 달라 만물이 소연하다.

남편의 젓가락 장단에 맞춰 여옥의 노랫소리가 흘러나왔다. 도망치듯 뒷걸음질 쳐서 가까스로 그 자리를 벗어났다.

가을날 오후의 석양이 핏빛으로 붉었다. 한 걸음 뗄 때마다 머릿속이 잘못 풀어진 누에고치처럼 어지러웠다.

밤새 뜬눈으로 지새우고, 이튿날 강릉 친정에 닿자마자 깊은 잠에 빠져들었다.

제5부

사친(思親)

격랑을 넘어

사내라면 첩실을 두셋씩 두는 것도 흠이 안 되는 세상이다. 그것이 나와는 무관한 일이라 믿은 것은 자만이었다.

눈에서 멀어지면 마음에서도 멀어지는 걸 왜 몰랐을까.

언제부터였을까.

어쩌다, 왜, 어떻게.

한 생각에 붙잡힐 때마다 온갖 어리석은 잡념이 꼬리를 물고 이어졌다.

꿈속에서도 남편은 행복하게 웃고 있다. 망측하기도 해라. 여옥이 바짝 붙어 앉아 가시 바른 생선을 입에 넣어주고 있다. 당신도 한 입, 나도 한 입, 소꿉장난 같은 식사가 끝나고 여옥은 낭랑한 목소리로 노래를 부른다. 남편은 흥에 겨워 덩실덩실 춤까지 춘다.

부러움과 시샘이 뒤섞인 감정으로 두 사람을 훔쳐보고 있는 나 자신이 부끄러워 잠결에도 얼굴이 화끈거렸다.

"잡으려고 하면 할수록 손가락 사이로 빠져나가는 물속의 모래알 같은 게 사내들 마음이다. 참고 기다리면 돌아오지 말라고 해도 집으로 돌아오게 돼 있으니 너무 속 끓이지 마라."

어머니의 위로도 힘이 되진 못했다.

내 것도 아닌 마음이 가는 길을 무슨 수로 막겠는가.

감당하기 어려운 모멸감이 상처에 더께를 입혔다. 남편의 얄궂은 미소가 아른거릴 때면 병석에 누워 있는 내가 한없이 초라하게 느껴졌다. 도리 없는 무력감이 가뜩이나 힘든 육신을 갉아먹고 있었다.

"어머니, 많이 편찮으세요?"

의식이 가물가물한 중에도 아들의 목소리가 귓전을 파고들었다.

괜찮다, 현룡아.

달래고 싶어도 말이 안 나왔다. 입술을 달싹거리다 까무룩 잠에 빠져들었다. 다시 정신이 돌아왔을 때는 선이 머리맡을 지키고 있었다. 방에는 호롱불이 켜지고 밖에서는 어머니와 매창이 수런대는 소리가 들려왔다.

"어린애가 날도 어두운데 어딜 갔단 말이냐?"

"저희는 외할머니 방에 있는 줄 알았어요."

눈이 번쩍 뜨였다. 현룡이 없어졌다니, 이게 무슨 소린가. 잘못 들었나 싶어 숨소리조차 죽인 채 바깥 동정에 귀를 기울였다. 어머니의 한

숨 소리가 방 안까지 들려왔다. 선에게 나가보라는 손짓을 했다. 매창과 번의 음성이 들려왔다.

"이모님 댁에는?"

"안 왔대."

"그런데 얘는 언제 나간 거야?"

나는 찬찬히 머릿속을 더듬었다. 아침에 현룡이 방을 나간 뒤 매창이 죽을 가져왔던가. 아니면 매창이 먼저 오고 현룡은 점심나절에 왔던가. 가뭇없는 기억들이 뒤죽박죽 얽혀서 그때가 아침인지 점심인지조차 불분명했다. 약탕기를 들고 방으로 들어온 어머니가 이마를 만져보곤 기겁을 했다.

"점심 먹은 뒤론 본 사람이 없단다. 별일이야 있겠니. 행랑채 식구들까지 다 찾으러 나갔으니 곧 돌아올 게다."

시간은 속절없이 흘러갔다. 달도 없이 깜깜한 밤중에 들락날락하는 발소리가 분주할수록 불안감이 커졌다. 정신 줄을 놓지 않으려고 안간힘을 써도 눈앞이 뿌옇게 흐려지기 시작했다.

악귀처럼 쏟아지는 잠을 몰아낸 건 익숙한 감촉이었다. 언제 돌아왔는지 현룡이 손을 주무르고 있었다.

"동네를 샅샅이 찾아다녀도 애가 안 보여서 얼마나 놀랐는지 몰라. 매창이가 아버지 사당에 가보자고 해서 설마 했는데 진짜 거기 있지 뭐야. 둘째 언니 병이 빨리 낫게 해달라고 빌었대. 같이 기도하지 않으면 집에 안 간다고 어찌나 떼를 쓰던지……."

효선의 말투에 안쓰러움이 뭉클 묻어났다. 어쩌다 어머니가 병든 아버지를 위해 사당에서 기도했던 이야기를 들었던 모양이다.

"세상에! 기저귀 찬 효자가 따로 없네요."

밖에서 사람들이 현룡을 두고 말하는 소리가 들렸다. 나는 죽을힘을 다해 자리에서 일어났다.

"집에서 멀리 나가지 말고, 어딜 가면 간다고 어른들께 말씀드려야 한다는 걸 잊었느냐?"

"잘못했어요, 어머니."

"외할머니께 먼저 사죄드려야지!"

"다신 안 그럴게요, 외할머니."

어린것이 얼마나 슬피 울었으면 현룡의 목에서도 쇳소리가 났다.

"가서 저녁 먹어야지."

보다 못한 어머니가 억지로 아이를 데리고 나갔다.

이러고도 내가 어미라고 할 수 있을까.

자식을 낳은 부모라면 야단치기 전에 밥부터 먹였어야 옳았다.

자책감이 나를 막다른 길목으로 몰아가고 있었다. 의원들은 하나같이 심화가 쌓여 독이 된 것이라고 했다.

"약으로 못 고치는 병은 환자 스스로 의원이 되는 수밖에 없어. 마음결을 편안하게 가꾸면 병은 자연히 나을 것이다."

심중에 박힌 얼음 가시를 빼내기 전에는 백약이 무효라는 딸을 위해 어머니가 선택한 치료법은 요양이었다.

산중의 봄은 물소리와 더불어 시작된다. 개울가에 물푸레나무 이파리가 한가로이 떠다니고 있었다. 암자에 머문 지도 한 달이 가까워 온다. 그동안 그저 먹고 쉬면서 지극히 단조로운 일상을 보냈다.

'부디 너 자신을 귀하게 여겨라.'

어머니의 간곡한 당부는 이 안에서 풀어야 할 마음의 숙제였다. 경내를 거니는 발걸음이 무거웠다. 비구니 스님이 다가와 합장을 했다.

"무슨 생각을 그리하십니까?"

"스님, 미운 생각이 자꾸 일어나면 어찌해야 할까요?"

"그 생각을 없애고 싶으십니까?"

"예."

"없애려고 하는 이유를 여쭤봐도 될까요?"

"제 마음이 괴롭기 때문입니다."

"그렇다면 그냥 생긴 대로 놔두시면 됩니다."

모두 다 내려놓으라고, 슬픔을 달래주는 풍경 소리가 울려 퍼지고 있었다.

"미운 생각, 싫은 생각도 다 실체가 없는 허상입니다. 실체도 없는 마음을 없애려고 애쓰다 보면 그 애씀이 집착이 되고, 결국 편안해지는 게 아니라 괴로움을 더 크게 만드는 것이지요. 부처님은 허공에서 떨어지는 눈송이 하나도 정확히 제자리를 찾아서 떨어진다고 했습니다. 나를 버려 바르게 다스리면 괴로움은 소멸될 것입니다."

생각을 더하지도 덜하지도 마라.

미운 생각도 싫은 생각도 없애려고 애쓰지 마라.

눈 맑은 노승이 던져준 화두에 매달려 있는 동안 봄이 가고 여름이 왔다. 시간이 지나면서 찬 바람 속에 있던 마음이 서서히 제자리를 찾아가고 있었다.

지금의 고통에도 다 까닭이 있었으리라.

스스로 알게 될 때까지 알아내려고 애쓰지 말자.

번뇌를 걷어낸 세상은 더없이 고요했다.

마침내 집으로 갈 용기가 생겼다.

대관령에 그리움을 묻고

친정에서 어머니와 함께 보내는 마지막 밤이 깊어가고 있었다.

"어머니 혼자 적적해서 어떡해요."

"원, 별소릴 다하는구나. 효선네 식구들이 자주 들여다봐서 적적할 틈도 없다. 내 걱정은 말고 시어머님께 잘해드려라. 며느리라곤 너 하나뿐인데……. 그동안 사정 봐주신 것만도 고맙고 송구스럽구나. 일부러 틈을 내서라도 자주 찾아뵙도록 해라."

환갑 진갑 지나고 백발이 성성한 노모가 효도를 바라기는커녕 자식 걱정에 마음이 놓이지 않아 아픈 한숨을 억누르고 있었다. 부족한 딸자식 챙기느라 몇 달 사이 10년은 더 늙어버린 어머니, 언제쯤 이 불효를 면할 수 있을까.

"내가 부모님께 물려받은 기와집 한 채가 수진방에 있다는 얘길 했던가? 이제 변변치 않으나마 유산을 정리할 때가 되었구나. 그 집은 현룡이 몫이다."

어머니가 황망한 이야기를 꺼냈다. 수진방 집이 금시초문인 것은 둘째치고 유산이라니. 말만 들어도 모골이 송연해졌다.

"어머니, 그게 무슨 말씀이에요? 유산이라니요?"

"나 죽으면 현룡이가 제사를 모셔달라는 뜻에서 물려주는 거야."

"어머니!"

"당황할 것 없다. 이런 건 미리미리 정해두는 게 좋아."

어머니는 담담하게 말을 이었다.

"네 외조부께선 사람은 누구나 귀한 존재라고 하셨다. 노비건 서얼이건 차별 없는 세상을 꿈꾸셨던 분이다. 아버지도 그러셨다. 여자라면 부귀다남을 최고의 행복으로 여기는 땅에서 아들딸 차별 없이 키우기가 쉬운 일은 아니다. 그건 네 아버지가 스스로 너희를 귀하게 여겨주셨기 때문에 가능했던 일 아니냐. 덕분에 나도 너희들에게 미안한 마음을 조금 덜었으나 여전히 조상님들 뵐 면목은 없구나……."

외조부까지 그렇게 앞선 생각을 가지고 살았던 줄은 까마득히 몰랐다. 더 놀라운 점은 유산에 대한 것도 실은 어머니가 오래전부터 결정한 계획이라는 사실이었다.

심지어 당신이 세상을 뜬 뒤에 상황을 보아 노비 문서를 태워 없애라는 유언을 문서로 남길 예정이라는 대목에서는 경외감마저 들었다.

"넷째한텐 이 집을 물려줄 것이다. 선영 가까이 살면 돌보기도 수월

하지 않겠니. 네 언니와 셋째, 막내한테도 조금씩이나마 따로 몫을 정해두었다."

"어머니, 왜 그런 무서운 말씀을 하세요. 혹시라도 말이 씨가 될까 두렵습니다."

"사람 일은 한 치 앞을 모르는 법이다. 네 아버지 돌아가신 뒤로 줄곧 생각해왔던 일이야. 조상님 제사 모실 자손은 정해놓고 가야 내가 죽더라도 아버지를 떳떳하게 볼 수 있지 않겠니?"

"딸자식도 자식인데 아무렴 제사 못 모실까 그러세요? 어머닌 건강하게 오래 사시기만 하세요."

"지아비 먼저 저세상 보내고 오래 살면 뭐하겠니. 요즘 꿈에 네 아버지가 자주 보이는구나. 아무래도 나를 많이 기다리시는 모양이다."

어머니는 모든 걸 내려놓은 듯 초탈한 음성으로 말을 마쳤다. 20년을 홀로 지내온 가슴에 멍울진 한은 얼마나 깊을까.

"고단하구나. 그만 자자."

시린 눈으로 허공을 응시하던 어머니가 돌아누웠다. 잡으면 한 줌도 안 될 것 같은 노모의 앙상한 어깨가 불빛에 희미하게 흔들렸다.

다음 날 아침, 다섯 손자가 어머니를 빙 둘러싸고 하직 인사를 올렸다. 밤송이 같은 손자들이 떠나고 나면 집 안은 텅 빈 벌판처럼 헛헛해질 것이다.

"할머니도 같이 가시면 안 돼요?"

현룡의 얼굴에 서운함이 가득했다.

"할미는 늙어서 멀리 못 가는데 어쩌누?"

어머니 눈빛에 깊은 애정이 묻어났다. 외손자가 여럿이라도 유난히 정을 주던 손자였다. 갓난아기 때부터 외할머니 무릎을 떠나지 않던 아이는 어느덧 의젓하게 자라서 제법 어른 마음을 헤아릴 줄 알았다.

"그럼 제가 할머니 뵈러 자주 올게요."

"정말이냐?"

"정말이고말고요, 할머니."

어머니는 해맑은 미소로 손수 마련한 선물 꾸러미를 펼쳤다. 선과 번은 붓과 벼루, 매창과 해련은 반짇고리와 색실을 받았다. 새로 지은 옷도 각자 한 벌씩 보따리에 담겨 있었다.

"현룡이는 항상 글씨 쓸 종이가 부족하다고 했지?"

"예, 할머니!"

현룡은 종이 뭉치를 받아 들고 좋아서 어쩔 줄 몰라 했다.

"외가에 일러 가마를 부탁했으니 타고 가도록 해라."

필요 없다고 펄쩍 뛰었지만 어머니는 막무가내였다.

"넌 아직 몸도 성치 않고 현룡이는 초행길 아니냐."

"전 괜찮아요. 그리고 다른 아이들은 현룡이보다 어린 나이에도 잘 걸어왔어요."

"어린것들 업고 걸리고 안고 오느라 넌들 오죽 고생이 심했겠느냐. 말 안 해도 아니까 사양하지 마라."

어머니는 정 부담스러우면 대관령만 넘고 가마를 돌려보내라고 했다. 그냥 보내면 두 다리 뻗고 잘 수 없을 것 같다는 말까지 듣고 더는 차마 사양할 수가 없었다.

"비 온 뒤에 땅이 더 굳어진다고 하지 않더냐. 아무쪼록 마음 단단히 먹고 살아야 한다."

가마에 오르기 전, 못난 딸의 손을 부여잡은 어머니의 눈가에 말간 이슬이 맺혔다.

"자식이 잘 살면 그게 효도하는 거야."

환갑을 훌쩍 넘긴 노모가 마흔이 가까워오는 딸의 등을 아이 다루듯 토닥거렸다. 나는 그 가녀린 손길에 떠밀리듯 몸을 돌렸다.

늘 마지막일 것만 같은 길은 언제나 모질게 발목을 붙잡았다.

대관령 등마루에서 북평 마을을 돌아보는 순간 참았던 설움이 복받쳐 올랐다. 저 아래 어머니가 계시다. 손에 잡힐 듯 가까운 고향 땅이 아흔아홉 굽이 너머 세상만큼이나 아득했다.

나는 훗날 이때의 쓰라린 심경을 시로 적었다.

늙으신 어머님을 고향에 두고
서울로 홀로 떠나가는 이 마음
돌아보니 북촌은 아득도 한데
흰 구름만 저문 산을 날아 내리네.

慈親鶴髮在臨瀛

身向長安獨去情

回首北村時一望

白雲飛下暮山青

—〈대관령에 올라 친정을 바라보다(踰大關嶺望親庭)〉

사련(邪戀)의 곡절

노을이 물든 고샅길 사이사이로 낮익은 들꽃들이 고개를 내밀고 있었다. 반쯤 넋이 나간 채 이 길을 들어서던 때가 언제였던가.

핏빛으로 저물어가던 그날의 하늘빛이 불쑥 눈앞에 펼쳐졌다. 미처 걷어내지 못한 감정의 이끼가 스멀스멀 올라오며 가슴 밑바닥에서 작은 소요가 일었다.

'스스로를 애달파 하지 마십시오.'

고즈넉한 마을 길을 걷는 동안 비구니 노승의 충고를 떠올렸다. 그러고도 사립문을 들어서기까지는 시간이 필요했다.

4남매가 칠복이와 함께 《명심보감》을 노래하던 마당에는 병아리들이 모이를 쪼아 먹고 있었다.

"뉘신지요?"

꼴망태를 메고 안으로 들어선 칠복이가 여섯 식구를 향해 눈을 휘둥그레 떴다.

"칠복이 많이 컸구나. 우리 모르겠어?"

선과 매창이 반갑게 인사를 건넸다. 칠복이 세 살 때 보고 6년 만이었다.

"아이고, 이 녀석아. 마님 오셨는데 인사도 안 드리고 뭘 그리 멀뚱히 서 있어? 아니, 마님, 오실 거면 미리 기별을 하시죠. 저희는 까맣게 모르고 있었잖아요. 그나저나 시장하시죠? 도련님, 아가씨들 오느라 힘들지 않으셨어요? 칠복아, 얼른 짐 받아서 방에 들이지 않고 뭐해? 나리! 마님 오셨어요."

부엌에서 밥을 짓던 달이가 허둥지둥 튀어나와 수선을 떨었다. 그 틈에 사랑방 문이 벌컥 열렸다.

"아버지!"

아이들이 쪼르르 달려갔다. 남편은 오랜만에 아이들을 안아보며 입이 귀에 걸렸다. 아버지와 거의 첫 대면이나 마찬가지인 현룡은 형제들 틈바구니에 어정쩡하게 서 있었다.

"현룡아, 아버지께 인사 드려야지."

"오, 그래. 현룡아! 이리 온. 어디 한번 안아보자."

남편이 현룡을 번쩍 안아 들었다. 부자가 얼굴을 맞대고 웃는 모습을 지켜보고 있으려니 온갖 회한이 밀려들었다.

그때뿐이었을 것이다. 술 좋아하는 사내가 오며 가며 들른 주막에서 주모와 하룻밤 정분이 났다 하여 탓할 일도 아니다. 한사코 가족과 함께 있고 싶어 하는 걸 알면서도 오랜 세월 바깥으로 밀어낸 내 잘못도 있을 것이다.

"지난가을에 헛걸음했다는 얘길 들었소."

저녁에 단둘이 있게 되자 가능하면 묻어두기 바랐던 이야기를 남편이 먼저 꺼냈다. 여기서 시시비비를 멈추지 않으면 내가 살 수가 없었다. 당신이 볼일이 있는 줄도 모르고 갑자기 다녀간 게 실수였다고, 모든 걸 내 탓으로 돌린 다음에야 편안하게 그를 바라볼 수 있었다.

"이제 여기 살림은 차차 정리하고 율곡리로 가면 어떻겠소? 마침 전에 우리가 살던 농가가 비어 있어 수리를 해두었소만……."

무슨 까닭인지 남편이 뜻밖의 제안을 했다. 그가 결심한 이상 굳이 봉평에 살아야 할 이유가 없었다. 집은 5남매 데리고 살기에 비좁은 데다 약초 농사가 신통치 않아 먹고살기도 막막했다. 더군다나 그 여자가 사는 곳이다.

율곡리 농가는 말끔하게 단장을 마친 뒤였다. 집 안팎 정리를 대충 끝내고 주변을 돌아보니 뒷산에 새로 심은 밤나무가 꽤 많이 눈에 띄었다.

남편은 현룡을 위해 틈틈이 와서 심은 나무라고 했다.

"현룡이 태어났을 때가 인시(寅時) 아니오. 열 살이 되기 전에 호환이 닥칠 운인데 밤나무 천 그루를 심어야 액을 면한다고 해서……. 태어난 일시까지 알아맞힌 걸 보면 예사롭게 흘려 넘길 얘기는 아니지 않소?"

"누가 그런 말을 하던가요?"

"그냥 들은 얘기요. 아무튼 사람의 운명은 알 수 없는 것이니 안 좋은 일은 피하고 봅시다."

남편은 상대를 밝히기가 껄끄러운 듯 말을 얼버무렸다. 그 후로도 간간이 삼류 무당 아니면 거리의 여인들 입에서나 나왔을 법한 해괴하고 낯 뜨거운 이야기를 물어오곤 했다.

설마 그때는 아닐 것이다.

여옥과 남편이 봉평에서 조우한 때가 현룡을 잉태하던 그날, 생강나무 꽃 피던 묘하게 달뜬 봄날 언저리였다고는 차마 상상하는 것조차 끔찍했다.

치마폭에 그린 포도

"아이고, 내 새끼 얼굴 좀 보자. 인물이 아주 훤하구나!"

아이들을 데리고 시댁 대문을 들어서자 시어머니가 버선발로 뛰어나왔다. 현룡은 태어난 지 6년 만에 처음 안아보는 손자였다.

부엌 식구들은 한창 일손이 달려 정신이 없었다. 시어머니 집안 친척 환갑잔치에 쓸 떡을 만드는 중이었다. 여종 둘과 함께 떡을 빚다 보니 날이 훤히 밝아오고 있었다.

아침상을 물리고 곧바로 시어머니를 따라나섰다. 넓은 휘장을 둘러친 잔칫집 마당에 사람들이 삼삼오오 모여 앉아 술판을 벌이고 있었다. 환갑을 맞은 친척 노부인에게 축하 인사를 올린 뒤 남편은 사랑채로 가고 나는 시어머니와 함께 안방에 남았다.

잔칫상에는 곡주도 곁들여졌다. 노부인들이 상석에 앉고 젊은 여자들은 아래쪽에 따로 앉아 이야기를 나누었다. 점잖게 차려입은 부인들도 술이 몇 잔 들어가자 수다스러워졌다.

"진사댁 소문 들으셨어요?"

"소문이라뇨? 그 댁에 무슨 일 있어요?"

"그 댁 바깥양반이 후처를 들였는데 어찌나 오만방자한지 안방마님이 여간 속을 끓이는 게 아닌가 봐요."

"첩실이 아들을 낳았다는 얘긴 들었어요. 그런데 천한 기생 출신이라고 하지 않았나요?"

"맞아요. 그러니 사내들 후리는 솜씨도 여간 아니겠죠. 바깥양반이 기생첩 치마폭에서 헤어나질 못한대요. 후처가 문병이랍시고 집에 들이닥쳐서는 자식들은 자기가 잘 보살펴줄 테니 걱정 말라고 했다는군요. 그게 빨리 죽으라고 염장 지르는 거지 뭐겠어요?"

"저런 쳐 죽일 년! 본처가 아들을 못 낳은 것도 아니고, 큰아들은 지난해 소과에 급제했다고 들었는데 기생첩이 감히 집까지 찾아오는 게 말이 돼요?"

"여자 팔자 뒤웅박 팔자라잖아요. 남자들 마음먹기에 달렸지, 되고 안 되고 할 게 뭐 있겠어요? 호랑이 잡고 볼기 맞게 생긴 거죠."

"시앗 싸움엔 길가의 돌부처도 꿈적인다는데 부인 속도 어지간히 상했겠네요. 참, 세상은 요지경 속이에요."

"염병! 요지경 속이든 요강 속이든 더러운 세상인 건 맞아요. 말이 좋아 조강지처지, 달면 삼키고 쓰면 뱉는 게 남자들인데 왜 여자들만

당하면서 살아야 하는 거죠? 흥! 삼종지도니 칠거지악이니 하는 건 다 개나 주라 그러세요!"

"어머나! 어쩜 말을 그리 재미있게 하실까? 속이 다 후련하네요."

취기 오른 부인의 거침없는 입담에 다들 배꼽을 쥐고 킥킥댔다. 나는 눈 둘 곳을 모른 채 자리가 파하기만 기다리는 신세였다. 한쪽으로도 흘려듣고 싶지 않은 이야기가 곤혹스럽게 귓전을 때렸다.

상석의 노부인들은 자식 자랑이 한창이었다. 무슨 말인가를 하려던 시어머니가 나와 얼굴이 마주치자 언짢은 듯 이맛살을 찌푸렸다.

"어미는 왜 아무 말이 없느냐? 이웃 간에 그렇게 낯가리는 것도 예의가 아니다."

시어머니 훈계에 뼈가 있었다. 좌중의 이목이 온통 나에게로 쏠렸다. 나는 상석을 향해 머리 숙여 사죄의 말을 전했다.

"저는 시골에서 나고 자라 문밖의 일을 본 적도 아는 바도 없습니다. 무슨 말을 어찌해야 좋을지 모르니 부디 너그러이 가르쳐주십시오."

"얌전한 며느님이 어른들 어렵고 낯설어서 그런 게지요."

나이 지긋한 노부인의 말에 웅성거리던 소리가 잦아들었다.

"에고머니!"

갑자기 비명 소리가 터져 나왔다. 칠거지악이니 삼종지도는 개나 주라고 했던 부인이 황급히 몸을 일으켰다. 하녀가 국을 나르다 그 부인의 치맛자락에 걸려 넘어진 것이었다. 국물이 쏟아진 치마에 지저

분한 얼룩이 생겼다.

"죄송해요, 마님…… 제가 죽을죄를 지었습니다."

"옷값이 한두 푼도 아닌데 어쩜 좋아……."

부인의 얼굴은 사색이 되었다. 알고 보니 잔칫집에 입고 올 만한 옷이 마땅치 않아 남의 옷을 빌려 입고 온 터였다. 실수로 비단옷을 망친 하녀나 가난한 부인이나 사정이 딱하긴 마찬가지였다.

"붓과 벼루 좀 가져다주게. 그리고 혹시 다른 치마를 빌려올 수 있으면 좋겠는데……."

"금방 가져다드릴게요."

내 말을 듣고 밖으로 나갔던 하녀가 이내 부탁한 물건들을 가지고 들어왔다. 나는 하녀가 가져온 치마를 가난한 부인에게 건넸다.

"우선 이것으로 갈아입으시고, 그 치마는 어떻게든 수습해볼 테니 잠시만 제게 주십시오."

"어떻게요?"

뜨악한 눈길로 쳐다보던 부인은 마지못해 치마를 벗어주었다. 나는 방 한구석에 치마를 펼쳐놓고 얼룩이 묻은 자리에 포도송이와 잎사귀를 그려 넣었다. 다행히 얼룩은 감쪽같이 가려졌다.

"어쩌면! 완전 새 옷이 됐잖아?"

붓을 내려놓자 여기저기서 탄성이 흘러나왔다.

"덕분에 똑같은 치마를 두 벌이나 사고도 남을 만큼 비단을 넉넉히 받았어요."

다음 날 그 부인이 비단을 들고 찾아왔다.

"옷감은 부인 것이니 가지고 계셨다가 필요한 데 쓰세요. 도움이 됐다니 다행이네요."

"이 은혜를 어떻게 갚아야 할지……."

"제가 할 수 있는 일을 한 것뿐이에요. 너무 그러시면 오히려 제가 더 민망합니다."

가난한 부인이 눈물을 흘리며 돌아간 뒤 돈을 주고 그림을 얻으려는 사람들이 종종 찾아왔다.

"그림도 그림이지만 병풍이나 족자 같은 걸 만들어 팔면 돈이 꽤 된다던데, 그 좋은 재주를 가지고 약초 키운다고 애쓸 것 뭐 있니?"

시어머니의 은근한 권유였다. 이때만큼은 바른 소리를 하는 수밖에 없었다.

"송구스럽지만 어머니, 저는 돈을 벌기 위해 그림을 그려본 적은 없습니다."

"말이 그렇다는 거지, 누가 들으면 며느리 재주 팔아서 먹고살려는 파렴치한 시어미로 알겠구나. 됐다. 그 얘긴 그만하자."

시어머니는 두 번 다시 같은 말을 입에 올리지 않을 것처럼 노여워했으나 이후로도 가끔은 나의 심정을 처량하게 만들 때가 있었다.

하지만 어쩌겠는가. 가난이 유죄인 것을.

사친, 부모님 그리워

중종 36년(1541) 여름, 전국에 전염병이 돌아 도처에서 가축이 떼죽음을 당했다. 집에서 키우는 소, 닭, 돼지들이 전염병에 걸려 폭사하고, 농사마저 흉년이라 농민들은 먹고살 길이 막막했다.

이 무렵 시어머니는 연로하여 더 이상 살림을 꾸려갈 수 없게 되었다. 칠복이네는 파주에 남겨둔 채 5남매 데리고 이삿짐을 꾸렸다. 양반 체면 다 버리고 자식 뒷바라지에 평생을 바친 시어머니의 희생에도 불구하고 가세는 조금도 나아진 게 없었다.

다행히 어머니가 현룡의 몫으로 떼어준 집으로 수진방 살림을 옮겨 시댁 부엌 식구들까지 함께 살 수 있게 되었다.

"결국 며느리 신세를 지게 됐구나."

"무슨 그런 말씀을 하세요, 어머니. 진작 모시지 못해서 죄송할 따름입니다."

곳간 열쇠를 넘겨받았다곤 하지만 남아 있는 것은 없고 채울 일만 남은 상황에서 떡집 일이라도 계속하지 않으면 생계가 막연했다.

그동안 드나들며 보고 배운 게 있어 떡집 일은 시어머니 도움 없이도 할 수 있을 만큼 익숙해졌다. 디딜방아 찧기, 떡쌀 안치기, 절구통에 메질하기까지 따로 일손을 구하지 않고 해냈다.

장사가 신통치 않아 모시 잎이나 치자 가루, 연잎 따위를 이용한 색다른 떡을 만들어 내놓기도 했다. 그래봤자 가게 운영만으로는 대가족 살림을 꾸려가기가 역부족이었다.

할 수 없이 농사철엔 파주로 내려가 양식을 장만하고 겨울철엔 길쌈으로 부족한 생활비를 충당해야 했다.

취미 생활로나 할 줄 알았던 일이 생계의 방편이 되고 말았다. 텃밭에 가꾼 삼 줄기를 손질하고 다발로 묶어 며칠 동안 물에 담갔다 껍질을 벗겨 쪼개고 찢느라 수도 없이 손가락을 다쳐도 여자라면 누구나 하는 일이려니 했다.

밤이면 물레를 돌리고 낮에는 실을 솔질하여 햇살에 말리고 다시 솔질하기를 여러 차례 반복한 다음에야 실타래가 완성된다. 추운 겨울 화롯불 앞에 앉아 물레를 돌리다 실이 엉켜 하얗게 밤을 지새우기도 했다.

힘든 공정을 거쳐 완성된 노란 삼베 묶음은 꽃처럼 고왔다. 호롱불 아래 모시를 째다 수도 없이 손가락을 베면서 하나둘 쌓이는 삼베 묶음은 식구들 밥이 되고 옷이 되었다.

늘 바쁘고 고된 생활이 다람쥐 쳇바퀴 돌듯 이어졌다.

그사이 셋째 딸 예원(藝媛)과 넷째 아들 우(瑀)가 태어났다. 아이들은 어느덧 7남매로 늘어나고, 남편은 파주에서 지내는 날이 많았다. 밤이 깊은 줄도 모르고 일하다 보면 통금을 알리는 인경 소리가 혼자라는 사실을 잔인하게 일깨워주었다. 기다림을 지워버린 방 안은 사막처럼 황량했다.

세상은 모두 잠들었는가. 텅 빈 밤하늘에 보름달만 휘영청 밝았다. 그리고 두 번 다시 돌아갈 수 없는 어린 시절 고향의 정겨운 풍경이 달 속에 있었다.

첩첩산중 내 고향 천 리이건만
자나 깨나 꿈속에라도 돌아가고파.
한송정 가에 둥근 달만 외롭고
경포대 앞으로는 한 줄기 바람
갈매기 모래톱에 헤락 모이락
고깃배 바다 위로 오고 나가니
언제 다시 강릉 길 다시 밟아서
색동옷 입고 앉아 바느질할꼬.
千里家山萬疊峰
歸心長在夢魂中

寒松亭畔雙輪月
鏡浦臺前一陳風
沙上白鷺恒聚散
波頭漁艇各西東
何時重踏臨瀛路
綵服斑衣膝下縫

— 〈사친(思親)〉

붓을 내려놓는 마음이 시렸다. 구름은 앙상하게 뼈만 남은 손으로 어깨를 부여잡던 노모의 희미한 미소마저 지워버렸다. 초저녁까지만 해도 마당 한가운데 있던 달은 조금씩 멀어져 고개를 돌려야만 눈에 들어왔다. 그렇게 어느덧 새벽이 밝았다.

달 뜨는 밤이면 지필묵을 펼쳐놓고 헛헛한 마음을 달래다가 아침이면 아이들의 어머니로, 한 집안의 며느리로 돌아가야 하는 일상이 매일 되풀이되었다.

어느 날 저녁, 이웃에 사는 친척 부인들이 수진방에 놀러 왔다. 그 중 한 부인이 데려온 하녀는 옆구리에 거문고를 끼고 있었다.

"이 아이가 거문고를 어찌나 잘 뜯는지 문안도 드릴 겸 노부인께 연주 솜씨를 보여드리려고 왔습니다."

"오, 그래요? 마침 적적하던 터에 잘 오셨습니다."

시어머니가 친척들을 안방으로 맞이하며 나에게는 다과를 준비하도록 일렀다. 차와 과일을 곁들인 다과상을 들여놓고 돌아서려는데 시어머니가 눈짓으로 나를 불렀다.

"이런 기회, 흔치 않다. 부인께서 특별히 마음을 써주셨구나. 너도 와서 앉으렴."

덕분에 나는 거문고 연주를 눈앞에서 감상할 수 있었다.

장중하고 굵은 선율이 퉁, 퉁, 튕겨져 나와 방 안을 깊은 침묵으로 몰아넣었다. 울림 사이사이 한숨인 듯 탄식인 듯 숨죽인 공허가 하나의 선율로 이어지면서 소리는 어느 극점을 향해 가고 있었다.

달도 없는 밤, 사랑에서 들려오는 거문고 소리에 늦도록 잠을 설치던 어린 날의 기억이 한 올 한 올 되살아났다. 그땐 끊어질 듯 이어지는 소리의 간극이 왜 그리 명치끝을 저리게 하는지 몰랐다. 그 밤에 아버지는 무슨 까닭으로 울음 같은 소리를 토해내는지도 알지 못했다. 어린 소녀는 다만 세상에 오롯이 홀로 버려진 듯 무섭고 슬픈 생각이 들어 공연히 울고 또 울었다.

자꾸 울지 마라. 지금껏 잘해왔잖니.

20년도 넘는 세월 저편에서 아버지가 환하게 웃고 있었다.

조금만 울게요, 아버지.

꿈에도 얼굴을 보여주지 않는 아버지가 야속해서 마음으로 투정을 부렸다.

"왜 울고 그러느냐?"

시어머니 물음에 비로소 내가 흐느끼고 있었다는 사실을 알아차렸다.

거문고 소리가 듣기 좋아서요, 어머니…….

할 말이 소리가 되어 나오지 않았다.

방 안에 있던 부인들의 수군거림도 나와는 상관없는 이야기처럼 느껴졌다.

혼돈의 시대

중종 38년(1543) 3월, 오랜 치통으로 고생하던 왕이 병석에 눕자 세자가 대리청정을 맡았다. 세자의 생모 장경왕후가 죽고 그 뒤를 이은 문정왕후가 경원대군을 낳은 이후 하루도 조용한 날이 없던 조정은 팽팽한 긴장에 휩싸였다.

경원대군을 보위에 올리려는 문정왕후의 야심은 윤원형과 그의 애첩 난정을 통해 구체화되었다. 난정은 기생 출신으로, 본부인을 독살하고 안방을 차지할 만큼 탐욕스럽고 독한 여자였다. 그녀는 수시로 궁을 드나들며 문정왕후와 세자를 몰아낼 모략을 꾸몄고 왕후가 준 밀지를 윤원형 일파에게 전해주면서 계획을 실행에 옮겼다.

멀쩡한 세자궁에 불이 나는가 하면 세자의 외숙들에 대한 모함이 공공연히 행해졌다. 물론 상대편도 그냥 당하고만 있지는 않았다. 윤임과 그를 따르는 세력들은 세자궁 화재의 배경에 문정왕후가 있다는 상소를 올려 맞불을 놓았다.

장경왕후와 문정왕후는 같은 파평 윤씨 집안이라 사람들 사이에선 대윤(大尹)과 소윤(小尹)으로 불렸다. 저잣거리에서도 왕실 외척 간의 권력 다툼은 신물 나는 얘깃거리였다.

"그 독한 왕비가 세자를 죽이려 했다며?"

"요지경 속이야. 그 일로 왕비가 쫓겨난다더니 이번엔 세자의 외숙이 경원대군을 해치려 했다고 난리라네."

"빌어먹을 것들! 저희들끼리 못 잡아먹어 안달이로군."

"대체 뭐가 진실인 거야?"

"진실은 무슨 진실! 살아남는 놈이 장땡이지."

세자와 경원대군을 사이에 놓고 대립하던 이들이 서로를 모함하며 물고 뜯는 동안 백성들 사이에선 왕실에 대한 불신이 극에 달했고 정국은 오리무중의 혼란에 빠졌다.

조정은 문정왕후 폐출 문제로 시끄러웠다. 세자를 보호한다는 명목으로 윤원형 일파를 탄핵하고 나선 대표적인 인물은 좌의정 김안로였다. 그는 중종의 딸 효혜공주에게 아들을 장가보내고 문정왕후 집안에 조카딸과 손녀를 시집보내 겹겹이 사돈 관계를 맺었으나 윤원형과 갈등하다 대윤의 윤임 일파와 손을 잡았다.

김안로는 개고기를 좋아하는 것으로 유명했다. 관리 하나는 그에게 개고기 산적을 구워 바치고 성균관 주서로 임명됐다 하여 '개고기 주서'라는 별명을 얻기도 했다. 그 무렵 별시 문과에서 장원급제한 성균관 봉상시 주부 진복창의 상관이 바로 그 개고기 주서였다.

별시 문과는 3년마다 돌아오는 정시 외에 특별히 치러지는 과거 제도로, 왕이 직접 시험에 참여하고 최종 문답을 통해 관리를 선별하는 제도였다. 진복창은 중종이 개성 순행 길에 올랐을 때 생원 신분으로 그곳에 머물다 별시 문과에 장원급제하며 문장의 천재로 소문난 인물이었다. 이때 그를 눈여겨보고 자기 수하에 두었던 김안로는 어느 날 갑자기 그를 경원시하기 시작했다.

진복창은 생모가 말 거간꾼과 결혼한 지 일곱 달 만에 태어났다. 칠삭둥이를 불륜의 씨앗이라 여긴 남편은 진복창 모자를 집에서 내쫓았다. 소박맞은 그녀는 아들을 데리고 역관에게 재가했으나 곧 파경을 맞았고 대윤파의 거두 유인숙의 수하에서 하급 관리로 있던 진씨를 세 번째 남편으로 맞았다.

복잡한 집안 내력보다 사람들을 더 꺼리게 만든 건 타고난 성정이었다. 그가 사헌부 장령에 임명됐을 때 사관은 '사람됨이 경망스럽고 악독하다'는 평을 달았다. 부정적인 평판으로 인해 번번이 승진에서 밀려난 그가 택한 생존 방식은 권력에 빌붙는 것이었다.

그는 김안로에게 배척당한 뒤로도 개고기 산적을 갖다 바치며 아부했으나 질 떨어지는 고기라며 문전박대를 당한 이후 김안로에 대해 앙심을 품고 있다가 문정왕후가 궁지에 몰린 것을 계기로 확실한 동아줄을 움켜쥐게 된다. 상대는 의정부 좌찬성 이기였다.

이기는 장인이 뇌물을 받은 사실이 있어 그 자리에 오를 수 없는 처지였다. 당시엔 탐관오리로 적발되면 자식은 물론 사위까지 연좌제에 묶여 조정의 요직에 등용되지 못하도록 법으로 정해져 있었다. 그럼에도 왕은 법 조항을 바꿔 그를 좌찬성에 임명했다.

이기는 남편과 오촌지간이기도 했다. 시어머니는 아들이 인사 가는데 마땅히 들려 보낼 게 없어 이만저만 고심하는 눈치가 아니었다.

"시당숙께서 약주를 즐기신다고 들었습니다. 마침 강릉에서 담가온 송엽주가 있으니 그것으로 축하 인사를 드리면 어떨지요?"

시국이 어수선할 때 고관대작의 집에 발걸음을 하는 것 자체가 마뜩잖은 일이었지만 상대는 집안 어른이었다. 더구나 가문의 영광 운운하며 기뻐하는 시어머니 면전에서 속마음을 내비치기도 어려웠다.

"술이야 다른 데서도 들어올 테니 특별할 게 없고. 뭔가 색다른 선물이 없겠느냐? 너희들의 정성이 들어간 물건이면 좋겠다만."

시어머니는 선물이 성에 차지 않는 듯했다. 난처한 상황에서 남편이 말참견을 하고 나섰다.

"부인, 족자나 병풍 만들어둔 건 없소?"

족자 병풍 소리에 시어머니가 반색했다. 나는 한숨을 삼켰다. 시어머니와 남편이 뭘 기대하고 이토록 선물에 신경을 쓰는지 모르는 바 아니었다. 그러나 아무리 시당숙이라 해도 과도하게 성의를 표시하고 싶지는 않았다. 선물로 내줄 작품도 없거니와, 설령 있다 해도 그 집엔 절대 보낼 마음이 없었다.

"그런데 에미는 갑자기 표정이 왜 그러냐? 집안에 경사가 났는데 기쁘지 않은 모양이구나?"

시어머니 얼굴에 서운한 기색이 스쳤다.

"아닙니다, 어머니. 당연히 축하를 드려야죠. 다만 저로서도 마땅히 드릴 선물이 없어 난감할 뿐입니다."

"그렇다면 어쩔 수 없구나. 우리 형편에 다른 건 못해드려도 잔치 음식이나 넉넉히 만들어 보내드리도록 해라."

시어머니 엄명이 떨어졌다. 다음 날 남편은 내가 밤새워 만든 떡과 음식에 송엽주까지 바리바리 싸들고 네 아들을 앞세워 집을 나섰다.

"당숙 어른이 조정 실세라는 말만 들었지 그렇게 대단한 자리에 있는 줄은 몰랐구려. 사람들도 이제 우리 덕수 이씨 가문을 다시 보게 될 거요."

당숙 집에 다녀온 뒤부터 남편은 부쩍 들뜬 모습이었다. 대윤이든 소윤이든 그와 손을 잡으려고 애쓰는 판국이었다. 그 와중에 아첨하려는 무리들도 집 문턱이 닳도록 꾀어들었다. 현룡이 쓴 글을 보게 된 건 그로부터 며칠 후였다.

> 모름지기 군자는 덕이 안에 쌓여 있는 까닭에 그 마음이 항상 관대하고 평안하며 너그럽기 마련이다. 반면 소인은 교활함이 안에 가득 차 있는 까닭에 마음 상태가 고르지 못하고 늘 안절부절못한다. 내가 진복창의 사람됨을 관

찰해보니, 속으로는 남몰래 안절부절못하면서 겉으로는 태연하고 너그러운 체한다. 이런 사람이 뜻을 얻어 권세를 쥐게 된다면 그때에 닥칠 재난이 참으로 헤아리기 어려울 것이다.

일곱 살짜리가 쓴 글치고는 날카로운 구석이 있었다. 아이가 진복창을 눈여겨본 이유가 궁금했다.

"그가 문장의 천재라고 하기에 배울 점이 있을까 했지만 사람들이 뒤에서 하는 말을 들으니 세상을 올바르게 살아온 것 같진 않았습니다. 하여 그 태도를 유심히 지켜본 결과, 결코 본받을 만한 위인은 아니라는 생각이 들었습니다."

"그래, 제대로 보았구나. 같은 물이라도 소가 먹으면 젖이 되고 뱀이 먹으면 독이 된다고 했다. 아무리 뛰어난 인재도 덕이 없으면 뱀이 독을 먹은 것처럼 사람들을 해롭게 하는 이치를 명심해라."

나는 진복창의 위험한 야심을 간파한 아들에게 지난 세월 그와 같은 무리들이 나라를 혼란에 빠뜨린 이야기를 들려주었다. 당장 우리 집안 내력만으로도 어두운 역사의 한 단면을 설명하기에 충분했다. 현룡은 특히 내 아버지 신명화가 옥고를 치른 기묘사화에 관심이 많았다.

동상이몽

성균관 유생들을 중심으로 조광조의 사면 논의가 본격화되던 때였다. 조광조는 죽은 뒤 10년 동안 함구령이 내려질 정도로 이름조차 금기시되던 존재였으나 여전히 그를 기억하고 추앙하는 사람들이 많았다. 백성들도 나라에 흉흉한 일이 생기면 조광조가 억울하게 사약을 받았기 때문이라고 수군댔다.

조광조가 지방의 백성들까지 두루 읽히게 하려고 자비를 들여 만든《소학》과 사서육경은 집안에서도 소중히 여기는 책이었다.

"정암 선생님은 어떤 분이셨는지 궁금합니다."

"백성을 올바로 교화시키기 위해선 군주도 관리도 성리학의 근본 정신을 몸소 실천해야 된다고 주장하신 분이다."

도학 사상에 대한 설명은 현룡을 혼란스럽게 만들었다.

"어머니, 성현의 가르침을 실천하는 건 당연한 일 아닌지요? 그런데 어째서 나라에선 그 이름을 입에 올리는 것조차 금했는지 이해할 수 없습니다."

"아마도 시대를 잘못 만났기 때문이겠지. 소위 학문을 한다는 사람들이 타락하여 권력을 탐하게 되면 정치가 혼탁해질 수밖에 없어. 정암 선생을 시기하고 모함한 자들이 그런 무리들이었다."

나도 모르게 긴 한숨을 내뱉었다. 시당숙이 결국 윤원형과 손을 잡았다는 소문이 파다한 이때 하루하루가 살얼음판을 딛는 것처럼 불안했다. 혹시나 남편이 불의한 세도에 기대어 헛된 꿈을 꾸지는 않을까 두려웠다.

그렇다고 집안 친척을 대놓고 비난할 순 없는 일이어서 말 한마디가 조심스러울 수밖에 없었다.

"요즘 시당숙께서 하시는 일에 대해 말들이 많습니다."

"무슨 얘기요?"

"윤원형 대감댁에 자주 드나드신다고 하던데, 알고 계셨습니까?"

"나랏일 하는 양반들끼리 자주 만나는 게 무슨 흠이 되겠소?"

남편은 나의 우려를 대수롭지 않게 받아넘겼다.

왕의 병세가 심각해지면서 대세가 문정왕후에게 기울어졌음을 알아차린 이기는 윤원형 일파와 한통속이 되어 모종의 음모를 꾸미는 중이었다. 한때는 김종직의 제자였던 그가 자신의 정치적 입지를 굳히기 위해 학자로서의 양심까지 저버린 모습은 뜻있는 선비들의 공분을 사고도 남을 일이었다.

“점필재는 본인이 살아 있을 땐 조정에 바른말 한마디 못하다가 죽기 전에 엉뚱한 글을 남겨 애꿎은 선비들만 희생시키지 않았소? 당숙께서 모신 스승이 점필재 한 사람만 있는 것도 아니고, 세상이 어디 조광조나 김종직 같은 사람을 알아주기나 한답니까? 지금 조정에서 지탄받는 김안로도 기묘년 사화 때 조광조와 같이 유배당한 사림의 일원이었소. 그런 김안로가 부활한 건 학자로서 훌륭했기 때문이 아니라 연줄을 잘 잡았기 때문이란 건 세상 사람들이 다 아는 사실이오. 학문만으론 이룰 수 있는 게 아무것도 없소. 이상은 그저 이상일 뿐이란 말이오.”

점필재는 김종직을 말한다. 요컨대 남편의 주장은 현실을 직시하라는 것이었다. 선비라면 의당 수치스럽게 여겨야 할 일을 자기와는 무관한 듯 말하는 태도가 실망스럽기 짝이 없었다.

세자를 저주했다는 누명을 씌워 경빈 박씨와 복성군을 죽음으로 몰아넣고 정권을 장악한 김안로는 왕의 임종이 가까워지자 문정왕후 폐위론을 주장했다가 윤원형 일파의 철퇴를 맞았다. 그들이 복수의 칼날을 휘두르는 데 앞장선 장본인은 의정부 좌찬성 이기, 행동대장은 그의 심복 진복창이었다.

이기의 사주를 받은 진복창은 유생들을 동원하여 줄기차게 김안로를 탄핵하는 상소를 올렸다. 결국 김안로는 귀양지에서 사사되고, 이기는 병조판서에, 진복창은 대사간에 올랐다.

놀랍게도 당시 사관 역시 현룡이 일곱 살 때 쓴 글과 비슷한 취지의 탄식을 남겼다.

'권간 이기의 심복으로 죄 없는 선비들을 사지로 몰아간 자를 언론의 최고 책임자로 두었으니 국사가 한심스럽다.'

여인에서 어머니로

중종이 승하하고 인종이 보위에 올랐다. 인종은 부왕의 신임을 받던 이기를 우의정에 임명했으나 대윤은 다시 장인의 일을 문제 삼아 이틀 만에 낙마시켰다. 그가 윤원형과 한편이 된 것에 대한 앙갚음이었다.

인종은 25년간이나 위태롭게 세자 자리에 있다가 용상의 주인이 되었다. 왕위를 둘러싼 권력 다툼의 회오리 속에서 죽을 고비도 여러 번 넘겼다. 오랜 마음고생 탓에 심기가 허약해진 인종은 초야에 묻혀 있던 사림을 대거 등용하여 개혁의 의지를 불태웠으나 즉위 8개월 만에 허망하게 세상을 떠났다. 경원대군이 조선 제13대 왕 명종으로 그 뒤를 이었다.

열두 살의 어린 왕을 대신하여 문정왕후의 수렴청정 시대가 열리면서 대대적인 숙청 작업이 펼쳐졌다.

이른바 을사사화는 1545년 8월 중순, 윤원형 일파가 신진 사대부와 윤임 일파를 제거하기 위해 일으킨 옥사였다. 이 사건으로 인해 유배되거나 사형당한 사림의 수가 무려 백여 명에 달했다. 이기는 사건을 진두지휘한 공을 인정받아 보익공신 일등으로 공신록에 책정되는 영예를 누리며 판중추부사에서 형조판서로, 그리고 불과 10일 만에 병조판서와 우의정을 겸하는 초고속 승진의 기록을 세웠다. 그와 짝패를 이룬 진복창은 공조참판이 되었다.

수진방에도 정치 바람이 불었다. 권력 언저리를 맴돌며 출세의 기회를 엿보려는 무리들은 잔칫집이든 상가든 세도가들의 그림자라도 잡기 위해 혈안이 되었다. 때맞춰 남편의 행보도 흔들리고 있었다. 인간인 이상 어려운 길을 쉽게 가고 싶은 유혹이 드는 건 당연지사일지도 몰랐다. 나는 아침 일찍 집을 나서는 남편에게 작정하고 말을 건넸다.

"시당숙과는 친척의 예로써만 대해야지 가까이 지내다간 화를 면치 못할 것입니다. 되도록 출입을 자제하시는 게 좋을 듯합니다."

"우의정까지 오른 양반인데 여기서 더 나빠질 게 뭐 있겠소? 자고로 사내란 줄을 잘 서야 출세하는 법이오. 잘나가는 친척이 있으면 가깝게 지내는 게 옳지, 일부러 거리를 둘 건 뭐란 말이오?"

"세상 사람들이 손가락질하는 것도 안 보이십니까? 덕 있는 선비들을 희생시키면서 얻은 권세는 반드시 끝이 있기 마련입니다. 부디 자중하세요."

"거참, 큰일 날 소리 하지 마시오. 아무리 부부지간이라도 할 말이 있고 안 할 말이 있소. 듣기 좋은 꽃노래도 한두 번이라 했거늘 아녀자가 정치를 알면 얼마나 안다고……. 아무렴 당숙 어른이 당신만큼 사리 분별을 못해서 무고한 사람에게 해를 입혔겠소? 그리고 내가 무슨 벼슬자리나 구걸하려고 그 어른을 찾아다니는 것도 아닌데 어째 그리 맥 빠지는 소리만 하는 거요? 친척도 만나지 말라니 어디 숨통이 막혀 살겠소?"

남편은 노골적으로 불쾌감을 드러내며 부아를 터뜨렸다. 이번만큼은 나로서도 쉽게 물러날 문제가 아니었다.

"참외밭 근처에선 신발 끈을 묶지 말고 오얏나무 옆에서는 갓끈도 고쳐 묶지 말라고 했습니다. 당신이 아무리 순수한 마음으로 시당숙을 찾아뵙는다 해도 사람들은 그리 여기지 않을 것입니다. 그러다 혹여 불필요한 오해라도 사게 되면 그런 낭패가 어디 있겠습니까. 저는 지금껏 단 한 번도 당신이 어딜 가서 뭘 하든 불평한 적이 없지만 이 일만큼은 우리 아이들 장래가 걸린 일이라 고집을 피울 수밖에 없습니다. 부디 제 소원이라 생각하시고 흘려듣지 말아주세요."

"……알았으니 그만하시오."

남편이 무겁게 입을 닫았다. 무안함보다 나를 더 비참하게 만드는 건 어쩔 도리 없는 그의 자격지심이었다.

가장으로서나 남편으로서 무책임한 건 얼마든 참을 수 있었다. 하지만 그가 자식들한테만큼은 부끄럽지 않은 부모로 살아주길 원했다.

아무것도 기대하지 않을 테니 부모로만 살아요.

목구멍까지 올라온 말들을 눌러 삼키느라 무진 애를 썼으나 결국 상처를 주고 말았다.

비어 있는 사랑채가 유독 을씨년스럽게 느껴졌다. 한번 집을 나가면 며칠이고 소식을 끊는 남편이었다. 추적추적 비까지 내리는 날씨 탓인가. 가슴 한복판에 커다란 구멍이 뚫린 것 같았다.

아이들 방을 돌아보았다. 건넌방에선 매창이 자매들에게 수를 가르치고, 아랫방에선 현룡과 우가 책을 읽고 있었다. 보나 마나 번은 동네 공터에서 칠복이 데리고 칼싸움 장난을 하고 있을 터였다.

선은 제 방에서 조용히 책장을 넘기고 있었다.

"기침은 좀 괜찮은 게냐?"

"예, 어머니."

환절기마다 도지는 기침병으로 고생하는 와중에도 선은 잠들기 전까지 손에서 책을 놓지 않았다. 제 딴엔 장남이라고 동생들한테 모범을 보이려는 것이다. 방에 물수건을 널어주는 심정이 아렸다. 허약한 몸으로 열심히 공부에 매달렸건만 선은 두 차례 과거에 응시하여 고배를 마셨다. 여린 심성에 마음고생인들 오죽했을까.

"조급하게 생각할 것 없다. 너무 무리하지 말고 그만 쉬거라."

"번번이 실망시켜드려 송구합니다."

"선아, 나는 스스로를 수양하는 데 학문의 가장 큰 가치가 있다고 생각한다. 관직에 나가고 말고는 중요하지 않아."

주눅 들어 있는 아들을 위로해주려 하는 말이 아니라 나의 진심이었다. 자식을 키우다 보니 그릇의 쓰임새가 다르듯 각자 제 할 몫이 따로 있을 것이란 믿음이 생겼다.

선은 성실하고 진중한 면이 있다. 나이 차이가 많은 동생들을 마음으로 보살필 줄 알고 어른 공경할 줄 알고 아랫사람에게 너그러운 자세가 흠잡을 데 없었다. 부실한 체력으로 관료가 되어 고생하는 것보단 학자의 길을 가면서 제자를 양성하는 일도 나쁘진 않을 것이다.

번은 임기응변에 강하고 활달하니 뭘 해도 식솔들을 굶기진 않을 터였다. 학문엔 소질이 없는 듯해도 남한테 지기 싫어하는 성격을 장점으로 이끌어주면 공부에 재미를 붙일 수도 있을 것이다.

속 깊은 친구 같은 맏딸 매창은 당장 어느 가문과 혼인을 시켜도 손색이 없을 만큼 참하게 잘 자랐다. 해련도 이젠 철부지 티를 벗고 제 언니를 따라 집안 살림을 곧잘 돕고 있으니 보기만 해도 뿌듯하다.

현룡은 특히 학문에 임하는 태도가 열정적이라 내심 기대가 큰 아들이다.

조광조나 김종직 같은 큰 스승이 될까, 맹사성처럼 어질고 훌륭한 목민관이 될까. 아니면 소동파 같은 대문장가가 될까.

이 아이가 장차 어떤 인생의 그림을 그려나갈지 상상만으로도 가슴이 벅차오른 때가 한두 번이었던가.

밑으로 두 남매는 아직 어려서 손이 많이 가지만 그런대로 키우는 재미가 있다.

이만하면 됐지 뭘 더 바라겠는가.

비는 어느덧 그치고 말간 해가 떠오른 아침, 나는 파주로 갈 짐을 꾸렸다. 더덕을 채취할 때가 다가오고 있었다.

화석정의 가을

"아버지!"

임진 나루에 내린 우와 예원이 환호성을 지르며 앞으로 뛰어갔다. 남편이 마중을 나와 있었다. 막내딸을 안아 들고 남편이 어색한 미소를 흘렸다. 말도 없이 수진방 집을 나간 지 보름 남짓 만에 보는 얼굴이었다. 율곡리로 갔다는 말도 시어머니를 통해 들었다.

"오느라 고생했소."

"지내기 불편하시진 않았습니까."

"불편하긴……. 어디 보자, 혹시 뱃멀미라도 하지 않았느냐?"

남편은 짐짓 대답을 얼버무리며 어린 두 남매를 돌아보았다.

"아뇨. 배 타는 거 재미있어요, 아버지."

우와 예원이 해맑게 웃었다. 남편의 눈길은 다시 현룡에게 멈췄다.

"글공부는 잘하고 있느냐?"

"예. 큰형님과 누님한테 많이 배우고 있습니다."

"그래……."

남편이 아이들과 집으로 들어가는 동안 은산과 함께 더덕밭을 점검했다. 연녹색 꽃이 조롱조롱 매달린 더덕 덩굴이 대나무 가지를 지지대 삼아 뻗어나간 모양이 병충해를 무사히 넘긴 듯했다.

"다른 집 더덕은 응애가 기승을 부려서 조마조마했는데 다행히 올해는 별 피해 없이 지나갈 듯합니다. 보세요, 아씨마님. 당장 내다 팔아도 될 만큼 이렇게 뿌리가 굵어진 것들이 꽤 됩니다."

은산이 더덕을 한 뿌리 캐서 보여주었다.

"마님께서 일러주신 대로 첫서리가 내릴 때까지 기다렸다가 뿌리를 캐내고 씨앗은 움에 묻었다가 봄에 파종할 준비를 하고 있습니다."

"수고했네. 내다 파는 데만 신경 쓰지 말고 아픈 사람 있으면 아끼지 말고 약으로 쓰게."

"예. 안 그래도 행랑채 하인 중 하나가 두드러기가 심해서 고생했는데 더덕즙을 바르고 다 나았습니다."

은산이 정중하게 머리를 조아렸다.

"아씨마님께서 더덕의 여러 가지 효능을 알려주고 누구나 필요할 땐 약으로 쓰도록 배려한 것에 대해 모두들 감사하고 있습니다."

"다 같이 고맙고 귀한 식구들인데 칠복 아범이 잘 챙겨주게."

"예……."

은산은 장가들기 전이나 마찬가지로 수줍음 타는 성격은 여전했다. 귀하고 고맙기로 하자면 이들 부부만큼 소중한 식구가 없다. 덕분에 농사가 잘되어 모처럼 한시름 놓게 생겼다.

나는 곡식이 익어가는 들판을 지나며 요순시절에 유행했다는 〈격앙가〉를 떠올렸다.

> 해가 뜨면 밖에 나가 일을 하고
> 해가 지면 집으로 돌아와 편히 쉬네
> 우물 파서 물 마시고
> 밭 갈아 먹으니
> 임금의 덕이 나에게 무슨 소용이리
> 日出而作
> 日入而息
> 鑿井而飮
> 耕田而食
> 帝力于我何有哉

임금이 정치를 잘하는지 못하는지 따위 백성들이 알 바 없는 태평성대의 노래, 언제쯤 이 땅의 농부들에게도 그런 날이 올 수 있을까.

밭고랑을 돌아 나오는 길에 남편이 기다리고 있었다. 은산이 슬그머니 자리를 피해주었다.

"좀 걸읍시다."

남편은 뒷짐을 진 채 천천히 앞서 걸었다. 청명한 가을 햇살에 하얀 도포 자락이 눈부셨다. 두어 걸음 뒤에서 남편을 뒤따르며 차가운 듯 따뜻한 그 흰빛에 알 수 없는 혼란을 느꼈다.

노파심에 했던 말이라고 사과해야 되는 걸까.

어쩌면 한 귀로 듣고 흘렸을지도 모르는 일을 괜히 먼저 말을 꺼냈다가 긁어 부스럼 만드는 건 아닐까.

노파심이라는 말로 사과하는 것 자체가 이 상황에선 부적절한 표현일 수밖에 없었다. 노파심을 가졌다는 건 남편을 믿지 못했다는 사실을 시인하는 것이기 때문이다.

"현룡이 말이오."

"현룡이가 왜요?"

무슨 말로 다친 마음을 풀어줘야 될지 몰라 곤혹스러워하던 차에 남편이 먼저 입을 열었다.

"이젠 스승이 필요한 때가 된 것 같소."

그는 근처에 문장을 잘 아는 친구가 서당을 열었다고 덧붙였다. 파주에 있는 동안만이라도 정식으로 글을 배우게 하자는 것이었다. 자식 교육엔 무심한 줄 알았던 남편이 학채도 미리 지불했다는 소릴 듣고 고맙다는 말이 절로 나왔다.

"아비가 돼서 기껏 이 정도 일 가지고 고맙다는 말까지 듣는구려."

"이 정도 일이라니요? 당신이 마음 써주는 것만 해도 아이한테 얼마나 큰 힘이 되겠습니까? 서당이라곤 강릉에서 몇 달 다닌 게 전부인 아입니다. 워낙 영리해서 저 혼자 가르치기엔 힘에 부쳤는데 정말 잘됐어요. 현룡이한텐 이보다 좋은 선물이 없을 것입니다."

나도 모르게 말투가 수다스러워졌다. 남편의 표정에 따사로운 기운이 스쳤다.

"지난번엔 제가 외람되게 말이 많았습니다. 기분 상하셨다면 용서해주십시오."

집으로 돌아오는 길에 심중에 있던 말을 전했다.

"부부지간에 용서는 무슨."

남편은 열없는 웃음으로 말미를 흐렸다. 왠지 그 웃음이 먼 여행길에서 돌아온 나그네처럼 고단해 보였다.

다음 날, 남편은 나와 현룡을 화석정에 데려갔다. 임진강이 한눈에 내려다보이는 곳에 자리 잡은 화석정은 그가 틈날 때마다 즐겨 찾던 곳이었다. 산행을 하기엔 아직 벅찬 나이였으나 현룡은 힘든 내색 없이 잘 따라왔다.

"다리 아프지 않으냐?"

"아니요. 전 괜찮습니다, 아버지."

남편은 이마며 콧잔등에 땀방울이 송골송골 맺힌 채 비탈길을 오르는 아들을 위해 보폭을 늦추었다. 셋이서 시간을 가져보는 건 처음이었다.

가을바람이 나뭇잎을 흔들어 오색의 색종이 같은 낙엽이 산등성이로 흩어졌다. 소나무 숲이 우거진 산 중턱에 아름드리 느티나무와 향나무를 배경으로 아담한 정자가 빼죽 모습을 드러냈다. 정자가 세워지기 전부터 자랐을 법한 고목 뒤편으로는 드넓은 임진강과 장단평야가 펼쳐져 있었다.

하늘을 향해 우뚝 솟은 고목의 위용과 깎아지른 벼랑 위에 모습을 드러낸 누각의 고풍스러운 자태는 눈으로 감상하는 것만으로도 숙연함이 느껴졌다. 사방이 탁 트인 난간에선 멀리 삼각산과 개성의 오관산이 눈에 들어왔다.

화석정(花石亭), 팔작지붕 아래 놓인 현판 글씨를 유심히 쳐다보는 현룡에게 남편이 말했다.

"너에게는 5대조 되시는 강평공 할아버지가 고려 말 대유학자인 야은 길재의 유지를 받들어 세운 정자다. 태종임금 때 지돈녕부사를 지낸 강평공은 지방의 목민관으로 선정을 베풀어 백성들은 물론 조정에서도 칭송받던 분이다. 돌아가셨을 때 점필재 김종직 선생이 만시를 지어 애도할 만큼 학문적으로도 덕망이 높으셨지.

화석정이란 이름은 홍문관 부제학을 지내신 몽암 이숙함 선생이 붙여주셨다. 선생이 이 화석정의 이름을 지어주게 된 연유는 몇 해 전 조정에서 편찬된《동국여지승람》에도 수록되어 있다는 말을 들었다."

남편은 김종직뿐만 아니라 서거정 같은 대학자들도 이곳에 와서 시를 읊었다는 얘길 덧붙이다 문득 말머리를 돌렸다.

"현룡아, 원래는 우리도 명망 있는 선비 가문이었다. 너에겐 그런 조상님들의 피가 흐르고 있다는 걸 기억해라. 전에 네가 진복창에 대해 쓴 글은 나도 보고 많이 놀랐다. 네 어머니가 널 아주 잘 가르쳤다는 생각이 들어 몹시 뿌듯하더구나. 그러니 절대 기죽지 마라. 지금 세상에서 큰소리치는 위인들은 감히 그 발치에도 미치지 못할 만큼 훌륭한 선비들이 너의 조상이란 사실을 항상 잊지 말아야 한다."

"명심하겠습니다."

남편은 아들의 진지한 모습에 묵묵히 고개를 끄덕였다. 아무래도 그가 특별히 화석정에 아들을 데려온 이유가 있는 듯싶었다.

나는 멀찍이 자리를 비켜 정자 뒤편으로 향했다. 하늘은 길 떠나는 새들의 날갯짓으로 분주했다. 꺾아지른 절벽 아래 푸른 강물을 굽어보며 젊은 날 남편의 모습을 떠올렸다. 한때는 그 자신도 이곳에 올라 대장부의 기개를 펼쳐보고자 새롭게 결의를 다지곤 했으리라.

지난날 조광조와 김종직을 싸잡아 비난하며 어깃장을 놓은 건 진심이 아니었을 것이다. 수평선 너머 저녁놀이 붉게 타오르고 있었다. 둘이서 무슨 말을 하는지는 들리지 않았다. 다만 남편의 뒷모습이 저문 강 한가운데 우뚝 떠 있는 바위처럼 고독해 보였다.

산을 내려오는 내내 남편은 우리 모자와 떨어져 걸었다. 아들에게 묻고 싶은 말이 있었지만 참았다. 아들은 이때의 먹먹한 심경을 시로 적었다.

숲 속 정자엔 가을 이미 깊은데

시인의 회포를 달랠 길 없네

저 멀리 강물은 하늘 맞닿아 푸르고

서리 맞은 단풍은 타는 듯 붉어라

먼 산은 외로운 달을 토해내고

강은 만 리의 바람을 머금었네

아아, 변방의 기러기는 어디로 가는가?

처량한 울음소리 저녁 구름 사이로 그치네.

林亭秋已晩

騷客意無窮

遠水連天碧

霜楓向日紅

山吐孤輪月

江含萬里風

塞鴻何處去

聲斷暮雲中

—〈화석정〉

눈물로 채운 시

도성에선 이기를 탄핵하는 상소가 빗발치고 있었다. 탄핵에 앞장선 사람은 대사헌 구수담과 좌찬성 허자 등 한때 그와 뜻을 같이한 동지들이었다. 그들이 이기를 탄핵한 건 사림을 탄압하는 공포 정치에 환멸을 느꼈기 때문이다. 그러나 이기는 진복창을 내세워 그들에게 역습을 가했다.

구수담은 진복창의 스승이었고, 허자는 그가 외직을 전전할 때 사헌부 장령으로 추천해준 은인이나 마찬가지였다. 진복창도 일말의 양심은 있었던지 두 사람을 제거하기 위해 동문수학하던 친구를 이용했다.

분노한 구수담은 진복창의 배은망덕을 꾸짖었으나 역모로 몰려 귀양지에서 죽임을 당했고, 허자는 한직으로 좌천되었다. 그리고 구수담의 대사헌 자리는 진복창의 차지가 되었다. 사관들은 그를 '독사(毒

蛇)' 또는 극적(極賊)'으로 칭하기를 서슴지 않았다. 장터의 아녀자들도 이기와 진복창이라면 혀를 내둘렀다.

어지러운 세월에도 아이들은 무럭무럭 자랐다. 밑으로 3남매는《이륜행실도》에 푹 빠져 있었다.《삼강행실도》에 빠진 장유와 붕우의 윤리를 강조한 이 책은 그림이 곁들여져 있어 글자에 익숙지 않은 어린 아이들도 호기심을 가질 만했다.

"형, 이제 그만 봐. 내가 읽어볼게."

"안 돼. 내가 읽어줄게."

아침부터 아이들끼리 아옹다옹하는 소리가 들려왔다. 무슨 일인가 싶어 방문을 열어보았다. 우가 제 형을 원망스럽게 노려보며 볼멘소릴 했다.

"저도 읽을 수 있는데 형이 책을 안 줘요."

"나도 읽고 싶은데."

막내가 덩달아 코를 훌쩍거렸다. 셋이서 책 한 권을 서로 읽으려다 사달이 난 모양이었다. 현룡도 나름 억울한 표정이었다. 동생들이 책장을 마구 넘겨서 찢어질까 봐 대신 읽어주려 했다는 설명이다.

"막내는 아직 글을 모르니 우가 먼저 책을 읽고 무슨 내용인지 말해 보렴."

내 말에 우는 자신 있게 책을 펼쳐 들었다. 현룡은 아홉 살, 우는 다섯 살, 제 형보다 글을 읽고 이해하는 능력이 떨어질 수밖에 없었다. 띄엄띄엄 글을 읽던 우가 난처한 표정을 지었다.

"그럼 이제 책은 누가 읽어줘야 되겠느냐?"

두 남매는 현룡을 가리켰다.

현룡에게 읽도록 한 부분은 당나라 때 사람 장공예의 고사였다.

"당나라 고종황제가 태산에 제사 지내러 갔다가 운주 지방에 9대에 걸쳐 백 명의 가족이 한집에 사는 장공예의 이야기를 듣게 되었습니다. 3대가 한집에 살기도 어렵거늘 9대가 모여 산다니 황제는 직접 그 집을 찾아보기로 했습니다. 그리고 장공예 가족이 화목하게 사는 모습을 확인한 황제는 그 비결을 물었습니다. 장공예는 참을 인(忍)자 백 개를 써서 바쳤습니다. 이에 감동한 황제가 백인당중유태화(百忍堂中有泰和, 백 번 참는 집안에는 큰 화평이 있다)라고 쓴 현판을 내려 그 효심을 널리 전하게 했습니다."

현룡이 책을 다 읽은 뒤 먼저 우에게 물었다.

"황제가 그 많은 가족이 화목하게 사는 비결을 물었을 때 장공예가 어떻게 했다고?"

"참을 인(忍)자 백 개를 써서 바쳤어요."

"무엇을 참아야 하는 것이냐?"

"그게……."

우는 제 형 눈치를 살피며 우물쭈물했다. 현룡에게도 같은 물음을 던졌다. 현룡은 용서부터 빌었다.

"잘못했습니다, 어머니."

"뭘 잘못했다는 게냐?"

"형인 제가 양보했어야 하는데 동생을 울린 잘못입니다."

질문은 다시 우를 향했다.

"너는 형이 잘못했다고 생각하느냐?"

"아니요."

"그러면?"

"형이 걱정돼서 그런 건데 제가 떼를 썼어요."

"그걸 알았으면 됐다."

형제가 서로 사과를 마친 뒤 나는 현룡을 따로 불러 각별히 주의를 주었다.

"오늘은 형인 네 잘못이 더 크다. 동생이 떼를 쓰면 인내를 가지고 잘 알아듣게 말해줘야지, 무조건 손에서 책을 빼앗는다고 되겠느냐? 가족이 감화되지 못한다는 것은 너의 성의가 모자라기 때문이니라. 아랫사람이 잘못을 저지르지 않도록 미리 보살펴주는 게 윗사람의 의무란 것을 명심해라."

"예, 어머니. 제 생각이 짧았습니다."

그로부터 며칠 후 현룡의 방 벽에 못 보던 글과 그림이 붙어 있었다.

> 형제자매는 같은 기운을 태어났으니
>
> 나무에 비하면 한 뿌리의 다른 가지와 같다
>
> 兄弟姉妹 同氣而生

比之於木 同根異枝

"저도 장공예처럼 살고 싶어서 그려본 것입니다."

그림 구석구석에 현룡이 꿈꾸는 가족의 모습이 담겨 있었다.

화면 중앙에 중년 남녀의 단란한 모습이 제일 크게 자리를 잡았다. 남편은 책을 읽고 아내는 곁에서 과일을 깎고 있다. 아들, 며느리에 딸과 사위들까지 북적대는 마당에선 손자 손녀가 뛰어놀고 있다.

누구는 군불을 때고, 누구는 장작을 패고, 또 누구는 채소를 다듬거나 마당을 쓰느라 분주한 가운데 얼굴에는 하나같이 웃음꽃이 피어 있었다.

다과를 즐기는 노부인들 뒤에서 꼬맹이들이 앙증맞은 손으로 어깨를 주무르는 장면이 정겹게 그려져 있었다.

"이분은 할머니시고, 또 한 분은 누구시냐?"

"한 분은 강릉의 외할머니십니다."

천국이 이런 모습일까.

나는 떨리는 손끝으로 아들의 그림 속 어머니를 어루만졌다. 머리에 흰서리가 자욱이 내려앉은 노모가 세상 편하게 웃고 있다. 3년이면 아이들 기억에서 지워질 만도 한 세월이다. 나조차 생각지 못한 일을 아들이 꿈꾸고 있다는 게 고마워 가슴이 뭉클했다.

밤마다 달을 향해 비나니,

생전에 단 한 번만 뵐 수 있기를.

夜夜祈向月

願得見生前

초저녁에 쓰기 시작한 시는 한 줄을 넘기지 못했다. 부질없는 상념 속에 밤은 간데없고 성미 급한 새벽닭이 먼저 울었다. 아이들이 문안 인사를 오기 전에 종이와 먹을 치워야 했다. 눈물에 젖은 여백은 끝내 비워진 채로 남았다.

아들과 성리학을 논하다

그악스러운 권력 다툼에 휘말려 사림이 참변을 겪은 후에도 성리학의 학통은 면면히 이어지고 있었다.

인종임금이 즉위한 이듬해 조광조, 김정 등 기묘사화에 희생된 사림의 복권이 이루어지고 현량과가 부활되었다.

나는 서가 깊숙이 넣어두었던 책들을 꺼내 먼지를 털고 햇볕에 말렸다. 오랜 세월의 더께가 묻은 책 향이 지난한 역사의 상처를 말해주는 듯했다. 이제현에서 정몽주, 이색, 길재, 정도전, 김종직, 조광조에 이르기까지 고려 말부터 조선까지 정통 성리학의 맥을 잇는 대학자들의 귀한 문집이 집안에 대물림되고 있다는 것은 축복이라 하지 않을 수 없었다.

손때 묻은 책장마다 외조부와 친정아버지의 숨결이 느껴졌다. 이

책들이야말로 자손들에게는 그 무엇과도 비교할 수 없는 위대한 유산이 될 것이다.

"어머니! 저는 정암 선생님을 스승으로 삼을 것입니다."

현룡은 밖에서 무슨 이야기를 들었는지 무척 진지했다. 사람이 둘만 모여도 조광조가 화제에 오를 때였으니 그리 놀랄 일은 아니었다.

동양화의 기법 가운데 공염법(空染法)이라는 게 있다. 달을 그릴 때 실제 달은 그리지 않고 주변의 달무리를 그려 빈 공간을 달처럼 보이게 하는 기법이다.

열 살이면 문지방 너머 세상을 보는 식견을 갖출 나이가 되었다. 이제 그 비어 있는 공간을 통해 달 모양이 훨씬 또렷하게 나타나는 이치를 설명할 때가 왔다는 생각이 들었다.

"왕대에서 왕대가 나온다는 옛말이 있다. 스승을 보면 그 제자를 알 수 있고, 제자를 보면 그 스승을 알 수 있는 법이다. 정암을 스승으로 삼고 싶다면 그분의 스승이 어떤 분인지, 또 그 스승의 스승이 추구한 궁극의 학문적 가치는 무엇이었는지, 또 어떻게 그 가치를 실현했는지 알아볼 필요가 있지 않겠느냐?"

"예, 어머니. 말씀해주십시오."

"그럼 먼저 묻겠다. 너는 소학에서 제일 중요한 게 무엇이라 생각느냐?"

"효제충신(孝悌忠信), 예의염치(禮意廉恥)……. 부모에게 효도하고 형제간에 도리를 지키며, 나라에 충성하고 사귀는 사람을 믿음으로 대하며, 모든 일을 예로써 대하고, 의리를 지키며 청렴하게 살고, 옳지 못한 일에 부끄러움을 느끼는 것입니다."

"틀렸다. 제일 중요한 건 입교(立教) 편에 있다."

나는 그 이유를 말해주었다.

"소학은 올바른 생활 습관을 몸에 익혀 먼저 자기 자신을 수양하고 다른 사람이 인격을 완성해가도록 돕는 수기치인(修己治人)에 도달하기 위한 학문이다. 때문에 숟가락질하는 법부터 음식을 먹는 예의, 하다못해 물 뿌리고 청소하는 법이며 자고 일어나서 할 일까지 조목조목 가르치는 것이다. 스스로 바른 생활을 몸에 익히면 효제충신 예의염치는 자연히 따라오게 되지 않겠느냐?"

"예."

"이런 주자의 가르침을 널리 전파하여 조선에 도학을 싹 틔운 분이 바로 점필재 김종직 선생이다."

"아!"

현룡은 도학이라는 말에 눈을 반짝였다. 더구나 김종직이 조광조의 스승 격이라는 말에는 귀가 번쩍 뜨이는 듯 강한 호기심을 드러냈다. 나는 서가에 있는 책을 몇 권 골라주며 우선 김종직에 대해 알아오도록 했다.

"점필재 선생님은 날마다 수천 자씩 글을 외워 열두 살에 이미 시문에 통달한 신동이었다고 하는데, 어머니도 알고 계셨습니까?"

반나절도 안 되어 나를 찾아온 아들은 잔뜩 풀이 죽어 있었다.

"어머니는 책 내용을 완전히 숙지할 때까지 몇 번이든 되풀이해서 읽어야 된다고 하셨습니다. 그래서 저는 책 한 권 읽는 데 하루나 이틀이 걸릴 때도 있습니다. 그런데 점필재 선생님은 저보다 두 살 많은 나이에 하루에 수천 자를 어떻게 외웠다는 말인지, 혹시 제가 아둔하여 속도가 늦는 것은 아닌지요?"

질투와 선망, 초조감으로도 모자라 그 나이답지 않은 좌절마저 물씬 묻어나는 표정을 대하자 슬며시 웃음이 나왔다. 이만하면 저 혼자 공부해도 믿고 지켜볼 수 있을 만큼 학문에 대한 열정이 남다른 아들에게는 자극보다 위로가 필요한 시점이었다.

"현룡아, 공부란 죽을 때까지 하는 것이다. 학문에 힘쓰되 시간을 늦추지도 말고 보채지도 마라. 배움의 효과가 너무 빨리 나타나기를 바라면 삿된 잡념에 휘둘리기 쉽다. 선생은 워낙 인물이 출중하니까 사람들이 그 천재성을 과장해서 전했을 수도 있어. 그만큼 열심히 했다는 말로 알아듣고 좋은 뜻으로 받아들이면 되는 것이야."

아들은 내 말에 별 위안을 얻지 못한 모양인지 여전히 표정이 밝지 않았다. 김종직의 천재성이 지적 호기심에 불을 붙인 까닭이다.

"그런데 점필재 선생님이 직접 쓰신 글은 아직 찾지 못했습니다."

현룡은 아쉬운 듯 서가를 돌아보았다. 김종직은 생전에 수많은 문집을 남겼으나 연산군에 의해 대부분 불태워지고 그의 외가 쪽 조카가 목숨으로 지켜온 책 몇 권과 제자들이 여기저기 흩어진 문장을 모아놓은 것들뿐이었다.

"네 마음이 급했던 게로구나."

나는 서가 안쪽에 놓여 있던 문집 가운데 한 권을 집어 들었다. 마침 칠언절구 시 한 편이 눈에 띄었다.

"읽어보거라."

현룡은 펼쳐진 대목을 소리 내어 읽었다.

> 눈 속에 핀 매화, 비 온 뒤의 깨끗한 산
> 보기는 쉽지만 그리기는 어려워라
> 일찍이 세인의 눈에 들지 않을 줄 알았더라면
> 차라리 연지로 모란이나 그릴 것을
> 雪裏寒梅雨後山
> 看時容易畵時難
> 早知不入時人眼
> 寧把脂臙寫牧丹

낭송을 마치고도 현룡은 한동안 책장에서 눈을 떼지 못했다. 시를 읽은 소감을 물었다.

"문체는 수려하나…… 어딘가 모르게 회한이 느껴집니다."

"잘 보았다."

김종직이 이 시를 쓸 때는 세종 28년, 열여섯 살 때였다. 그는 소과에 응시하여 〈백룡부〉를 지어냈으나 낙방하여 고향으로 돌아가면서 제천정에 올라 이 시를 썼다. 세태를 비판하는 내용을 담았다는 게 낙방의 이유였다.

당시 감독관은 집현전 학자 중 한 명인 대제학 김수온이었다. 낙방한 시험지를 응시생들에게 나눠주려다 뒤늦게 〈백룡부〉를 발견한 김수온은 장차 대제학이 되고도 남을 문장이라며 탄복했다.

문신들에게 대제학은 최고의 영예를 뜻하는 직위였다. 글솜씨뿐만 아니라 학문적 깊이가 검증된 사람에게만 주어지는 자리가 곧 대제학이다.

"어머니, 그러고도 점필재 선생님이 과거에 낙방한 이유를 납득할 수가 없습니다."

"어째서?"

"시는 그 사람의 사상이나 느낌을 글로 표현하는 것으로 알고 있습니다. 과거에 나간 선비가 시류에 영합하지 않는 글을 썼다 하여 떨어뜨리는 건 부당한 처사가 아닌지요?"

"네 말이 맞다. 간혹 채점관이 편견을 가지면 이런 일이 생길 수도 있다고 들었다. 아마도 최종 합격자 명단에 오르기 전에 순위권에서 누락됐던 게지."

내 대답을 듣고 현룡의 시선은 칠언절구의 마지막 두 연에 머물러 있었다. 이제야 여인의 화장품으로나 쓰이는 연지를 들먹이며 차라리 모란을 그리지 않았음을 아쉬워한 시인의 속내를 헤아린 눈빛이다.

나는 낙심한 아들에게 뒷이야기를 마저 들려주었다.

"만약 그때 세상이 자신을 알아주지 않는다 하여 선생이 학문을 포기했다면 사옹 김굉필이나 정암 조광조 같은 훌륭한 유학자가 나오긴 어려웠을지도 모르겠구나. 사옹은 점필재의 수제자(首弟子)였으며 정암의 스승이시다. 세 분 모두 도학을 숭상하고 소학에 심취하여 조선에 성리학의 학풍이 뿌리내리게 하는 데 많은 영향을 끼친 선각자들이다. 어떤 배울 점이 있는지는 스스로 찾아보도록 해라."

모자간의 대화는 일단 여기서 멈췄다.

모자간의 문답

며칠 후, 밥 먹는 시간을 제외하곤 온종일 방에 틀어박혀 책만 읽던 현룡이 한결 무거운 주제를 가지고 왔다.

"어머니, 소학동자(小學童子)를 자처한 사옹 선생이 감히 자신을 그토록 아끼던 스승님을 비판하고 등을 돌린 건 소학의 도리에 맞는 일인지요?"

사제 간의 행적을 더듬다 보면 충분히 의문을 가질 수 있는 문제였다.

김굉필은 김종직이 그를 처음 만났을 때 '무슨 다행으로 이 사람을 만났는고!'라고 시작되는 시를 쓸 만큼 각별한 제자였다. 그런 둘 사이가 벌어진 건 가치관의 차이가 가장 큰 원인이었으나 그 바탕에는 복잡한 시대상이 깔려 있었다.

소과에 낙방한 뒤 6년 동안 고향 밀양에서 독서와 학문 연구에 힘쓰던 김종직은 단종 원년 진사시에 합격했다. 그로부터 2년 뒤 세조가 왕이 되었다. 즉위 초기 집현전 학자들을 우대했던 세조는 단종 복위 운동이 일어나자 위기의식을 느꼈다. 자신의 왕위 찬탈에 공이 있는 훈구 세력을 견제하고 정국을 안정시킬 새로운 관료 집단이 필요했다.

때문에 세조는 수시로 과거 시험을 실시하여 직접 문제를 출제하고 합격자를 가려 뽑았다. 김종직이라는 걸출한 인재의 등용은 재야에 묻혀 있던 사림이 중앙 정계에 발을 들여놓는 시발점이 되었다.

스물한 살에 김종직을 만나 제자가 된 김굉필은 '모든 학문의 시작은《소학》에 두어야 한다'는 스승의 가르침에 따라 10년 동안 일체 다른 공부는 하지 않았다. 오로지《소학》을 배우고 실천하는 데 온 힘을 쏟던 그는 서른 넘어서야 다른 글을 읽고 후학을 가르칠 정도로 철저한 원칙주의자였다.

끈끈한 사제지간에 금이 가기 시작한 것은 사림의 본격적인 진출이 이루어진 성종 때였다. 당시 과거를 준비하는 유생들은 문장의 수사적 기교를 익히기에 급급하여 경전 공부를 소홀히 하는 경향이 강했다.

김종직은 이 시기 조선 제일의 문인이었다. 누구보다 성종이 그의 시문을 아꼈다. 그는 경학과 사장은 불가분의 관계에 있다고 보았으나 제자들은 찬반양론이 분분했다.

사장을 이단으로 치부한 김굉필은 수기치인을 교육 이념으로 하는 유교 사회에서 글재주만으로 인재를 등용하는 과거 제도의 폐단을 지적하며 정면으로 반기를 들었다.

그런 가운데 성종은 김종직을 이조참판으로 임명했다. 조정은 여전히 신숙주, 정인지, 한명회 등 훈구 대신들이 장악하고 있었다. 김굉필을 비롯한 제자들은 스승이 훈구 대신들과 맞서 도학 정치를 실현하기를 기대했지만 김종직은 사림이 조정에서 자리 잡는 게 먼저라고 판단했다.

그러던 어느 날 김굉필은 스승에게 시를 한 수 지어 보냈다.

도(道)라는 것이 겨울엔 갖옷 입고 여름엔 얼음 먹는 것인데

날이 개면 가고 비가 오면 그치는 것을 어찌 전능(全能)이라 하겠습니까

난초도 결국 속된 것을 좇아 변하니

어느 누가 소는 밭을 갈고 말은 사람이 타는 것이라고 믿겠습니까.

道在冬裘夏飮氷

霽行潦止豈全能

蘭如從俗終當變

誰信牛耕馬可乘

스승의 현실 타협적인 태도를 비판한 것이다. 세조가 왕위를 찬탈한 뒤에도 관직에 있었다는 이유로 논박의 대상이 되었던 김종직에게 이보다 신랄한 공격이 없었다. 그는 자신의 불편한 심기를 답시로 써 보냈다.

분수에 맞지 않게 높은 관직에 올랐지만
내 어찌 임금을 바르게 하고 풍속을 고칠 수 있을까
그대는 후학으로서 나를 어리석다 조롱하지만
구차하게 권세와 이익에 편승하지는 않으려네.
分外官聯到伐氷
匡君捄俗我可能
從教後輩嘲迂拙
勢利區區不足乘

이로써 두 사람은 결국 등을 돌렸으나 사제지간의 인연은 김종직이 죽고 난 뒤에도 끝나지 않았다. 김굉필은 김종직의 제자였다는 이유만으로 무오년 사화 때 평안도에 유배되었다가 갑자년 사화로 끝내 불귀의 객이 되고 말았다. 죽기 전에 그는 자신의 저작물을 모두 태워 없앴으나 한때 스승과 함께 꿈꾸던 도학 사상은 조광조와 그 제자들에 의해 끈질기게 계승되었다.

이제 제자가 스승에게 등을 돌린 것이 도리에 맞는 일인지를 묻는 아들의 질문에 답할 차례였다.

"때로는 두 개의 옳음이 부딪쳐 하나의 오류를 만들기도 한다. 사제지간이라도 지향하는 바가 다르면 갈 길이 달라지기 마련이다. 길게 보면 스승이 옳았고, 원칙적인 면으로 따지자면 제자가 옳았다. 점필재는 이 땅에 주자가례를 전파하고 소학을 일으키는 데 중요한 역할을 하신 분이다. 선생이 사림을 조정에 천거하여 도학의 학풍을 진작시키는 데 앞장서지 않았다면 후학의 맥이 끊겼을 수도 있었지."

"저도 점필재 선생님이 훌륭하다고 생각합니다."

"사옹이 스승에게 반발한 것도 굳이 탓할 바는 아닐 것이다. 그토록 자신이 믿고 따르던 스승과 결별을 각오하고 시를 써 보낼 땐 수많은 고민을 하지 않았겠느냐. 결국 사림이 두 갈래로 갈라진 건 두 개의 옳음에 대한 각각의 견해가 달랐기 때문이니 생각을 깊이 해보면 양쪽 모두에게 배울 점이 있을 것이다."

현룡은 알 듯 말 듯 곤혹스러운 표정이었다. 삼강오륜을 절대적 가치로 알고 있는 어린 아들에게 제자가 스승에게 반격하는 것은 자식이 부모를 욕보이고, 신하가 군주를 배반한 것만큼이나 중대한 도발로 받아들여졌을 것이다.

나는 최종 판단을 아들의 몫으로 남겨두었다.

인종임금이 9개월 만에 죽고 명종이 즉위하면서 다시 모든 게 달라졌다. 이번에도 사림은 권력의 눈엣가시가 되었다. 나는 김종직과 김굉필이 겪었던 고뇌가 장차 아들이 살아갈 세상에서만큼은 되풀이되지 않기를 바랐으나 현실은 암울하기만 했다.

마흔세 살의 생일 선물

추수를 마치고 한양으로 갈 준비를 하던 어느 날이었다.

"작은 마님, 수진방 도련님들이랑 아가씨들이 오고 있어요!"

처음엔 달이가 지나가는 사람을 잘못 보고 하는 말인 줄 알았다. 방문을 열었더니 정말로 선, 매창, 번, 해련 4남매가 대문을 들어서고 있었다. 너무 갑작스러운 상황이라 집에 무슨 일이 생긴 건 아닌지 겁이 더럭 났다. 선이 마루를 뛰어 내려가는 나에게 뜻밖의 말을 전했다.

"어머니랑 같이 며칠 지내다 오라고 할머니께서 허락해주셨어요."

"할머니께선 무탈하신 거야? 이제 곧 갈 건데 왜……."

말을 마치기도 전에 남편이 뒤미처 대문을 들어서고 있었다. 시어머니 혼자 남겨두고 한양 식구들이 한꺼번에 들이닥친 것이었다.

"어머니는 늘 강령하시니 부인은 염려하지 않아도 됩니다."

남편은 시어머니 안부를 전하며 서글서글한 미소를 띠었다. 나는 영문을 알 수 없는 기분으로 남편과 아이들을 쳐다보았다.

"어머니 몸보신시켜드리라고 할머니가 보내신 거예요."

아홉 식구가 꽉 들어찬 방에서 매창이 들고 온 보따리를 펼쳤다. 쇠고기 한 덩이와 미역 한 다발이 들어 있었다. 내일이 음력 시월 스무아흐레, 비로소 갑자기 식구들이 들이닥친 이유를 알 수 있었다.

결혼한 지 20년 넘도록 생일이라는 것을 거의 모르고 살아왔다. 내 몫으로 차려진 미역국이라곤 아이를 낳고 먹은 게 전부였다. 어쩌다 보면 해가 바뀌고 난 뒤에야 나이를 한 살 더 먹었거니 할 때도 있었지만 서운하다거나 아쉽다는 생각을 가질 만큼 생활이 한가하지도 않았다.

"당신 생일 선물이오."

저녁에 남편은 쑥스러운 듯 보자기에 싸인 물건을 내밀었다. 들기름에 절인 가죽으로 만든 유혜(油鞋, 비 오는 날 신는 신발), 매끄러운 감촉이 손끝에 닿는 순간 한 달 전 일이 떠올랐다.

달이의 나막신을 빌려 신고 진흙 밭에 나가다 미끄러져 넘어진 내 모습을 보고 황망해하던 얼굴, 시어머니를 설득하여 아이들을 데려올 생각도 그가 먼저 했을 것이다.

"그동안 무심했던 나를 용서하시오."

남편의 눈길이 따뜻하게 와 닿았다. 가슴에 사막을 품고 지내온 시간이 허망하여 고맙다는 말도 못 꺼내는 나에게 그는 오히려 미안하다고 했다.

“발에 잘 맞는지 한번 신어보구려.”

재촉하지 않아도 신어보고 싶었다. 당연히 발에 딱 맞았다. 아까워서 어찌 신을까. 남편 모르게 신발을 장롱 깊숙이 숨겼다.

마흔세 살의 생일날 아침은 매창이 정성껏 차려낸 밥상 덕에 온 가족이 성찬을 누렸다. 아이들에게 생각지 못한 선물도 받았다.

“저희들이 조금씩 모은 용돈으로 준비했습니다.”

선이 나비 문양 옥 연적을 내놓았다.

“어머니 연적은 너무 낡아서 볼 때마다 항상 마음에 걸렸어요.”

물건은 매창이 골랐다고 했다. 문양이며 색깔을 어미 취향에 맞게 고르느라 신경을 쓴 티가 역력했다. 용돈이라고 해야 기껏 명절에 세뱃돈 받는 게 고작인 아이들이었다. 물만 새지 않으면 그럭저럭 쓸 수 있는 것을 저희들 보기에는 애틋했던 모양이다.

“이런 거 살 돈이 있으면 아껴뒀다가 종이 한 장이라도 더 살 것이지……. 다신 이런 짓 하지 마라.”

아이들은 야단을 맞고도 뿌듯한 얼굴이었다. 집 밖에만 나가면 엎드려 코 닿을 데가 시전이었다. 군것질도 하고 싶고 갖고 싶은 것도 많았을 아이들이 그 유혹을 꾹꾹 눌러 참았을 광경이 눈에 선해서 마음이 기꺼웠다.

현룡은 내게 고향의 바다를 통째로 선물했다.

“저도 뭔가 드리고 싶었는데 마땅히 준비한 게 없어서 써본 글입니다."

긴 두루마리에 빽빽이 쓴 글에는 '경포대부(鏡浦臺賦)'라는 제목이 붙어 있었다.

한 기운의 유통하는 조화가 응결되기도 하고 융화되기도 해라.

그 신비함을 해외에 벌여놓아, 청숙함을 산동에 모았도다.

맑은 물결은 천지에서 나뉘어 한 개의 차가운 거울처럼 맑고

왼편 다리를 봉도에 잃어버려 두어 점의 푸른 봉우리가 나열했네.

여기에 한 누각이 호수에 임하여, 마치 발돋움 자세로 날 듯하다.

비단 창문엔 서늘한 바람이 불어오고, 아침 햇빛은 푸른 하늘에서 비춰주네.

아래로는 땅이 아득해 성곽을 보고서야 겨우 분별하게 되고

위로는 하늘에 솟아 있어 별을 잡아 어루만질 성싶다.

위치는 속세 바깥이고

땅은 호중에 들어 있어라.

물결엔 두루미 등 위의 달이 잠겨 있고
난간은 뱃머리의 바람을 받아들이네.
길 가는 사람들이 다리를 건너면
긴 무지개가 물속에 박힌 것처럼 보이고
신선 궁궐이 구름결에 솟으니 흡사 신기루가 허공에 뜬 것 같구나.

그 봄철에는 동군이 조화를 부려 화창한 기운이 유행하며
동쪽 서쪽에서는 꽃과 풀이 빼어남을 경쟁하고
위와 아래는 물과 하늘이 똑같이 맑아라.
유안의 실버들은 연기가 노래하는 꾀꼬리 집을 봉쇄하고
도원의 꽃이슬에 나비 날개를 적시네.

아른거리는 아지랑이가 피어오르고 먼 봉우리가 아득한가 하면
향기로운 비가 어부의 집에 뿌리고 비단 물결이 모래톱에 일렁인다.
거문고를 뜯으며 옷을 벗으면 기수에서 목욕한 증점의 즐거움을 방불케 하고
바람에 임하여 술잔을 들면 세상을 근심한 범희문(范希文)의 심정을 상상하게 하네.

그 여름철에는 축융이 권세를 맡아 만물을 길러내면
갖가지 초목들은 제대로 발육되고, 불 같은 무더위는 극도로 치열해라.
찌는 듯한 불볕더위는 조맹의 위엄에 견줄 만하고
겹겹이 일어나는 기이한 봉우리의 구름은 도연명의 글귀에 들어가기도…….

오랜 비가 막 개이고 뭇 냇물이 앞을 다투어 흐르는가 하면
산에서는 모락모락 안개가 일고 물은 도도히 흘러 파도가 넓어진다.
이에 난대에서 시를 읊으니 초양왕의 바람이 상쾌하고
전각에 서늘함이 생기니 당나라 문종의 긴 여름날이 사랑스럽네.

그 가을철에 금신이 위세를 떨쳐 온 땅이 처량해지면
기러기가 엉성한 전자(篆字)처럼 줄지어 날고
맑은 서리가 나뭇잎을 붉게 물들였어라.
붉은 여뀌 언덕 가에는 백로가 출몰하는 물고기를 노리고
흰 마름 섬 곁에는 백구가 오가는 낚싯배에 놀라기도…… .

창문엔 어적(漁笛) 소리가 들려오고, 바람은 뿌연 먼지를 쓸어버리는가 하면
드높은 하늘은 더욱 아득하고 흰 달은 더욱 휘영청 밝네.
이에 장한(張翰)을 따라 오주로 가서 옥 생선과 은 미나리 맛에 배부르고
소동파의 적벽을 상상하며 명월의 노래와 요조의 시를 외우네.

그 겨울철에 마지막 음기가 폐색되고 뿌연 물결이 얼어붙으면
시들어진 온갖 풀은 이미 낙엽 졌는데
외로운 소나무는 몇 길이나 빼어나네.

서릿바람이 땅을 휩쓸어 만 마리 말의 칼부림 소리를 내고
눈송이가 허공에 나부껴 천 겹의 옥가루를 흩뿌리기도…… .
우주가 텅 비고 산천이 삭막한가 하면 먼 포구엔 오가는 돛단배가 끊어지고
겹겹의 산봉우리엔 앙상한 돌이 드러나누나.
이에 달을 띠고 벗을 찾음은 왕자유(王子猷)의 흥이 산음에 다하지 않음이고

앙상한 매화에 다시 꽃이 피는 것은 임 처사(林處士)의 뼈가 호상(湖上)에서 사라지지 않음일세.

어떤 나그네가 강산을 좋아하는 버릇이 있고 시조(市朝)에는 마음이 맞지 않아

빈 누각에서 오만한 웃음을 웃고 이끼 낀 물가에서 맑은 여울을 구경하네.

황학루 앞에는 꽃다운 풀이 개인 냇물과 함께 아른거리고

등왕각 위에는 조각 노을이 외따오기와 나란히 나는구나.

이에 안목은 천하에 높고 정신은 우주에 노닐어

번뇌스러운 마음은 물 난간에 고요해지고

세상의 정은 바람 탑에 흩어지네.

금계가 울어 새벽을 알리면 부상 만경의 붉은 물결을 잡을 듯하고,

옥토가 어둠 속에 솟아오르면 용궁 천 층의 흰 탑을 엿보기도…….

상쾌하게 사방을 두루 바라보니 황홀하게도 신선이 된 것 같구나.

뿌연 모래를 밟으며 산보도 하고 백조를 벗 삼아 졸기도 하네.

고래 같은 파도가 눈앞에 보이고 붕새는 구만리를 나는데
자라 산은 어디에 있는고?
우리 국토는 아득히 3천 리요, 이미 한 바퀴 유람을 마쳤도다.

— 〈경포대부〉 일부(《율곡전서》, 한국정신문화연구원)

4년 동안 단 하루도 잊지 못했던 강릉의 정경이 현룡의 글 속에 살아 있었다. 중국의 고사를 인용하여 강릉의 사계절을 그려낸 〈경포대부〉는 《시경》의 표현 기법 중 하나인 부(賦)를 완벽하게 소화하여 더욱 나를 감동시켰다.

글자 수만 해도 천 자가 넘었다. 현룡은 단순히 자신이 보고 느낀 경치만 묘사하는 수준을 넘어섰다. 자연을 매개로 사직을 받드는 신하의 도리를 강조하는 것으로 말미를 장식한 부는 열 살짜리가 썼다고는 믿기지 않는 학문적 깊이를 내포하고 있었다.

이제 스승을 구해줘야 될 때가 왔구나.

아들이 쓴 글을 몇 번이고 읽으면서 든 생각이었다.

아버지를 살린 효심

인생사가 갠 날과 흐린 날의 연속이라 했던가.

새해를 맞이하기 전에 벌초하러 갔던 남편이 둘째 아들 등에 업혀 들어왔다.

"산에서 내려올 때 별안간 안색이 창백해지시더니……."

산에 따라갔다 온 아이들 말로는 힘든 일을 한 것도 아니라고 했다. 작업을 마칠 때까지도 별 탈 없던 양반이 갑자기 다리에 힘이 풀려 걷지를 못하더라는 것이었다.

"몸살이 심하게 들린 모양이오."

"의원을 부를게요."

"그럴 필요 없소. 하루 이틀 쉬고 나면 괜찮아질 거요."

기운이 축 처져 돌아온 그날로 자리보전을 하고 누웠지만 본인이 한사코 의원을 거절하는 통에 경과를 지켜보는 수밖에 없었다.

평소에 아무리 술을 많이 마셔도 여간해선 탈이 나지 않는 남편이었다. 그만큼 강골이라 하루 이틀이면 멀쩡하게 털고 일어날 줄 알았다.

하지만 사흘이 지나도 그는 운신을 못했다. 음식은 입에도 못 대고 겨우 물만 넘겼다. 의원이 다녀간 뒤에도 상황은 나아지지 않았다. 나흘째 되던 날부터는 의사소통도 불가능했다. 겨우 몇 술 입에 떠 넣은 미음은 목으로 넘기기 무섭게 토해냈다. 뜬눈으로 매일 밤낮으로 간호한 보람도 없이 남편의 상태가 점점 심각해졌다.

사방으로 용하다는 의원을 수소문했으나 누구도 뾰족한 방도를 찾아내지 못했다. 병명도 처방도 없는 남편을 위해 할 수 있는 일이라곤 원기 회복에 좋다는 약초 즙을 조금씩이라도 입에 흘려 넣어주는 것뿐이었다. 그나마 환자가 의식을 못 차릴 때는 기도가 막힐까 봐 먹이지도 못했다.

이러다 영영 못 일어나면 어쩌나.

아침부터 헛것이 보이는지 비명을 질러가며 진땀을 쏟던 남편은 깊은 잠에 들어 있었다. 시체처럼 누워 있는 모습을 보니 더럭 겁이 나면서 눈앞이 아찔했다. 집 안은 쥐 죽은 듯 고요했다. 아버지 좋아하는 생선을 구해오겠다고 임진강 포구에 나간 아이들은 아직 돌아오지 않았다.

"어머니, 제가 도울 일은 없는지요?"

현룡이 부엌문 앞에서 근심스러운 얼굴로 나를 쳐다보았다. 얼마나 애를 태웠으면 눈이 다 퀭했다.

"어머니는 잠도 못 주무시고 형님, 누님들 모두 다 이렇듯 애를 쓰시는데 저는 뭘 어떻게 해야 될지 모르겠습니다."

금방이라도 울음을 터뜨릴 듯 아들의 눈망울이 젖어들었다.

"방에 가서 아버지 깨어나시는지 잘 지켜보거라. 너무 걱정 말고. 아버진 반드시 일어나실 게다."

그 말은 나 자신에게 거는 주술과도 같았다. 남편을 살리는 게 나를 살리고 자식들을 지키는 길이었다. 어떻게든 기운을 차리게 만들어야 했다.

삼합 미음죽.

미음을 끓이려고 쌀독을 열다 역병에 걸린 아버지를 위해 어머니가 만들었던 음식이 불현듯 뇌리에 스쳤다. 지푸라기라도 잡는 심정으로 곳간을 뒤져보았다. 다행히 친정에서 보내온 말린 해삼과 홍합이 있었다.

생일날 시어머니가 보내준 쇠고기는 얼음에 재워놓아서 아직 싱싱했다. 수진방 4남매가 떠나기 전에 한 번이라도 더 먹이려고 했던 게 이렇듯 요긴하게 쓰일 줄 몰랐다.

불린 찹쌀과 재료들을 가마솥에 넣고 불을 지폈다.

어머니는 삼합 미음죽이 예로부터 중국 황실에서도 으뜸으로 치는 보양식이라고 했다.

잔솔가지가 타오르는 아궁이에서 매캐한 연기가 흘러나왔다. 눈물

콧물로 범벅이 되어 잔기침을 뱉어낼 때 달이가 부엌으로 뛰어들어 왔다.

"에구머니! 저리 가세요, 마님."

"애들 올 때 됐으니 자넨 저녁 준비나 하게."

겨우 기침을 가라앉히고 부지깽이로 천천히 아궁이를 헤쳐 불꽃을 살렸다. 죽이 끓기 시작하면서 김이 모락모락 피어올랐다. 막 솥뚜껑을 열고 주걱으로 죽을 휘저으려던 찰나였다.

"안 돼!"

분명 공포에 질린 남편의 목소리였다. 또 악몽을 꾸는 것일까. 황급히 마루를 뛰어올라갔다.

"아버지, 자식이 효도하는 일에 어찌 때와 방법을 가리겠습니까. 옛사람들은 하루라도 부모를 더 섬길 수 있다면 정승의 부귀와도 바꾸지 않는다고 했습니다."

"제발 그만두어라……."

"이깟 피 좀 내드린다고 낳아주신 은공에 비하겠습니까. 살점이라도 베어 아버지를 낫게 할 수 있다면 기꺼이 그리할 것입니다."

대체 이게 무슨 소린가 싶어 방문을 열었다. 현룡은 등을 보인 채 꿇어앉아 있고 남편이 도움을 청하는 눈길로 나를 쳐다보았다. 이불자락에 핏방울이 떨어져 있었다.

가까이 다가선 순간, 기가 막힌 광경이 펼쳐졌다. 이불에 묻은 피는 현룡이 단도로 손가락을 찔러 흘러내린 피였다.

아버지는 죽을힘을 다해 아들을 밀쳐내지만 아들은 아들대로 필사적으로 달려들어 아버지 입에 피를 흘려 넣고 있었다. 《삼강행실도》의 한 장면이 내 집 안방에서 재현되고 있었다.

"이게 무슨 짓이냐?"

"부디 저를 그냥 놔두세요, 어머니!"

내 힘으로 아들을 떼어내려 했지만 어찌나 용을 쓰는지 당해낼 재간이 없었다. 자식의 피 한 방울에 부모는 심장이 녹아내리는 줄도 모르고 현룡은 끈질기게 달려들었다. 그때마다 남편은 고통스러운 듯 고개를 돌렸다. 나는 있는 힘을 다해 아들의 등짝을 야멸차게 후려쳤다.

"어느 부모가 자식의 피를 빨아 먹고 살기를 원하겠느냐? 이런다고 아버지 병이 낫는 게 아니다. 단지를 해도 어미가 할 것이다. 어디서 주제넘은 짓이야? 당장 그만두지 못하겠느냐?"

"그럼 제가 어찌하면 됩니까……."

"내가 뭘 좀…… 먹으면 되지 않겠느냐……."

방바닥에 나동그라진 채 서럽게 통곡하는 아들을 안타깝게 바라보던 남편이 힘겹게 입을 열었다. 그 말을 듣고 나서야 아들은 울음을 그쳤다. 남편은 우선 손가락부터 싸매주라는 눈짓을 내게 보냈다. 아직 고사리 같은 손을 헝겊으로 싸매는 심정이 먹먹하여 몇 번이나 헛손질을 했다.

아들의 효심이 기력을 되살린 걸까. 남편은 나흘 만에 처음으로 미음을 반 그릇이나 비우고 차차 몸을 회복했다.

"어제는 내가 참 기이한 꿈을 꾸었소."

며칠 뒤 남편이 범상치 않은 꿈 이야기를 꺼냈다. 현룡이 자신을 간호하고 있는 방 안에 백발노인이 소리 없이 다가와 한참을 지켜보더라고 했다.

"꿈에서 나는 자고 있었는데 노인이 현룡이를 빤히 쳐다보고 있는 걸 보고 깜짝 놀라 눈을 떴지 뭐요. 그랬더니 노인이 이 아들이 크게 될 것이니 잘 보살피라고 하면서 글자 하나를 보여주곤 홀연히 사라지는 것이었소."

노인이 보여준 글자는 귀고리 이(珥)라고 했다.

"구슬 옥 변에 귀 이……. 남의 말에 귀 기울인다는 뜻 아니겠소? 아무래도 이 아이가 장차 큰 벼슬을 할 모양이오. 현룡은 아명으로 두고 본명은 '이'라고 합시다."

이(珥).

나는 무엇보다 아들의 새 이름에 담긴 뜻이 마음에 들었다.

바랄 수 없었던 바람

내년 봄쯤, 늦어도 가을이면 고향에 갈 수 있을까.

나는 뱃전에 기대어 하염없는 심사로 먼 강물에 눈길을 주고 있었다. 어머니와 헤어진 지도 벌써 7년이 지났다. 막상 봄가을이면 결국 또 다음 해를 기약하곤 했지만 겨우내 혹시나 하는 기대가 마음을 달뜨게 만들곤 했었다.

시어머니 문안차 다니러 왔던 수진방을 나서면서 올해도 희망은 희망으로 그칠 거라는 예감이 들었다. 뒤늦게 남편이 쓰러졌던 사실을 알게 된 시어머니는 아들이 대관령을 넘어가는 것을 결코 용납하지 않았다. 이 상황에서 남편을 혼자 두고 친정에 다니러 갈 수도 없는 노릇이었다.

강물 따라 흘러가면 고향 앞바다에 닿을 수 있을까.

"오랜만에 뵙습니다."

부질없는 상념에 매여 있는 내게 누군가 다가와 인사를 건넸다. 윤교리였다. 7년 전 강릉에서 얼핏 스친 뒤로는 그의 소식을 전혀 듣지 못했다.

"한양 수진방 사시지 않나요?"

어찌 알았는지 그가 정중하게 물었다. 나는 그저 '예'라고 애매하게 대꾸했다. 침묵 사이로 푸른 강물이 흘렀다.

재혼은 했을까.

아이는 어떻게 크고 있을까.

몇 가지 궁금한 게 떠올랐지만 실례가 될까 싶어 속으로 물음을 삼켰다.

"지금 와서 이런 말 하는 게 어떨지 모르지만……."

강바닥을 응시한 채 그가 천천히 입을 열었다.

"아주 오래전에 제가 진사 어른을 찾아뵌 적이 있습니다."

"저희 아버님 말씀입니까?"

"예."

무거운 대답이 흘러나왔다. 그는 고개를 들어 짧게 한숨을 내쉬었다. 눈길은 멀리 수평선 끝에 닿아 있었다.

"저 혼자 일방적으로 했던 약속을 지키려고 했는데, 이미 때가 늦었더군요. 그땐 제가 너무 서툴고, 어리석었습니다."

회한인지 아쉬움인지 목소리가 허허롭게 젖어들었다. 이날 처음으로 그의 얼굴을 정면으로 쳐다보았다. 하지만 그것은 찰나에 불과했다. 강바람에 머리칼이 흩날리지 않았더라도 나는 차마 그 깊은 눈을 마주 볼 염을 내지 못한 채 이내 고개를 돌렸을 것이다.

배는 어느덧 임진 나루에 닿고 있었다. 그가 뱉은 말들은 바람에 실려가도록 놔두고 작별을 고했다.

"살펴 가십시오."

"예, 그럼 안녕히."

짧은 인사에 담지 못한 말들은 그와 나, 온전히 두 사람의 몫으로 남았다.

제6부

날개를 접은 나비

아들의 방황

"휴암 선생이 파직되어 이곳에 내려와 있다는 소식 들었소?"

어느 날 남편이 반가운 소식을 가져왔다. 휴암 백인걸이라면 조광조의 직계 제자였다. 아직까지 이의 스승을 구해주지 못해 노심초사하던 터에 낭보가 아닐 수 없었다.

백인걸은 오랜 성균관 생활을 거쳐 중종 때 사헌부와 호조의 요직에 등용되었으나 명종임금이 등극하면서 조정에서 밀려난 인물이다. 문정왕후의 수렴청정과 밀지 정치를 공개적으로 비판한 일로 윤원형 일파의 눈 밖에 난 것이다.

"휴암 선생이라면 이에게 큰 스승이 되어줄 분이라 생각합니다. 당신이 청을 한번 넣어보시는 게 어떻겠습니까?"

"그럽시다. 마침 제자들을 받아들일 거라는 얘길 들었으니 한번 만나보리다."

남편은 흔쾌히 이를 데리고 집을 나섰다.

"휴암 선생님처럼 훌륭한 분을 직접 스승으로 모시게 되다니, 믿어지지 않습니다!"

백인걸과 첫 대면을 하고 돌아온 이의 얼굴이 몹시 상기되어 있었다. 저 혼자 마음의 스승으로 삼았던 조광조의 수제자에게 학문을 익힐 수 있다는 사실이 신기했던 모양이다.

이는 백인걸의 문하에 들어가면서 과거 시험에 필요한 공부를 체계적으로 익힐 수 있게 되었다.

과거 시험은 논리적이고 유려한 문장력도 중요하지만 세상을 보는 폭넓은 통찰력과 시사 현안에 대한 날카로운 직관력을 필요로 한다.

책문(策文)은 시험의 마지막 관문이다. 최종 합격자 33명 안에 들려면 왕이 직접 출제하는 문제를 통과해야 된다. 시험에 나오는 문제는 일정한 틀을 가지고 있지 않다. 왕의 관심사에 따라 정치적인 문제가 될 수도 있고, 다분히 철학적인 사유를 필요로 하는 경우도 있다.

가령 외국과의 마찰이 있을 때 화친이냐 정벌이냐를 놓고 자신의 견해를 밝히라는 문제가 출제되는가 하면, 술 마시는 사회에 대한 생각, 심지어 섣달 그믐밤에 왕이 잠을 못 이루는 서글픔을 토로하며 그 까닭은 무엇인지 답하라는 문제가 나온 적도 있었다.

나는 때때로 이가 자랑삼아 들려주는 스승과의 대화를 통해 아들의 성장을 확인하는 기쁨을 맛보았다. 그날은 과거 시험 기출문제를 가지고 스승과 많은 이야기를 나누었다고 했다.

"스승님께서 중종대왕 재위 시기 출제된 책문 가운데 '그대가 공자라면 나라를 어떻게 다스릴 것인가'에 대한 제 생각을 물으셨습니다."

"그래서 뭐라 대답했느냐?"

"만일 제가 나라를 다스린다면, 희망을 잃고 나라를 떠돌거나, 정치로 인해 백성이 생업에 종사하지 못하는 참담한 일만은 없게 할 것이라고 말씀드렸습니다."

"스승님께선 뭐라 하시더냐?"

"그 방법이 무엇이냐고 물으시기에 인(仁)으로써 권력을 행사하여 평등한 세상을 만드는 것이라 말씀드렸습니다."

여기까지는 조광조를 흠모해온 아들답게 모범 답안을 내놓은 것이라 할 수 있었다. 백인걸의 두 번째 질문은 단도직입적이었다. 그는 학문하는 사람들이 김종직과 김굉필의 제자들로 양분되어 있는 현실에 대한 이의 생각을 물었다. 마침내 이가 열 살 무렵 품었던 의문에 대해 스스로 답할 때가 온 것이다.

"그래, 어찌 대답하였느냐?"

"점필재 선생님과 사옹 선생님 모두 마땅히 본받아야 할 대스승이니 감히 옳고 그름을 따지는 것은 도리가 아니라고 말씀드렸습니다."

"그랬더니?"

"정암 선생님의 뜻이 옳았음에도 끝내 배척당한 이유가 무엇이라 생각하는지 물으셨습니다."

질문의 강도가 점점 높아지고 있었다. 열두 살 먹은 아이가 대답하기에는 다소 어려운 문제일 수도 있었다. 이는 과연 무어라 대답했을까.

"정암 선생님이 펼치려던 포부는 더없이 원대했으나 성급한 면이 있었다고 말씀드렸습니다."

"어째서?"

"병을 고치기 위해서는 환부를 도려내려는 것이 가장 빠른 방법이 될 수도 있으나, 정치를 바꾸려면 때가 무르익기를 기다려야 되기 때문입니다."

나는 아들의 당돌함에 어처구니가 없었다. 감히 스승의 스승을 대놓고 비판한 격이 아닌가.

"그랬더니 스승님이 뭐라 하시더냐?"

"그냥 웃기만 하셨습니다."

이야기를 듣고 보니 과연 백인걸이었다.

학문과 인생의 길잡이가 돼준 스승을 만난 기쁨도 잠시, 또다시 사화의 먹구름이 덮친 정국은 아들을 크나큰 혼란에 빠뜨렸다.

명종 2년(1547) 9월, 경기도 과천의 양재 역참에서 익명의 벽서가 발견되었다.

> 위로는 여왕이 있고 아래로는 간신 이기가 있어 권력을 휘두르니 나라가 곧 망할 것이다.

문정왕후를 직접 겨냥한 벽서는 조정을 발칵 뒤집어놓았다.

간신으로 지목된 이기는 범인을 잡기 위해 혈안이 되었다. 그는 윤원형, 허자 등 대윤 일파와 결탁하여 을사년에 살아남은 정적들을 처단하여 화근을 없애기로 한다.

과거 윤원형을 탄핵한 송인수를 비롯하여 윤임과 사돈지간인 이약수를 역모로 몰아 사사한 것을 시작으로 이언적, 노수신, 유희춘 등 20여 명의 사림이 유배형에 처해졌다. 또 중종의 아들 봉성군 완은 역모의 빌미가 된다는 이유로 사사되었다.

정미년에 일어난 이 사화로 백인걸은 황해도 연변으로 귀양을 가게 되었다.

"스승님이 벽서와 무관하다는 건 세상이 다 아는 사실인데 어째서 이리도 참담한 일을 겪어야만 하는지요……!"

스승이 포박을 당한 채 의금부에 끌려갔다는 소식을 듣고 낙심한 이는 몇 날 며칠을 방에서 나오지 않았다.

양재 역참 벽서 사건은 훗날 선조임금이 즉위하면서 무고로 밝혀졌으나 문정왕후가 살아 있는 동안은 누구도 그 부당함을 주장하지 못했다. 이기는 사건을 조사한다는 명목으로 자신의 정적들까지 무자비하게 희생시켰다.

윤원형은 문정왕후를 배후에서 조종하는 실질적인 권력자였다. 이기가 자신을 탄핵한 홍문관 관리들을 제거하고 그 자리에 진복창을 들어앉힌 것은 절묘한 꼼수였다.

언론과 감찰의 기능을 틀어쥔 진복창은 윤원형과 이기를 대신하여 수많은 탄핵 상소를 올린 대가로 승진을 거듭하여 사간원의 수장인 대사간에 올랐다. 이를 두고 사관들은 '진복창은 권신 이기의 심복으로 선한 사람을 마구 공격하는데, 이런 자를 언론의 최고 책임자로 두었으니 국사가 한심스럽다'고 탄식하는 글을 적었다.

이가 일곱 살 때 우려했던 일이 현실이 된 것이다.

너는 백성의 빛이 되어라

명종 3년(1548) 정월, 왕조실록에 오른 첫 번째 기사는 평안도와 황해도 지방의 기근에 대한 상소였다.

"신이 지난해 말 창주에서 출발하였는데, 굶주림에 허덕이는 군민이 전보다 배나 많았고 가뭄에 흉년이 겹쳐 초근목피로 연명하던 사람들은 그마저 구하지 못하여 길목마다 굶어 죽은 송장이 즐비하였습니다. 백성을 구제하는 일은 빠짐없이 조치하였습니다마는, 그 많은 백성들을 어찌 두루 다 구할 수 있겠습니까.

서쪽 지방의 일은 더욱 참혹합니다. 황해도에선 부모가 어린 자식을 산중에 내다 버리거나 나무에 묶어두고 가버리는 경우도 있습니다. 천륜으로 이어진 지친(至親) 간이 이 지경에 이르렀으니 어찌 측은하지 않겠습니까."

남쪽이라고 해서 상황이 좋은 것은 아니었다. 한양의 한 선비 집에선 모녀가 함께 굶어 죽은 시신이 발견되었다. 거듭되는 흉년으로 유리걸식하는 사람들이 수를 헤아릴 수 없었고 각지에선 도적 떼가 들끓었다.

제일 큰 도적은 부패한 세도가들이었다. 그중에서도 윤원형의 애첩 난정의 탐욕은 세간의 상상을 초월했다. 양반의 서녀이며 기생 출신인 난정은 '사림의 악녀'로 통했다.

하루는 마을에 나갔던 칠복이가 이에게 물었다.

"도련님, 타락이 뭔지 알아요?"

"소젖 말이야? 그건 왕실에서만 먹는다고 하던데."

"아, 그럼 이판 대감네 하인 놈이 거짓말을 한 거네요. 그놈이 엊그제 타락을 배 터지게 먹고 설사병이 났다는 겁니다."

이판이라면 윤원형을 지칭했다.

"어디서 타락이 귀하다는 얘길 들었던 게지."

이는 대수롭지 않게 흘려들었다.

그러나 윤원형의 하인이 자랑삼아 떠벌린 얘기는 사실이었다. 파주는 윤원형 일족의 근거지라 사람들이 매양 보고 듣는 게 왕실에 버금가는 호사를 누린다는 그 집 식솔들 얘기였다.

을사사화가 난정과 윤원형 일파 그리고 문정왕후의 합작품이라는 것은 삼척동자도 아는 사실이었다. 그녀는 윤원형의 권세를 이용해 한양 상권을 장악한 뒤 수단 방법을 가리지 않고 재물을 끌어모았다.

이기와 진복창은 그 추악한 모략과 음모의 후일담에 빠지지 않고 등장했다.

> 이조판서 윤원형이 역당을 몰아내고 왕실을 평안하게 한 것은 내조의 공이 컸으니 마땅히 난정을 정경부인에 봉하는 게 옳다.

> 부모가 나라에 공을 세우면 첩의 자녀라도 양가의 적자와 통혼을 허락하는 게 이치에 맞는 일이다.

이기가 여론몰이에 앞장서면 윤원형은 점잖게 사양하고 문정왕후는 뒤에서 명종을 움직이는 식으로 만사를 처리했다. 이리하여 난정은 본부인을 독살하는 악행을 저지르고도 버젓이 정경부인 행세를 하며 왕궁을 제 집 드나들듯 할 수 있었다.

살아 있는 권력의 입속 혀처럼 굴어준 대가로 이기에게 떨어진 콩고물은 명목상의 조정 실권을 차지하고 뇌물을 챙기는 것이었다.

그러던 어느 날, 어이없는 일이 벌어졌다.

한강 두모포에 사람들이 벌떼같이 모여들었다. 난정이 시반선(施飯船)을 띄우고 기우제를 올리는 중이었다.

"저게 다 밥이 아닌가?"

배 위에서 하얀 덩어리가 뿌려지는 광경을 보고 사람들이 기함을 했다. 무려 쌀 두 가마니 분량의 밥이 물고기 먹이로 강물에 뿌려지고 있었다.

"저, 저런 천벌을 받을 것들!"

굶주린 백성들의 탄식을 비웃듯 난정은 하인들을 물가로 내려보냈다. 물고기가 밥을 잘 먹는지 확인하려는 것이었다. 그 틈에 몇몇 사람이 강물에 뛰어들었다.

"저놈 잡아라!"

배 위에서 난정이 소리쳤다. 곧이어 장정들이 우르르 뭍으로 쏟아져 나왔다. 물에 떠내려간 밥 알갱이라도 주워 먹으려던 사람들은 사정없이 그들의 발길에 차였다. 몇몇은 앞으로 끌려나와 곤장을 맞았다.

"우리가 당신들 곡식을 도둑질했소, 재물을 훔쳤소? 물고기 밥 좀 얻어먹으려 한 게 무슨 죄란 말이오?"

곤장을 맞아 피투성이가 된 자식을 끌어안고 오열하던 남자는 관원들에게 끌려갔다. 며칠 후 그가 맞아 죽었다는 얘기가 들려왔다.

이는 이 일로 엄청난 충격을 받았다.

"장자께서 이르기를, 까마귀와 솔개의 밥을 빼앗아 땅속의 벌레와 개미에게 준다는 것은 공평하지 않다고 했습니다. 저들은 백성의 밥을 빼앗아 물고기에게 먹인 것인데 어째서 죄 없는 백성이 죽어야 하는 겁니까?"

"권력이 부끄러움을 모르기 때문이다. 저들의 만행은 하늘이 용서하지 않을 것이다. 학문의 덕을 쌓아 나라를 위해 쓰는 것도 백성의 의무이니, 너는 장차 세상을 이롭게 하는 일에만 마음을 쓰면 될 것이다."

죄 없는 스승의 유배로 방황하는 아들을 무력하게 지켜봐야만 했던 어미로서 해줄 수 있는 말이라곤 뻔한 위로뿐이었다. 잠자코 이야기를 듣고 있던 이가 곤혹스러운 질문을 던졌다.

"자비를 잃어버린 정치에 무슨 희망이 있겠습니까?"

"왜, 시험에 나가기 싫으냐?"

이는 대답을 못하고 무겁게 고개를 떨구었다. 아들의 심중을 모르는 바 아니었다. 걸핏하면 선비들이 화를 당하는 게 어디 한두 해 있어온 일이던가.

이미 내가 태어나기 전부터 미치기 시작한 세상이다. 무도한 권력은 열심히 학업을 닦고 입신양명하여 웅지를 펼쳐야 할 인재를 초야로 숨어들게 만들거나 억울하게 목숨을 앗아가버렸다. 애통하게도 그들 중 다수가 내 아들이 책으로 접하고 흠모해 마지않던 인물들이었다.

한동안 무거운 침묵이 흐른 뒤 이가 어렵게 입을 열었다.

"허락하신다면 관직이 아닌 다른 방법으로 두 분 부모님을 봉양하고 싶습니다."

"다른 일이라면, 무슨 일을 말하는 것이냐?"

"대장간 일을 배워 호미나 쟁기 같은 걸 만들어 팔아도 먹고살 방편은 되지 않을까 싶습니다만……."

그 말을 듣고 억장이 무너졌다. 어려운 집안 형편이 안 그래도 힘든 아들의 발목을 붙잡고 있었다.

소도 기댈 언덕이 있어야 몸을 비빈다고 했다. 가세가 넉넉하다면 이런 고민 따위 할 필요도 없는 일이다. 부모가 힘이 돼주지는 못할망정 한창 공부해야 될 아들에게 생활고를 벗어날 궁리부터 하게 만들고 말았다.

모름지기 군자는 생활의 편안함을 찾아선 안 되고 큰 뜻을 이루려면 기꺼이 불편한 생활을 받아들일 줄 알아야 한다는 충고 따위로 위로하기에는 현실이 너무 참담했다.

"나는 자식 덕에 호강하고 싶지도 않고 아들이 벼슬을 했다고 자랑으로 여기지도 않을 것이다. 공부가 하기 싫다면 네 뜻대로 해도 좋아. 그렇지만 다른 이유는 필요 없다. 호미를 만들어 팔든 쟁기를 팔든 그건 너 자신을 위해서나 선택할 일이야."

말은 아들에게 하면서 속으로는 나 자신을 돌아보게 되었다.

내가 진정으로 이 아이에게 바라는 것은 무엇이었나.

어사화를 꽂고 금의환향하는 아들의 모습을 기대하지 않았던 건 아니다. 그래도 아들이 진실로 백성을 위하는 목민관이 되어 나라에 공헌하기를 바랐다.

내 아들 중 누구라도 벼슬아치로 나가는 것만을 목표로 공부하는 것은 결코 용납하지 않았을 것이다.

이가 평생 관직에 나가지 않고 학자로 남기를 원한다면 기꺼이 그 선택을 지지해줄 생각이다. 다만 장차 무엇이 되건 이 아이만큼은 학문을 버리지 않기를 바랐다.

아들과 함께 시를 읊고 학문을 논하던 시간들이 내게는 세상 무엇과도 바꿀 수 없는 소중한 행복이었다. 그토록 뜨거운 열정과 올곧은 심성을 가진 아들이 가난 때문에 그만 책을 놓으려 하고 있었다.

'하늘이 장차 그 사람에게 큰 임무를 맡기려 할 때에는 반드시 먼저 그 심지를 지치게 하고 뼈마디가 꺾이는 고난을 당하게 하며 하는 일마다 어지럽게 하느니라. 이는 그의 마음을 두들겨서 참을성을 길러 주어 지금까지 할 수 없었던 일도 할 수 있게 하기 위함이라.'

며칠째《맹자》의 한 대목을 펼쳐놓고 있던 이가 다시 나를 찾았다.

"제가 욕심이 지나친 게 아니라면 일단 저의 학문을 점검할 기회를 가져보고 싶습니다."

"그래, 잘 생각했다. 나중 일은 그때 생각해도 늦지 않아."

고심 끝에 나온 아들의 결단이었기에 마음이 아팠다. 혼란을 잠재우기 위해서라도 대책이 필요했다.

율곡리 근방에는 화전민도 버리고 간 임야가 적지 않았다. 나는 그 땅을 개간해서 농토를 넓힐 요량이었다. 소식을 듣고 친정에서 하인 둘을 더 보내주었다.

잠 못 이루는 밤

어머니.

무탈하게 잘 지내고 계신지요.

불효 여식은 어머님의 배려 덕분에 부족함 없이 살고 있습니다.

저는 이제 집안 살림만 돌보고 있어요. 파주 식구들이 일을 어찌나 열심히 하는지 고맙기 그지없습니다.

덕분에 내년에는 농사지을 땅이 늘어나게 생겼어요.

아이들도 잘 자라고 있어요.

선은 집안의 장남 노릇을 단단히 해주고 있답니다. 매창은 또 얼마나 얌전하고 기품 있는 규수가 되었는지 몰라요.

번은 여전히 씩씩하고, 해련이도 예쁘게 잘 자라고 있어요.

어머니께 아직 인사를 못 드린 막내 손자 우는 일곱 살, 예원이는 여섯 살이에요.

어머니!

우는 돌아가신 아버지를 많이 닮았어요.

제 키보다 큰 거문고를 제법 퉁긴답니다……. 아마 어머니도 보시면 놀라실 거예요.

현룡이는 본명을 정했다고 지난번 편지에서 말씀드렸지요?

어머니 손발이 저리도록 안아서 키워주신 꼬맹이가 벌써 열세 살이 되었어요.

며칠 있으면 이도 제 형들 따라 과장에 나간답니다.

경험 삼아 내보내는 것이니 크게 기대하진 마세요.

그리고 아범은 항상 저를 많이 아껴주고…….

며칠째 마무리 못한 편지를 들여다보다 방문을 열었다. 새벽달이 서쪽 하늘로 기울어가고 있었다. 가슴에 불덩이가 내려앉은 것처럼 숨이 벅찼다.

마흔다섯, 불길한 습관처럼 시시각각 다가오는 죽음의 그림자를 느끼기 시작하면서 내 나이를 셈하는 버릇이 생겼다. 평생 울타리가 돼줄 것 같던 아버지는 이 나이로부터 2년을 더 살았다.

지금은 병들어서도, 죽어서도 안 되는 목숨입니다.

바라건대 조금만 시간을 늦춰주십시오.

달을 바라보는 심정이 서글프기만 했다. 일곱 남매를 키우는 어미로서 할 수 있는 기도가 고작 오래 살게 해달라는 것뿐이라니.

장독대를 훑고 지나가는 바람에 잔기침 소리가 섞여 나왔다. 남편은 언제 들어왔는지 사랑채에 불이 켜져 있다.

맑은 날 어디 가서 비를 맞은 걸까. 신발에 진흙이 잔뜩 묻어 있다. 소리 안 나게 털어서 댓돌에 가지런히 놓아주었다. 날이 밝으려면 한참 더 있어야 한다. 먹을 가는 동안 어지럼증이 가셨다.

"그런데 어머니, 짝은 어디 갔어요?"

막내아들 눈에는 갈대숲에 덩그러니 물새 한 마리를 그려 넣은 그림이 허전했던 모양이다. 그러고 보니 새를 한 마리만 그린 게 꽤 여러 점이다. 명주를 펼쳐놓고 붓은 갈필을 골랐다.

연못가에 백조 한 쌍이 내려앉았다. 수컷이 긴 부리를 내밀어 먹이를 찾는 물살 위로 팽팽한 긴장감이 흐른다. 암컷은 조금 떨어진 수초 옆에 가만히 선 채 한곳을 응시하고 있다. 암컷 주위로는 아무런 불안도, 긴장감도 존재하지 않는다.

수컷의 사냥이 끝나면 연못은 적막에서 깨어날 것이다. 금슬 좋은 백로 부부가 먹이를 나누며 일으키는 아름다운 소란이다. 소요와 적막, 두 개의 세계가 공존하는 화면은 그래서 더욱 평화롭고 고즈넉한 느낌을 자아낸다.

차오르는 충만감이 육신의 피로를 잊게 해주었다.

"부인."

이 시간에 무슨 일일까. 물기가 마르지 않은 그림을 한쪽으로 밀어 놓고 자리를 치웠다.

"보기 좋구려."

진지하지도, 그렇다고 무성의하지도 않은 단조로운 말투로 그림을 바라보는 남편에게서 미처 흘려보내지 못한 분 냄새가 풍겼다.

"몸 상하지 않게 밤에는 잠을 주무시오. 그림도 좋지만 이젠 당신 건강도 좀 생각해야 되지 않겠소?"

"집에 있으면서 몸 상할 일이 뭐 있겠어요. 그보다는 좀 전에 기침 소릴 들었는데, 어디 불편하십니까?"

"나야말로 하는 일도 없는데 불편할 게 뭐 있겠소? 그냥 마당에 나왔다가 불이 켜져 있기에 들른 거요. 아닌 게 아니라 목이 좀 컬컬한데, 생강차라도 한잔 주겠소?"

부부가 오래 살다 보면 굳이 누가 일러주거나 일부러 알아내려 하지 않아도 알게 되는 것들이 있다. 생강차는 핑계였을 것이다. 남편은 느리게 찻잔을 비우고 다시 한 잔을 채웠다.

"내가 당신 볼 면목이 없소. 미안하오."

"갑자기 왜 그런 말씀을 하십니까?"

"그냥, 그렇다는 거요."

짧은 말 속에 온갖 회한이 실려 있었다. 두 집 살림이 공공연한 비밀이 된 마당에 들을 필요도, 알아야 할 이유도 없는 사정 얘기 따위야 무슨 의미가 있을까. 내게는 그 침묵이 고백처럼 들렸다.

"빈속에 생강차 많이 드시면 부대낍니다. 그만 드세요."

"……고맙소."

찻잔을 내려놓는 눈빛이 복잡하게 흔들렸다. 대책 없는 연민의 감정이 두 사람을 한 공간에 묶어둔 채 각자 스스로에게 고문을 가하고 있었다.

"당신이 어련히 다 알아서 하겠지만, 아이들 시험 준비 잘 좀 부탁하오."

남편은 방문을 열고 나가면서 방금 생각난 것처럼 입을 열었다. 당분간 파주에 가 있겠다는 뒷말은 소리가 너무 작아서 못 알아들을 뻔했다.

무엇이 사람을 저리도 나약하고 외롭게 만들었을까.

말 못하는 기쁨

명종 3년(1548) 봄, 생원 진사 초시 합격자 명단을 알리는 방이 붙었다.

새로 지어 입힌 도포를 입고 나란히 과장에 나갔던 세 아들 중 셋째만 이름이 올라 있었다. 이제 열세 살밖에 안 된 아이가 처음으로 참가한 시험에서 버젓이 합격했다는 소문이 퍼지자 온 동네가 발칵 뒤집혔다.

"내 생전에 이런 날이 오긴 오는구나!"

시어머니는 이가 올리는 절을 받고 당장 잔치라도 벌일 기세였으나 이내 한숨을 머금었다.

"어머니! 내 아들이 결국 해냈습니다!"

비틀거리며 대문을 박차고 들어온 남편이 온 동네가 떠나가도록 주절주절 넋두리를 늘어놓았다.

"자식 키우는 맛이 이런 건 줄 몰랐습니다, 어머니. 효자가 따로 없어요. 출세하는 놈이 효자라는 거 아닙니까? 아들놈 잘 둔 덕에 저도 이제 사람 구실 좀 하게 생겼습니다. 우리 이가 천재예요, 천재! 안 그렇습니까, 어머니?"

"너무 그러지 마라. 그러다 팔불출 소리 듣는다."

"이렇게 좋은 날 팔불출 소리 좀 들으면 어떻습니까? 셋째는 절 안 닮아서 뭐가 돼도 될 줄 알았어요. 어머니, 제가 오늘 친구들한테 팔자에도 없는 축하주를 다 얻어 마셨습니다. 아들 덕에 말입니다."

"그러게 술 좀 적당히 마시지……."

"과거 시험 붙기가 하늘에서 별 따기라 평생 생원이나 초시 감투 한 번 못 써보는 양반들이 전국에 수두룩하답니다. 이 상황에선 청출어람(青出於藍)도 과분하고, 남들이 뭐라고 할까요, 어머니, 개천에서 용 났다고 할까요? 하하하!"

"아버지만 일찍 안 돌아가셨어도 진작에 출세하고도 남았을 텐데……. 다 이 어미가 무식하고 못나서 이렇게 된 것이다. 자식이라곤 하나뿐인데 겨우 밥이나 먹여 키웠으니 염치가 없어서 원……."

대낮부터 술자리를 거쳐 왔다는 남편의 과장된 몸짓에는 어쩔 수 없는 허탈함이 배어 있었다. 양반가의 사내에게 과거는 스스로 포기한다고 해서 떨쳐버릴 수 없는 필생의 업보 같은 것이다. 아버지가 되어 자식의 경사를 두고 사정없이 자신을 깎아 세우는 남편도 딱했지만, 그런 아들이 애달파 노심초사하는 시어머니 눈물 바람까지 보태져 내 마음은 무거울 수밖에 없었다.

"걱정 놓으세요, 어머니. 이제부턴 이가 우리 집안도 일으키고 어머니 한풀이 다 해드릴 겁니다. 안 그러냐?"

부엌에 볼일이 있는 척하고 시어머니 방을 물러 나오는데 등 뒤에서 남편의 공허한 속내가 담긴 넋두리가 이어졌다.

"화석정에서 했던 말, 명심하고 있겠지? 다른 건 다 잊어버려도 돼! 아무튼 뭐가 되어도 아비처럼 살지만 않으면 되는 거야."

그 가을 어린 아들의 마음을 시리게 했던 당부가 결국 자신을 닮지 말라는 거였다.

못난 사람.

안타깝고 미운 감정이 솟구쳐 하마터면 입 밖으로 원망을 뱉어낼 뻔했다.

저녁상을 치운 뒤 두 아들을 따로 불렀다.

"학문은 끝이 없는 것이다. 시험도 배움의 과정이라 생각하고 쓸데없이 낙담하지 마라."

"저는 어른들께 반가운 소식 전해드리지 못해 늘 송구하던 차에 기쁘기 한량없습니다."

선의 얼굴에는 알게 모르게 안도와 당혹감이 스쳤다. 제 딴에는 열심히 한다고 했건만 새까맣게 어린 동생에게 밀려났으니 맏형으로서

겨는 낭패감이 오죽할까 싶었다.

"번은 왜 아무 말도 하지 않느냐?"

"어른들이 기뻐하시니 저도 기쁩니다."

남편의 술주정이 이어지는 동안 안절부절못했던 둘째는 아직 서운함이 가시지 않은 얼굴이었다. 성미가 화통한 만큼 감정을 쌓아두는 아이가 아니어서 큰 걱정은 하지 않았다.

이한테는 되도록 말을 아껴야 했다. 식구들 앞에서 드러내놓고 칭찬하기도 조심스러웠지만 어린 마음에 혹여 자만하지 않을까 걱정이 앞섰다.

사서(四書)와 역사 위주로 출제되는 진사 초시 문제는 암기력이 뛰어난 만큼 무난히 합격권에 들었을 수도 있었다.

그에 비해 시와 부를 써내는 복시는 여기서 한 차원 높은 문장력과 고도의 식견을 갖춰야 통과할 수 있는 관문이다. 복시를 통과한 이후에는 성균관에 입학해야 한다. 명륜당에 들어가서도 원점(圓點) 3백 점 이상을 받아야 대과에 도전할 자격이 주어진다. 출사에 뜻이 있다면 이제 겨우 첫발을 내디딘 것뿐이었다.

"이번엔 운이 좋았다 생각하고 더욱 정진하도록 해라."

"예……."

이의 대답이 무거웠다. 따뜻한 말 한마디 못해주는 어미가 실망스럽고 서운할 만도 했을 것이다.

슬픔 속에 피는 꽃

매창은 어느새 옷 한 벌을 척척 지어낼 만큼 손이 빨라졌다. 제 언니가 곁에 두고 가르친 덕분에 둘째도 제 몫을 하고, 아직 여섯 살밖에 안 된 막내딸은 열심히 바늘에 실을 꿰고 있다.

어린 시절 강릉 집 마루에서 다섯 자매가 어머니와 함께 바느질하던 풍경이 눈에 밟혔다. 자매들 얼굴은 가물가물한데 고향 집 마루에서 웃고 떠들던 소리만 귓가에 생생했다.

혹여 행랑아범이 어머니께 쓸데없는 말을 전한 건 아닐까.

편지를 써 보내면서 미리 단단히 일러두지 못한 게 마음에 걸렸다. 어쩌면 입단속을 한다는 것 자체가 부질없는 일인지도 모른다.

어미는 아픈 데 없이 건강하게 잘 지내고 있으니 염려할 것 없다.

아범이 항상 많이 아껴주는 덕분에 행복하게 잘 살고 있으니 제 걱정은 조금도 하지 마셔요.

편지가 오갈 때마다 피차 판에 박힌 하얀 거짓말로 안부를 마무리하면서 괜찮다, 괜찮다고 서로를 안심시키려는 마음은 어머니나 나나 다르지 않을 것이다.

"어머니, 이것 좀 봐주세요."

우가 방으로 들어와 손바닥을 펼쳤다. 초서체로 한 자씩 제 이름을 새긴 콩알 두 쪽이 놓여 있었다.

"이게 뭐야?"

콩알에 멋들어진 글자가 새겨진 것을 보고 딸들이 기함을 했다. 손톱으로 휘갈겨 새긴 듯 작은 획 하나하나가 제법 정확히 표현되어 있었다. 막내아들이 서예에 재능이 있다는 건 알았어도 이렇듯 빨리 그 기질을 나타내게 될 줄은 몰랐다.

"연습을 많이 한 모양이로구나."

"큰누님이 많이 가르쳐줬어요."

"전 어머니한테 배운 것을 가끔 우에게 알려준 것뿐이에요. 글씨 공부는 오라버니랑 다 같이 했어요."

심성 고운 맏딸은 늘 그래왔던 것처럼 형제들한테 공을 돌렸다. 바느질감을 거두고 매창의 글씨와 그림을 모두 가져오게 했다.

"부끄럽습니다."

매창이 수줍게 펼쳐 보인 두루마리 두 폭에 매화도와 월매도가 그려져 있었다. 안정된 구도와 대담한 붓놀림에 나는 가슴 뛰는 흥분마저 느꼈다. 어린 자식들 돌보는 데만 신경 쓰느라 여념이 없는 사이저 혼자 실력을 키웠다고는 믿어지지 않을 만큼 완벽한 작품이었다. 동생들이 본받아도 될 만큼 글씨체도 흠잡을 만한 구석이 없었다.

"포도 그림은 우도 잘 그려요."

"금방 보여드릴게요!"

둘째 누이가 칭찬하는 말을 듣고 우 역시 수묵화 두 점을 들고 왔다. 하나는 전에 내가 그린 포도화를 본떠 그린 것이었다.

"이쪽 그림은 마당에 핀 국화를 보고 그린 거예요."

"잘 그렸구나!"

아직 서툰 면이 있어도 어깨너머로 배운 그림이라고 보기에는 대견하기 짝이 없었다. 나는 남매의 그림을 방바닥에 펼쳐놓고 더없이 뿌듯한 심정으로 바라보았다.

"저도 어머니처럼 글씨를 잘 쓰고 그림도 잘 그리는 사람이 되고 싶어요."

매창과 이가 어릴 때 하던 말을 막내아들도 똑같이 하고 있었다.

"사내가 공부를 해야지, 그런 건 나중에 해도 늦지 않아."

"그럼 저도 셋째 형님처럼 될 수 있을까요?"

"그럼! 우리 우가 얼마나 똑똑한데. 이것들은 나중에 표구점에 맡길 테니 잘 간직하도록 해라."

"정말이세요, 어머니? 제 것도 표구를 해주실 거예요?"

우의 두 눈이 휘둥그레졌다. 그동안 이 아이한테 무심했구나 싶었다. 일찍이 신동 소리를 듣고 자란 셋째 형의 그늘에 가려 집안의 주목을 받지는 못했으나 우는 시(詩), 서(書), 화(畵)에 거문고 연주까지 관심을 보이며 다방면에 재능을 나타냈다.

일곱 살밖에 안 된 아이가 거문고를 튕겨 소리를 내자 시어머니도 외탁을 한 모양이라며 신기해했다.

갑자기 밖에서 시끄러운 소리가 들려왔다.

"너 나 무시하지? 까불지 마, 인마! 이래 봬도 난 네 형이야."

"그런 거 절대 아니에요, 형님."

"여기서 떠들지 말고 얼른 네 방으로 들어가자."

무슨 일인지 화가 잔뜩 나서 씩씩대는 번을 달래느라 선과 이가 진땀을 빼고 있었다.

"소란 피워 죄송합니다, 어머니! 과거 시험까지 합격한 대단한 아우님한테 제가 그만 실수를 했습니다."

말투가 삐딱했다. 술 마신 티를 내지 않으려고 몸을 꼿꼿이 세웠지만 눈동자에 힘이 풀려 있었다. 용케 잘 넘어간다 했더니 제 딴엔 무던히도 속을 끓인 모양이었다.

"너희들은 각자 할 일 하고, 둘째는 찬물에 세수하고 내 방으로 들어오너라."

"저 안 취했어요, 어머니."

"세수부터 하라는 말 안 들리느냐?"

고함 소리에 놀란 번은 어깨가 축 처져서 우물가로 향했다.

"머리가 맑아질 게다. 천천히 마시고 어미가 하는 말, 잘 새겨듣도록 해라."

아들이 방으로 들어오기를 기다렸다가 미리 준비한 국화차를 따랐다.

"송구합니다, 어머니……."

좀 전의 호기는 간데없고 기어들어가는 목소리가 오히려 더 애처로웠다. 첫째는 첫째대로, 막내는 막내대로 누구 하나 아프지 않은 자식이 없건만 유독 제 아버지를 많이 닮은 둘째는 그래서 더 마음이 쓰였다.

"너는 항상 좋은 아우였고, 믿음직한 형이었다. 남을 배려할 줄 알고 자존심과 의리를 지킬 줄 아는 것, 그것이 너의 미덕이다."

"예?"

번은 술기운이 확 가신 얼굴로 고개를 들었다. 씩씩한 성정만 믿고 격려나 칭찬에 인색했던 일이 문득 후회되었다.

"그러니 주눅 들 것 없다. 학문의 결실을 맺는 것은 사람마다 그 시기가 다를 수 있어. 조금 늦는다고 실망할 것 없다는 얘기다. 번아! 너는 장점이 많아. 눈앞의 성과에 일희일비하지 말고 원래 네 모습대로 의연하게 처신하기 바란다. 네가 마음먹으면 못할 일이 무엇이 있겠느냐?"

어느덧 장정이 다 된 번은 눈시울이 붉어지려다 제풀에 놀란 듯 고개를 옆으로 돌렸다.

"그만 돌아가 쉬어라."

"예, 어머니. 안녕히 주무십시오."

아들의 어깨에 조금은 힘이 들어간 듯했다.

남은 바느질감을 챙겨 들고 호롱불 앞에 앉았다.

지금쯤 어디서 무얼 하고 있을까.

남편의 행방을 떠올리다 부질없는 상념을 접었다. 파주로 가기 전에 식구들 옷이라도 몇 벌 지어놓아야 했다.

깊어지는 갈등

"애 많이 썼다."

마포 나루를 떠나는 배 안에서 처음으로 이에게 칭찬의 말을 건넸다.

"다 어머님 덕택입니다."

"갈 길은 정했느냐?"

이가 곤혹스러운 듯 입을 다물었다. 가을 복시에 응할 것인지 아직 마음의 결정을 못 내린 것이다.

"내키지 않으면 굳이 나갈 필요 없다. 지난번에도 말했듯이 장래의 일은 차차 결정해도 늦지 않을 것이다."

관직에는 뜻을 두지 않는 선비들이 사류(士類)의 공인을 받기 위한 목적으로 진사과에 응시하는 경우도 흔했다. 성균관은 이제껏 집 울타리를 벗어난 적이 없는 이가 학우를 만나볼 좋은 기회가 될 수 있겠지만 유생들도 두 파로 나뉘어 정치권에 줄을 대는 현실은 오히려 독이 될 위험이 있었다.

남편은 이가 복시에 응할 계획이 없다는 사실을 전하자 버럭 역정을 냈다.

"어린것이 갈피를 잡지 못하면 부인이 알아듣게 타일러야지요. 실력이 달리는 것도 아니고 앞길이 창창하게 보장된 아들한테 시험을 포기해도 좋다고 허락했단 말이오?"

"굳이 서두를 필요 없지 않습니까? 이는 나이도 어린 데다 해야 될 공부가 많으니 기다려주자는 것입니다."

"공부는 성균관에 가서 하는 것이지 스승도 귀양 가고 없는 마당에 당신이 가르치기라도 하겠단 말이오?"

갑자기 누가 등줄기에 얼음이라도 갖다 댄 듯 전율이 일었다. 한기를 몰아오는 통증에 숨이 턱 막혀왔다.

"생각이 있으면 말을 해보시오. 무슨 대책이 있을 것 아니오?"

남편 앞에서 아픈 모습을 보이기는 죽기보다 싫었다. 이를 악물고 버텼다. 가슴이 마구 뛰기 시작했다. 다그치는 소리가 환청처럼 크게 들려왔다. 이가 학업을 포기한 것은 아니니 너무 걱정 말라는 말을 남기고 가까스로 방을 나왔다.

눈을 뜨고 있어도 헛거미가 잡힌 듯 시야가 흐렸다.

아직 해야 할 일이 많은데…….

나는 모로 누워 있다가 거의 초인적인 힘으로 벌떡 몸을 일으켰다.

죽음의 그림자가 성큼 다가왔다 해도 쫓아내야 할 판이었다.

노복들이 새로 일군 땅에 농사지을 곡식을 정해야 하고 토질에 알맞은 종자도 선택해야 된다. 가족의 생존이 걸린 만큼 남에게 맡겨둘 수만은 없었다. 적어도 자식들이 집안 형편을 이유로 제 뜻을 접는 일만큼은 없게 만들어주고 싶었다.

무슨 정신으로 가을을 넘겼는지 모르게 한 해가 저물었다. 남편은 해가 바뀔 때까지 이의 복시 문제를 거론하지 않았다.

짧은 평화

명종 5년(1550) 정초부터 이른바 안명세의 필화 사건이 터졌다.

사건은 을사사화 당시 사관으로 있던 안명세가 인종의 장례식 전에 윤임 등 3대신을 죽인 것은 국가적인 불행이라고 비판한 글을 사초에 적은 것이 빌미가 되었다. 안명세는 윤원형 일파의 사주를 받은 이기와 진복창 등이 무고한 선비들을 처형한 사실까지 수록하며 당시 이를 찬성하거나 반대한 선비들의 명단까지 사초에 넣었다.

사초는 당대에 공개하지 않는 것은 물론 임금조차 볼 수 없도록 하는 게 절대 원칙이었다. 그러나 동료 사관이 사초 내용을 윤원형 일파에게 고자질하는 바람에 안명세는 모진 고문 끝에 의연히 죽음을 맞았다.

"그 사관이 죽기 전에 일가친척들에게 마지막으로 남긴 유언이, 자식들에게는 절대 글을 가르치지 말라는 것이었다네."

"여차하면 벼슬길이 황천길 되는 마당에 왜 안 그렇겠어? 억울하게 죽은 것도 모자라 처자식까지 노비로 만들었으니 힘들여 공부한 게 한이 될 만도 하지……."

"참, 더러운 세상일세. 마땅히 죽어야 될 간신 놈들은 보란 듯이 활개 치고 사는 마당에 귀신은 뭐하나 몰라."

필화 사건에 대한 소문은 율곡리에도 흘러들어왔다.

세상 돌아가는 일에 무관심한 농부들도 두셋만 모이면 그 얘기였다. 그들 대부분이 양반으로 태어나지 않기를 다행이라는 말로 권력 깨나 가졌다는 사람들의 탐욕을 비웃었다.

이해에 남편은 음서(蔭敍)로 종5품 수운판관 자리를 얻었다. 조상 가운데 공덕 있는 자손들에 한해서 과거 시험을 통과하지 않고 관리로 임명하는 것을 음서라 한다.

"배를 타고 지방을 돌아다니면서 조세를 거둬들이는 일인데, 그래봤자 말단 관리직입니다."

"말단이면 어떻고 외직이면 어떠냐? 이제야 아범이 녹봉을 받게 됐으니 내가 죽어서도 조상님들 뵐 면목이 서는구나!"

시어머니는 마치 아들이 장원급제라도 한 것처럼 좋아서 어쩔 줄 몰라 했다. 하급 말단 관리직이라도 쉰한 살에 벼슬을 얻은 것은 이례적인 혜택이었다.

"늦어도 올가을에는 제가 첫 번째 녹봉을 탑니다. 어머니 다 드릴 테니 마음껏 쓰세요."

"원, 별소릴 다한다. 녹봉을 받으면 네 안식구한테 줘야지."

"당연히 어머니께서 받으셔야지요. 그동안 고생 많으셨잖아요."

"내가 무슨……. 너희들이 고생했지."

아들과 이야기꽃을 피우며 은연중에 며느리 눈치를 살피던 시어머니가 감격의 눈물을 흘렸다.

수운판관 녹봉이라고 해야 토지 5결(結)에서 거둬들인 세금에 해당하는 금액을 곡식으로 환산하여 받는다. 그나마 한 해 네 번에 걸쳐 주는 것을 나라 형편이 좋지 않을 땐 두 번으로 나눠 받도록 되어 있다.

녹봉이야 어찌 되든 나는 남편의 활기찬 모습을 보는 것만으로도 족했다.

"큰소리친 것 미안하오. 내가 못나서 옹졸하게 굴었던 것이오. 나야 미관말직이라 상관없지만 지금 세상 돌아가는 꼴을 보아하니 이가 복시에 나가지 않기를 잘했다는 생각이 드는구려."

광에서 인심 난다 했던가. 마음에 여유가 생기니 진심이 나왔다. 그날 밤 우리는 오랜만에 많은 이야기를 나누었던 것 같다. 무엇보다 고마운 일은 그가 어정쩡한 주변인의 자리에서 가장의 자리로 돌아왔다는 사실이다.

"이제 여기 생활은 정리하고 어머님 모시고 다 같이 한집에 삽시다. 가장이 자리를 잡았으니 애들 혼인을 서둘러야 되지 않겠소?"

늘 바람같이 떠돌던 가장이 식구들과 한집에 모여 살자는 말을 꺼낸 것도 뜻밖이려니와 큰 아이들 혼사 문제를 거론한 것도 처음 있는 일이었다.

선은 스물일곱, 사내라 혼인이 늦어도 크게 흠될 일이 없으나 매창은 이미 혼기가 지나 있었다. 자식들을 둘로 갈라놓고 살아온 지도 벌써 여러 해였다.

"내년부터 농사는 은산 내외한테 일임해도 지장이 없을 거예요."

"그래요? 정말 잘되었구려. 수고 많았소."

"그런데 수진방 집은 너무 좁지 않을까요?"

"안 그래도 삼청동에 세 나온 집을 봐둔 게 있소. 좀 낡긴 해도 방이 여러 개라 우리 형편에 적당한 듯해서 점찍어두었다오. 당신이 가서 보고 결정하도록 하시오."

이사할 집까지 봐뒀다는 말에 가슴이 뛰었다.

마침내 가족이 한집에 모여 살게 되는 날이 오는 걸까.

남편의 회한

"아씨마님!"

한양에 갔던 은산이 집 안으로 뛰어들어왔다. 멀쩡하던 시어머니가 병환으로 몸져누웠다는 전갈이었다. 칠순 노구에도 강단 있기로 소문난 노모가 위독하다는 소식에 남편의 얼굴이 납빛으로 굳어졌다.

본가에 도착했을 때 의원은 노환이라고 했다.

"저희가 어찌하면 됩니까?"

"살아 계시는 날까지 편안하게 모십시오."

"방법이 없다는 말입니까?"

"기력을 회복하는 건 불가능합니다."

남편은 그 자리에서 무너져 내렸다. 꿇어앉은 무릎으로 회한에 찬 눈물이 뚝뚝 떨어졌다.

“의원 말이라고 다 맞는 건 아닐 테니 신경 쓸 것 없어요. 무슨 수를 써서라도 어머님이 건강을 다시 찾게 해드릴게요.”

남편이 노모에게 첫 녹봉을 바치겠다고 한 약속만큼은 지켜주게 하고 싶었다. 세상살이가 신산해도 자식 하나만 바라보고 청상으로 버텨온 칠십 노모를 아무 보람 없이 떠나보내기엔 인생이 너무 허망했다.

남편은 이제야 나랏일에 매인 몸을 한탄하며 아침에 나갔다 저녁에 돌아와서도 밤늦도록 병상을 지켰다. 하나뿐인 자식의 애끓는 심정에도 불구하고 시어머니 병세는 점점 깊어만 갔다. 자리에 누운 뒤로는 아들이 온 것도 알지 못했다.

그렇게 닷새째 되는 날이었다.

“어머님은 제가 돌볼 테니 당신은 눈이라도 붙이세요.”

“나보다는 부인이 좀 쉬는 게 낫겠소. 며칠째 이러고 있지 않소.”

“당신은 아침 일찍 나가봐야 되지 않습니까. 저는 짬짬이 쉬는 시간이라도 있으니 걱정 말고 주무세요.”

남편을 사랑으로 내보내려다 무심코 고개를 돌린 순간 눈이 번쩍 뜨였다.

“어머니, 정신이 좀 드세요?”

시어머니가 우리 두 사람을 조용히 바라보고 있었다. 급히 물을 따라 입술에 적셔주었다.

“저 알아보시겠어요?”

남편이 시어머니 앞으로 바짝 다가앉았다. 아들을 바라보는 노모의 입가에 미소가 떠올랐다. 꼬박 닷새를 의식도 없이 누워 있던 환자라고는 믿어지지 않을 만큼 해맑은 미소에 가슴을 쓸어내리는 순간이었다.

"아범……."

"예, 어머니……."

시어머니가 천천히 손을 내밀어 남편의 손을 토닥토닥 어루만지며 아주 천천히 고개를 끄덕였다. 안간힘을 다해 온몸으로 아들을 격려하는 듯했다.

남은 한 손으로는 나를 불렀다. 고부간에 얼굴을 마주하는 순간 만감이 교차했다. 혼인한 지 3년 만에 처음 만난 시어머니가 왜 그렇게 어려웠던지. 어린 마음에 무서울 때도 있고 서운할 때도 있었다. 행여 며느리가 글공부 좀 했다고 시어른 대하기를 우습게 여긴다는 소릴 들을까 봐 행동거지 하나하나가 조심스러웠다.

그 세월이 10년, 20년 지나면서 이제 비로소 대하는 마음이 조금 편해진다 싶을 때였다.

"고맙다……."

"저도 감사하게 생각해요, 어머니!"

시시각각 옅어지는 숨소리가 방 안을 무겁게 내리눌렀다. 부여잡은 손에서 온기가 빠져나가고 있었다. 남편이 어깨를 들썩이며 울음을 삼켰다.

마치 그 두 마디를 하려고 먼 길을 돌아온 것처럼 희미한 숨소리마저 잦아들었다.

"어머니!"

노모의 시신을 부둥켜안고 남편이 서러운 통곡을 토해냈다.

천붕지통(天崩之痛), 평생 어머니 한 분을 의지하고 살아온 그에게 노모의 죽음은 그가 살아온 생의 전부가 무너져 내리는 슬픔을 의미했다.

잠시 가정의 품으로 돌아온 듯했던 남편의 방황이 다시 시작된 것은 어쩌면 그 슬픔을 견디기 어려웠기 때문일지도 모르겠다.

고독한 예감

마흔여덟, 봄에 삼청동으로 집을 옮겼다.

"짐 정리는 저희가 다 알아서 할 테니 어머닌 제발 아무것도 하지 마세요."

매창은 손가락 하나 까딱하지 말라고 애걸했지만 나는 몸보다 마음이 더 급했다. 더 늦기 전에 할 수 있는 건 미리 손을 써둬야 했다. 또 자식들이 생활할 공간만큼은 내 손으로 직접 꾸며주고 싶었다.

밖에는 초저녁부터 보슬비가 내리고 있었다.

빈방에 족두리 쓰고 앉아 있던 그날도 오늘처럼 봄비가 내렸었다. 돌아보면 아득한 세월, 다정도 무정도 하룻밤 꿈만 같았다.

어디서부터 다시 시작하면 인생이 달라졌을까.

부풀다 만 꽃봉오리가 비에 젖어 툭툭 떨어지고 있었다.

"비 오는데 왜 나와 있소?"

열흘 전에 조운선을 타고 나갔던 남편이 돌아왔다. 달도 없이 어두컴컴한 밤에 하얀 도포 자락이 눈부시게 고왔다.

"서방님을 기다리고 있었습니다."

"부인도 참! 일하러 나간 사람이 언제 올 줄 알고 무작정 나와 있단 말이오?"

"기다리니까 이렇게 오시지 않았습니까?"

"어쨌거나 기분은 좋구려! 비 맞지 말고 어서 들어갑시다."

남편의 비단 도포 자락이 어깨를 감싸 안는 순간 익숙한 향내가 섞여 나왔다.

"먼저 들어가십시오. 저녁상 내오겠습니다."

"밥은 됐으니 차나 한잔 주시오."

다기를 잡은 손끝이 떨려 하마터면 물을 쏟을 뻔했다. 찻물을 우려내는 동안 가까스로 마음을 가라앉혔다.

"일은 고되지 않습니까?"

"고되고 말고 할 게 뭐 있겠소. 당신도 알다시피 여기저기 돌아다니기 좋아하는 내 적성에 딱 맞는 일이잖소?"

한 여자와 한 집에 정착하지 못하는 그 바람 같은 습성으로 인해 평생 멍울을 안고 살았다. 말하지 않은 속사정을 알아줄 까닭이 없건만 속이 쓰린 건 어쩔 수 없다.

"아, 물론 집을 자주 비우는 바람에 당신과 애들한테는 미안하지만……."

본인도 켕기는 게 있는지 너스레 한마디를 덧붙였다. 찻물이 적당히 우러나왔다. 남은 시간이 많지 않았다.

이사 오기 전부터 가슴이 답답한 증세가 부쩍 심해졌다. 괜찮은 듯싶다가도 어느 순간 까무룩 정신을 놓쳤다 깨어나면 죽기보다 살기가 더 힘들었다.

상중에는 혼인이 금지되어 있다. 내년에 시어머니 탈상을 마치면 선은 스물아홉, 매창은 스물셋이 된다. 번은 이미 관례(冠禮, 남자아이가 성인이 된 것을 인정하는 의식)를 치렀고, 해련도 올해 열여덟 살이 넘어가니 혼기가 꽉 찬 자식만 넷이다.

아직 열 살도 안 된 어린것들은 또 어쩔 것인가.

심장이 타는 듯 숨이 가빠오는 와중에도 뒷일을 생각하면 겁이 덜컥 났다. 본부인이 멀쩡히 살아 있어도 능력만 닿으면 두 집 살림, 세 집 살림도 마다하지 않는 게 사내들이었다. 들리는 말로는 여옥이 술을 너무 좋아하는 데다 성미가 거칠어 이웃 사이에서도 평판이 좋지 않다고 했다.

"술만 취하면 개구신이 따로 없는데 다른 때 보면 또 어찌나 애교가 차고 넘치는지 사내 여럿 보내게 생겼어. 우리 나리가 꼼짝 못할 만도 하지."

하인들끼리 수군대던 말이 비수가 되어 박혔다. 술 좋아하고 우유부단하기까지 한 남편이 자기 좋다는 여자를 먼저 내칠 수 있을까.

그가 차 한 모금 마시기를 기다렸다가 말을 꺼냈다.

"만일 제가 죽고 나면 어찌하실 겁니까?"

"그게 무슨 말이오?"

"재취를 들일 건지 여쭙는 것입니다."

"갑자기 왜, 그런 말을 하는 거요?"

"만일을 가정하고 솔직하게 대답해주세요."

"그러니까 그런 걸 왜……."

남편은 끝까지 즉답을 피하면서 말꼬리를 흐렸다. 빈말이라도 아니라고 말해주기를 원했던 건 과욕이었을까. 아니, 질문 자체가 어리석었다. 처량한 심경을 억누르고 말을 바꿨다.

"제가 죽더라도 재취를 들이는 일은 없었으면 합니다."

"거참, 뜬금없이……. 듣기 거북하구려."

"거북해도 당신과 30년을 동고동락한 조강지처로서 마지막 부탁이니 들어주셔야 합니다. 사람 일은 한 치 앞을 모르는 것 아닙니까."

"알았소. 일단 들어나 봅시다."

그는 화제가 영 내키지 않는 듯 찻잔을 내려놓았다. 자식들 장래가 걸린 문제에 자존심이고 뭐고 따질 겨를이 없었다. 그래서 간 쓸개 다 빼놓고 직설 화법을 택했다.

"《예기》에 이르기를, 혼인한 부부는 그 인연을 소중히 여겨 서로 예의를 지켜야 한다고 했습니다. 또한 집안에 아들이 없거나 돌봐야 할 어린아이가 있을 경우가 아니면 굳이 재혼을 하지 않아도 흠이 될 게 없다 했습니다."

"그래서요?"

"우리는 자식이 7남매나 되고 막내가 여덟 살이니 계모를 들이지 않아도 곧 제 앞가림을 할 것입니다. 그런데도 예법을 어겨가며 굳이 새장가를 들고 싶으신지요?"

"허허! 또 그 소리요? 당신도 참 끈질기구려. 좋소. 일단 당신 좋아하는 예법 얘기부터 합시다. 그렇다면 공자가 아내를 내보낸 것은 무슨 예법에 해당되는 것이오?"

처음에는 농담처럼 물었다.

《예기》 단궁(檀弓) 편에는 공자가 부인과 백년해로하지 못하고 일찌감치 헤어졌음을 암시하는 내용이 있다. 세월이 흘러 부인의 사망 소식을 접한 공자는 외아들 리(鯉)가 상복을 입는 것조차 허락하지 않았다. 하지만 남편은 하나만 알고 둘은 몰랐다.

"그것은 공자가 노나라 때 난리를 만나 제나라로 피난을 갔을 때 일이지요. 그때 그 부인이 따라가지 않고 바로 송나라로 갔기 때문에 공자가 함께 살지 않았던 것뿐이지 내쫓았다는 기록은 없습니다. 오히려 부인의 배신에도 불구하고 공자가 평생 독신으로 살면서 아들을 돌봤다는 기록은 찾아볼 수 있습니다."

"그럼 증자가 부인을 내쫓은 것은 무슨 까닭이오?"

이번에는 증자를 걸고 넘어졌다.

증자가 부인을 내쫓은 것은 그가 둘도 없는 효자였기 때문이라는 사실이《한비자》에 나와 있는 것을 간과한 것이다.

"그것도 그럴 만한 이유가 있었지요. 증자의 부친이 찐 배(蒸梨)를 무척 좋아했는데 그 부인은 번번이 배를 잘못 쪘다고 합니다. 결과적으로 부모를 공양하는 도리에 어긋나서 효성스러운 아들이 어쩔 수 없이 아내를 내보낸 것입니다. 그러나 증자도 한 번 혼인한 예의를 존중하여 새장가를 들지는 않았다고 합니다."

"그럼 주자의 집안은 이 같은 예법을 다 잘 지켰소?"

"주자가 마흔일곱 살 때 부인이 죽고, 맏아들은 아직 장가들지 않아 집안 살림을 할 사람이 없는 상황이었는데도 불구하고 평생 두 번째 부인을 들이지 않았습니다."

"하여간 잘난 위인들은 뭐가 달라도 다르군! 그나저나 이 얘긴 그만합시다. 괜히 기분이 이상해지는구려."

빈 찻잔을 홀끔대며 의식적으로 하품을 늘어지게 뱉어내는 얼굴에 지루해하는 기색이 역력했다. 별 뜻 없이 뱉어내듯 툭툭 던지는 말의 칼날에 찔려 내 가슴에도 피멍이 들었다.

"밤이 늦었으니 그만 돌아가 주무세요."

"그럴까요? 쓸데없는 생각 말고 당신도 편히 자요."

객쩍은 미소를 흘리며 그가 방을 나갔다. 식구들에게 입단속을 철저히 시켜둔 터라 병증이 도진 것도 까맣게 모르고 있을 사람이다.

불쌍한 내 새끼들을 어쩌면 좋은가.

별이 지다

마당에 봄꽃이 덧없이 피고 지고, 죽음은 나에게만 익숙한 현실이 되어 밤낮으로 숨통을 조여오는 5월 초입이었다.

하루는 남편이 세 아들을 불렀다.

"황해도와 평안도 지방을 돌아오는 일정인데 늦으면 한 달쯤 걸릴 것이다. 너희들도 따라나서겠느냐?"

"데려가주신다면 저도 곁에서 일을 돕겠습니다."

"저희를 꼭 데려가셔야 될 이유가 따로 있으신지요?"

"세상 돌아가는 형편도 살필 겸 같이 다녀보자는 것이다. 관리직이 어떤 것인지 일을 배워두는 것도 나쁘진 않다만, 꼭 지금 따라나서지는 않아도 된다."

남편의 말투에는 은근한 강요가 깃들어 있었다. 맏이는 무조건 따를 의향을 보이고 번은 뭉그적대며 대답을 미루는 동안 질문의 눈길이 이를 향했다.

"아버님을 모시겠습니다."

"오, 그러겠느냐?"

이가 짐을 꾸리겠다고 하자 남편이 반색했다. 마치 두 아들 데리고 유람이라도 가는 듯 즐거워하는 모습이 보기 좋아 심장의 통증도 참을 만했다. 남편 혼자 험한 뱃길을 가는 것보다 아들 둘이 말벗이라도 해가며 동행한다면 훈훈하고 든든한 출장길이 될 터였다.

이는 막상 대답을 해놓고도 왠지 속이 편치 않은 얼굴로 나를 찾았다.

"이제라도 아버지께 허락을 구하여 집에 남아 있을까 합니다."

"어째서 그런 말을 하느냐?"

"차마 발길이 떨어질 것 같지 않아서……."

말꼬리를 흐리는 아들의 눈가에 그렁그렁 눈물이 맺혔다. 묻지 않아도 얼굴에 답이 쓰여 있었다. 병든 어미를 두고 가기가 못내 마음에 걸린 것이다.

"내 걱정을 하는 것이라면 말할 필요도 없다. 아버지 말씀이 옳다. 너도 이제 열여섯 아니냐. 문리를 깨치려면 세상 돌아가는 형편을 알아야 되는 법. 머릿속에 먹물만 가득한 책상물림 소리를 듣고 싶은 게냐? 사내가 돼서 약해빠진 생각 하면 못쓴다."

명년에 있을 식년시를 염두에 두고 사뭇 냉정하게 내뱉었다. 이는 더 이상 아무 말도 하지 못했다.

다음 날 세 부자가 아침 일찍 집을 나섰다. 어디선가 날개를 접고 있던 까마귀 한 마리가 구름 한 점 없이 맑게 갠 하늘로 숨어들듯 날아올랐다. 골목길을 벗어나던 두 아들이 인상을 찡그리는 모습이 아프게 눈에 밟혔다. 마당에 이불을 널어 말리고 남은 방 정리를 시작했다. 오후가 되도록 하늘은 눈이 시리도록 푸른빛을 잃지 않았다.

"어머니, 정신이 드세요?"

매창의 목소리에 눈을 떴을 때는 하루가 지난 다음 날 저녁 무렵이었다.

"의원이 침을 놓고 갔어요. 아직 배가 멀리 가지는 않았을 테니 아버지께 사람을 보내겠어요."

5남매가 근심 가득한 얼굴로 앉아 있었다. 몸을 일으키려는데 심장에 통증이 밀려왔다. 아이들을 만류하고 벽에 몸을 기대앉았다. 누워 있는 것보다 조금은 숨이 편해지는 듯했다.

"천천히 들이켜시래요."

매창이 약을 들여왔다. 따로 살림을 가르칠 새도 없었건만 어디 내놔도 부끄럽지 않은 신붓감으로 커준 장한 딸, 이 아이 시집보낼 때까지라도 살아남아야 한다는 간절함이 가까스로 약을 넘길 수 있게 했다.

"어머니, 여기요."

우는 약사발이 비워지기를 기다렸다가 입가심으로 곶감을 내밀었다. 한창 어미 손이 필요한 어린 아들의 해맑은 몸짓이 나를 미소 짓게 만들었다.

이 아이들을 두고 어찌 눈을 감을까.

비몽사몽 중에 소스라쳐 깨어보니 별이 총총한 밤이다. 정신이 들락날락하는 동안 며칠이나 지났는지 마당에 흰색 불두화가 만발했다. 벌도 나비도 날아들지 않아 스스로 자손을 퍼뜨리지 못하는 가지마다 제 운명을 거역하듯 무성한 꽃봉오리가 아름답고 당당했다.

잠깐 바깥바람 좀 쐬었다고 목에서 뜨거운 것이 치받쳐 올라왔다. 남편과 두 아들이 돌아올 때까지 연명하는 것조차 과분한 소망인지도 모른다. 숨이 가라앉기를 기다려 붓을 들었다.

> 아마도 당신이 이 편지를 읽고 계실 때쯤
> 나는 다른 세상에 살고 있을지도 모르겠습니다.
> 미안합니다.
> 평생 당신을 은애하였으나
> 충분히 사랑해주지 못했습니다.
> 조금만 더 내가 당신을 이해했더라면,
> 조금만 더 깊이 당신을 들여다보려고 했다면.
>
> 기억하실지 모르겠습니다.
> 당신이 처음 오죽동산에 오셨던 날 꽃비가 내렸어요.
> 옥색 도포 차림으로 사랑을 나서는 당신을

멀리서 훔쳐보는 마음에도 꽃비가 내렸지요.
그때부터 나의 그리움은
향기롭고 따뜻한 빛으로 다가왔습니다.
그림 속 봄날처럼 쓸쓸한 날도
매양 당신이 있어 좋았습니다.

죽어서도 내가 가져갈 기억은 당신뿐입니다.
용서하십시오.
속마음 꼭꼭 숨기고 10년 별거 운운하며 한사코
가기 싫어하는 당신을 대관령 밖으로 밀어냈습니다.
당신은 그때 정말이지 드센 마누라 만났다고
여겼을 테지요.
실은 저도 많이 울었습니다.
그때 당신이 네 번이나 되돌아오는 것을 보고
생각을 접었어야 했습니다.
그랬다면 하마 당신이 다른 곳에서
위안을 찾을 일도 없었겠지요.

무던히도 당신을 붙잡고 싶었으나
지레 그 정을 떼어낸 건 미련한 자격지심 때문이었어요.
그럴 때 아무 말도 하지 말고

그냥 좀 안아주시지 그러셨어요.
때죽나무 꽃은 왜 꺾어주셨나요?
미안합니다.
이렇게 강짜 부리는 나, 원망하는 나,
투덜대는 내 모습일랑 다 잊어주시고
오로지 당신만을 향해 웃던 때만 기억해주세요.
그리고 생일날 당신이 내게 선물한 신은
나 죽어 저승 갈 때 발밑에 놓아주셔요.
고맙다는 말도 다 하지 못하고
가는 저를 너무 탓하진 말아주십시오.
나는 당신이 볼 수 없는 곳에서도
여전히 당신을 그리워할 것입니다.

저는 어쩔 수 없는 조선 여자입니다.
그걸 알면서 노여움에 치받쳐 살았던 날들이
어리석었습니다.
내가 당신을 더 많이 사랑할 걸 그랬어요.

이제 감히 한 가지만 부탁할게요.
부디 아이들을 위해서 어머니가 돼줄 분을
아내로 맞아주셔요…….

마지막 한 줄을 남기고 정신 줄을 놓아버렸다.

여옥과 선의 나이 차이가 많지 않은 것이 못내 마음에 걸렸다. 착한 내 아이들이 살아갈 날들이 눈에 밟혀서 죽는 것도 미안했다.

그러고 또 얼마나 지났을까. 5남매가 머리맡을 지키고 있었다.

"오늘이 며칠이냐?"

"음력 오월 열이레입니다."

매창의 목소리가 아련했다. 어머니 칠순이 머잖았구나. 기도 따위 소용없다는 걸 알면서 날짜를 헤아리는 이 순간이 서러워 나는 살짝 울었다.

"우야, 거문고나 한 대목 들려주련?"

우가 조용히 거문고를 퉁겼다. 외할머니 칠순 잔치에 가서 연주하겠다고 한창 공을 들이더니 솜씨가 몰라보게 늘었다.

가물가물 멀어지는 거문고 선율이 환한 빛의 세계로 나를 이끌었다. 너른 경포호가 눈앞에 다가왔다. 은은한 솔 향이 풍겨오는 호수 위를 고니 떼가 한가로이 헤엄치고 있었다. 깊고 푸른 호수와 하얀 고니 떼, 청정한 솔숲이 어우러진 호숫가 어디쯤에 내가 서 있었다. 아무 근심 없이.

에필로그

계모를 감동시킨 율곡의 효심과 가족애

명종 6년(1551) 5월 17일.

부친 이원수와 맏형 이선과 함께 마포 나루에 닿은 율곡은 놋그릇이 붉게 변한 것을 보고 불길한 예감에 휩싸였다. 그 당시 집안에 초상이 나거나 중환자가 생기면 그릇 색깔이 변한다는 속설이 있었다. 세 부자는 급히 집으로 달려가다 사임당의 부음을 들었다. 율곡의 나이 열여섯 살 때였다.

사임당은 율곡의 정신적 지주이자 스승이었다. 어머니의 죽음으로 율곡은 오랜 세월 실의와 좌절의 나날을 보냈다. 3년 동안 여묘살이를 마친 뒤에도 갈피를 못 잡고 방황하던 그는 한때 승려가 될 생각으로 금강산에 들어가 불경을 연구했다.

훗날 퇴계 이황과 더불어 성리학의 양대 산맥을 이룬 율곡이 불교에 심취한 일은 조선왕조가 막을 내릴 때까지 두고두고 논란거리가 되었다.

그가 입산수도한 것은 복잡한 집안 사정과도 무관하지 않았다. 이원수는 사임당의 간절한 소망에도 불구하고 결국 주막집 여인을 집으로 들였다. 그로부터 하루도 집안이 편할 날이 없었다. 사임당이 우려한 대로 그녀는 자식들의 어머니로선 자격 미달의 성품을 지녔다.

제일 큰 문제는 술이었다. 그녀는 밤낮 가리지 않고 술을 찾았다. 어떤 날은 새벽부터 술주정으로 식구들을 들볶았다. 나이 차이가 많지 않은 장남이 못마땅한 기색을 내비치면 자신을 무시한다는 이유로 장독대에 머리를 짓찧고 온갖 패악을 떨었다.

심지어 스스로 목을 매고 자살 소동을 벌여 온 집안을 충격에 빠뜨렸다.

"이이는 소년 시절 부친의 첩에게 시달림을 당해 집에서 나가 산사를 전전하다 오랜 기간이 지나서야 돌아왔다. 혹자는 그가 머리 깎고 중이 되었다고 하였다."

《조선왕조실록》은 명종 19년(1564) 8월 30일, 율곡이 한 해에 사마시와 문과 두 시험에 장원으로 뽑힌 사실을 전하며 방황의 근원적인 원인이 서모에게 있음을 시사하고 있다.

비록 첩이라도 아버지와 함께 사는 이상 친부모의 예로써 공경하는 것이 유교의 윤리였다.

율곡은 서모가 새벽에 술을 찾으면 따뜻하게 데운 술을 갖다 바치며 극진히 대했으나 그녀의 고약한 성미를 감당할 재간이 없었다. 결국 열아홉 살에 집을 떠나 금강산으로 향한다.

그가 불교에 입문한 것은 지친 심신을 치유하고 마음공부를 하기 위한 목적이 강했다. 1년 남짓 금강산에 머물다 온 그가 스무 살에 쓴 〈자경문(自警文)〉은 어머니 사임당을 여읜 슬픔과 현실적인 고뇌 사이에서 방황하던 스스로에게 주는 다짐이기도 하다.

집으로 다시 돌아온 뒤 서모의 미움은 온통 율곡에게 향했다. 그럼에도 율곡은 자신이 죽는 날까지 아침저녁 문안을 단 하루도 거르지 않았다. 그녀가 자리보전하고 앓아누웠을 땐 직접 약을 달여 바치며

간병에 최선을 다했다.

“한 집안 사람들이 변화되지 못하는 것은 나의 성의가 모자라기 때문이다.”

돌아온 율곡의 결의를 보여주는 〈자경문〉의 한 구절이다.

결국 진심은 통했다. 서모는 율곡의 한결같은 태도에 감동한 나머지 그가 아플 땐 부인보다 더 정성껏 간호했다.

율곡은 서모보다 먼저 세상을 떠났다. 이때 그녀는 부모 입장임에도 지난 일을 속죄하는 의미로 3년 동안 상복을 입어 주위를 놀라게 했다. 그러면서 다음과 같은 말을 남겼다.

“내가 그토록 착한 효자를 괴롭힌 일을 참회하지 않고는 도저히 눈을 감을 수 없을 것 같다.”

율곡은 근 10년 동안 아홉 번의 과거 시험에 장원으로 합격하여 역사상 유례가 드문 구도장원공(九度壯元公)의 별칭을 얻었다.

첫 번째 관직은 정6품 성균관 전적이었다. 율곡은 이때만 해도 관직에는 큰 뜻을 두지 않았다. 그가 절친했던 문우 송익필에게 보낸 편지에는 그 불가피한 사정이 적나라하게 담겨 있다.

“전적이라는 자리는 다만 녹을 주는 데 관계될 뿐이고, 큰 책임을 위임받은 직책도 아니니, 이것을 사양하고 굶어 죽는다면 아마도 중용의 길은 아닌 듯합니다. 만약 조금이라도 다른 방도가 있다면 나는 결단코 전적에 나가지 않았을 것입니다. 그러나 온 집안 수십 명의 식구가 아침저녁으로 양식이 떨어져 굶게 되니, 다른 사람에게 구걸하느니보다 차라리 임금께서 주시는 것을 받는 게 나을 것 같습니다.”

명종은 같은 해 율곡을 호조좌랑에 임명한다. 율곡은 어진 정치를 행할 수 있도록 돕는 것도 학문하는 자의 마땅한 도리라고 했던 어머니 사임당의 유훈을 충실히 따랐다.

이로써 윤원형 일파는 조정에서 축출되는 운명을 맞이한다. 율곡의 탄핵 상소로 문정왕후가 요승 보우를 끌어들여 국정을 농단한 배후가 밝혀진 것이다.

윤원형과 난정은 귀양지로 가던 중 자결하고, 이기는 훗날 을사사화가 날조로 밝혀지면서 훈작이 삭제되었다.

율곡은 스물아홉부터 마흔아홉 살 때까지 조정의 요직을 두루 거쳤으나 평생 가난을 면치 못했다. 만형 선이 일찍 죽은 뒤 형수와 조카들을 집으로 데려온 것을 시작으로 가난한 형제들을 모두 품 안으로 끌어들였다. 자신의 출사를 못마땅해하던 송익필에게도 녹봉 일부를 보냈다.

나중엔 친구들에게 양식을 빌려야 할 지경까지 이르렀다. 벼슬에서 물러나 있을 때는 해주에서 직접 대장간을 운영하며 호미를 만들어 팔아 식솔들을 먹여 살렸다. 심지어 죽을 때 입고 갈 수의마저 이웃에서 얻어 입을 정도로 궁핍한 생활을 했다.

사임당 부부와 7남매의 영혼은 경기도 파주 법원읍 자운산 기슭에서 다시 만났다. 현실에선 이루지 못한 대가족의 비원이 깃든 가족 묘역에는 장남 선과 매창의 자손들까지 옹기종기 모여 죽어서나마 단란한 일가를 이루고 있다.

작가의 말

눈부시고도 저릿한 마흔여덟, 꽃빛 생애

익히 알려진 대로 신사임당은 현명한 내조자이며 지혜로운 양육자이기도 했지만 봉건시대 여성으로는 드물게 자아실현에 충실한 삶을 살았다. 어떻게 이런 일이 가능할 수 있었을까. 누군가는 이런 말을 했다.

"아무래도 집안이 좋았던 게지. 그 시절에 여자가 학문에 예술에……. 환경이 받쳐주지 않으면 가당키나 한 일인가?"

이 책을 쓰기 전까지만 해도 나 또한 신사임당에 대해 별 매력을 느끼지 못했다. 소위 팔자 좋은 양반집 안방마님이라는 선입견에 경도되어 그가 필생의 노력을 기울여 쌓아 올린 성과를 별 뜻 없이 깎아내리기도 했다. 그렇지 않으면 마흔여덟 해 동안 한 사람의 여인으로,

어머니로, 당대 최고의 예술가로 불꽃같은 삶을 살다 간 그녀의 삶을 이해할 도리가 없었다.

신사임당의 발자취를 돌아보는 여정을 시작하면서 이 생각은 완전히 빗나갔다.

"대관령에서 한양까지 9백 리 길, 걸어서 빠르면 아흐레, 늦으면 보름도 걸리는 길입니다. 그 시절에 나이키를 신고 왔겠습니까, 비행기를 탔겠습니까. 하물며 여자 몸으로 아이들까지 데리고 대관령을 넘어왔을 것 아닙니까? 매번 가마를 탔다는 증거도 없습니다. 양반집 안방마님이라는 말로 현실을 가리려는 것은 현대인들의 지나친 억측이 아닐까 합니다."

긴 세월, 신사임당과 율곡의 업적을 널리 전파하는 데 앞장서온 율곡교육원 정문교 원장님은 인터뷰 내내 안타까운 기색을 숨기지 않았다. 요컨대 현대인의 잣대로 한 여인의 숭고한 삶을 함부로 재단하려 들지 말라는 뼈 있는 항변이었다.

취재를 마치고 대관령을 돌아 나와 봉평으로, 파주로, 사임당의 흔적을 되짚어보면서 불쑥불쑥 가슴이 먹먹해지곤 했다. 지금으로부터 5백 년 전 이 땅에 살다 간 한 여인의 뜨거운 숨결이 게으름과 변명에 길들여진 나약한 영혼에 준열한 꾸짖음으로 다가왔다.

'……때문에'이거나 '……해서'라거나.

스스로 미치지 못하여 가지 않은 길을 두고 무슨 핑계가 그리 많았던가.

신사임당, 그녀는 결코 팔자 좋은 양반가의 안방마님도 선택된 행운의 주인공도 아니었다. 다만 온몸으로 치열하게 자기 몫의 삶을 살다 간 자주적인 생활인이었다.

그녀는 길지 않은 생애를 통틀어 참다운 열정의 의미를 일깨워주었다. 그 열정적인 삶의 한순간이라도 흉내 낼 수 있다면 그야말로 축복받은 인생이 아닐까.

엄밀히 말해서 이 책은 창작물이라고 할 수 없다. 신사임당의 생애를 이해하는 데 바탕이 된 밑 자료들은 대부분 《율곡 전서》(사단법인 율곡학회), 《시대를 앞서간 여인 신사임당》(사단법인 율곡연구원), 《신사임당 탄신 500주년 기념 논문집》(사단법인 율곡학회), 《신사임당 가족의 詩書畵》(강릉시 관동대학교 영동문화연구소) 등을 참고로 하였고, 무엇보다도 율곡교육원 정문교 원장님의 도움이 컸다.

작가로서 내가 한 일은 주어진 상황에 어쭙지도 않은 상상력을 더한 것 정도이다. 부디 이 작은 욕심이 신사임당의 업적에 누가 되지 않기를 바라는 마음만 간절하다.

신영란

女子, 사임당

초판 1쇄 발행 2015년 9월 20일

지은이 | 신영란
펴낸이 | 김우연, 계명훈
기획 · 진행 | fbook
김수경, 김연, 배수은, 박혜숙, 최윤정
마케팅 | 함송이
경영지원 | 이보혜
디자인 | design group ALL(02-776-9862)
표지 일러스트 | 박지운
펴낸 곳 | for book 서울시 마포구 공덕동 105-219 정화빌딩 3층
02-753-2700(판매) 02-335-3012(편집)
출판 등록 | 2005년 8월 5일 제 2-4209호

값 13,000원
ISBN 979-11-86455-97-5 03810